미당 서정주 전집

12

시론

* 이 도서의 국립중앙도서관 출판예정도서목록(CIP)은 서지정보유통지원시스템 홈페이지(http://seoji.nl.go.kr)
와 국가자료공동목록시스템(http://www.nl.go.kr/kolisnet)에서 이용하실 수 있습니다.
(CIP제어번호: CIP2017009907)

미당 서정주 전집

12

시론

시 창작법
·
시문학원론

은행나무

발간사

　미당 서정주 선생의 탄신 100주년을 맞이하여 선생의 모든 저작을 한곳에 모아 전집을 발간한다. 이는 선생께서 서쪽 나라로 떠나신 후 지난 15년 동안 내내 벼르던 일이기도 하다. 선생의 전집을 발간하여 그분의 지고한 문학세계를 온전히 보존함은 우리 시대의 의무이자 보람이며, 나아가 세상의 경사라 하겠다.

　미당 선생은 1915년 빼앗긴 나라의 백성으로 태어나셨다. 우울과 낙망의 시대를 방황과 반항으로 버티던 젊은 영혼은 운명적으로 시인이 되었다. 그리고 23살 때 쓴 「자화상」에서 "나를 키운 건 팔할이 바람이다"라고 외쳤고, 이어서 27살에 『화사집』이라는 첫 시집으로 문학적 상상력의 신대륙을 발견하여 한국문학의 역사를 바꾸었다. 그 후 선생의 시적 언어는 독수리의 날개를 달고 전통의 고원을 높게 날기도 했고, 호랑이의 발톱을 달고 세상의 파란만장과 삶의 아이러니를 움켜쥐기도 했고, 용의 여의주를 쥐고 온갖 고통과 시련을 지극한 아름다움으로 바꾸어 놓기도 했다. 선생께서는 60여 년 동안 천 편에 가까운 시를 쓰셨는데, 그 속에 담겨 있는 아름다움과 지혜는 우리 겨레의 자랑거리요, 보물이 아닐 수 없다. 선생은 겨레의 말을 가장 잘 구사한 시인이요, 겨레의 고운 마음을 가장 잘 표현한 시인이다. 우리가 선생의 시를 읽는 것은 겨레의 말과 마음을 아주 깊고 예민한 곳에서 만나는 일이 되며, 겨레의 소중한 문화재를 보존하는 일이 된다.

미당 선생께서 남기신 글은 시 아닌 것이라도 눈여겨볼 만하다. 선생의 문재文才와 문체文體는 유별나서 어떤 종류의 글이라도 범상치 않다. 평론이나 논문에는 남다른 통찰이 번뜩이고 소설이나 옛이야기에는 미당 특유의 해학과 여유 그리고 사유가 펼쳐진다. 특히 '문학적 자서전'과 같은 산문은 문체를 통해 전달되는 기미와 의미와 재미가 풍성하여 미당 문체의 진미를 맛볼 수 있다. 미당 문학 가운데에서 물론 미당 시가 으뜸이지만, 다른 글들도 소중하게 대접받아야 할 충분한 까닭이 있다. 『미당 서정주 전집』은 있는 글을 다 모은 것이기도 하지만 모두 소중해서 다 모은 것이기도 하다.

미당 선생 생전에 『서정주문학전집』이 일지사에서, 『미당 시전집』이 민음사에서 간행된 바 있다. 벌써 몇십 년 전의 일이다. 오늘의 관점에서 보면 그 책들은 수록 작품의 양이나 정본의 측면에서 아쉬움이 많다. 지난 몇 년 동안, 본 간행위원회에서는 온전한 전집을 만들기 위해서 많은 수고를 아끼지 않았다. 서고의 먼지 속에서 보낸 시간도 시간이지만 여러 판본을 두고 갑론을박한 시간도 만만치 않았다. 특히 미당 시의 정본을 확정하고자 미당 선생의 시작 노트나 육성까지 찾아서 참고하고 원로 문인들의 도움도 구하는 등 번다와 머뭇거림을 마다하지 않았다. 참으로 조심스러운 궁구를 다하였으니, 앞으로 미당 시를 인용할 때 이 전집에 의존하는 경우가 점점 많아지기를 바랄 뿐이다.

한편으로, 미당 전집의 출간은 두려운 일이다. 그것은 미당 선생의 모든 작품을 제대로 보여 준다는 형식적 의미를 지니기 때문이다. 세상에 어떤 전집이 있어 미당 선생의 모든 작품을 제대로 보여줄 수 있을 것인가? 우리에게도 그것은 현실이 못되고 희망이겠지만 그래도 우리는 그 희망에 최대한 가까이 가고자 했다. 우리가 그 희망에 얼마만큼 근접했는지는 앞으로의 세월이 증명해 줄 것이다. 다만 지금으로서는 지극한 정성과 불안한 겸손이 우리의 몫일 따름이다.

마지막으로 감히 말하건대, 우리는 미당의 전집 간행을 긍지와 사명감으로 하고자 했다. 우리는 미당을 통해서 이 세상에는 아주 특별한 것이 아주 드물게 존재함을 알게 되었다. 그리고 그 특별하고 드문 것을 우리 손으로 정리해서 한곳에 안정시키는 일에 관여하는 기쁨을 누렸다. 우리의 기쁨이 보람이 있어 세상의 기쁨이 된다면 그 기쁨은 곱이 될 것이다. 아니 그보다 미당의 문학이 이 세상에서 제 몫의 대접을 받게 된다면 우리는 사필귀정事必歸正이라는 네 글자를 진리로 받들면서 더 큰 기쁨을 누릴 것이다.

미당 선생 탄생 100주년이 되는 해의 유월에
미당 서정주 전집 간행위원회

이남호, 이경철, 윤재웅, 전옥란, 최현식

미당 서정주 전집 12 시론
시 창작법 · 시문학원론

차례

시문학원론

시의 개괄적 고찰

일러두기

1. 『미당 서정주 전집 12』 '시론'은 『시 창작법』(서정주·박목월·조지훈 공저, 선문사, 1949)과
   『시문학원론』(정음사, 1969)을 저본으로 삼았다.
1-1. 『시 창작법—시 창작에 관한 노트』는 『시 창작법』 중
   서정주가 쓴 제2부를 발췌한 것이다.
1-2. 『시문학원론』은 『시문학개론』(정음사, 1961)의 증보판이다.
2. '시론'에 인용된 서정주의 시는 『미당 서정주 전집』을,
   다른 시인의 작품은 정본 시집을 참고했다.

시 창작법

—시 창작에 관한 노트

여기에 수록한 것은 내가 쓴 을유 해방 후의 문자 중에서 『시 창작법』에 얼마큼씩 관련이 있을 듯한 것만 뽑아 모은 것들이다. 뒤에 붙인 시인론 역시 내게는 그렇게 생각되어 첨가해 둔다. 일관한 체계가 없고 정리가 부족한 것이 부끄러웁다. 그래 제목을 '노트'라 하였다.

기축(1949년) 시월

시의 감각과 정서와 예지

시의 표현에 대개 세 층의 발전적인 단계가 있는 것이 아닌가 생각한다. 물론 이것은 현재 내가 가지는 한 개의 가상에 불과한 것이요, 사실은 몇십 층 몇백 층의 단계가 있는 것인지도 모른다.

아무래도 시인은 맨 처음 감각의 표현에서 비롯하는 것인 성싶다. 기쁨과 서러움의 모든 감각을, 차고 덥고 달고 쓰고 밉고 이쁜 등의─모든 색色, 성聲, 향香, 미味, 촉觸의 감각 형태를 감각적인 효과 그대로 전달하기 위하여 표현하려고 애쓰는 것인 성싶다.

그러나 이러한 감각의 표현을 읽는 이는, 그 표현의 교묘 앞에 느끼는 동감이 절실하면 절실할수록 그저 다만 표현자가 자기보다는 훨씬 선수라는 것을 이해하고 탄복하고 칭찬할 따름이다.

"아유, 그「꽃」이란 시는 참 잘 썼다."

"아유, 그「따리아」란 시는 참 잘 썼다."

"아유, 그「말」이란 시는 한 마리가 뛰는 것이 꼭 네 마리 말이 뛰어가는 것 같구나. 정말로 내 재주로는 그렇게 못 쓰겠구나."

—할 따위인 것이다.

그러나 이 기본적인 능력은 분명히 시인의 최초의 능력임에는 틀림없다. 이 능력도 없는 사람이 시인 아님은 물론이다.

우리 시단에서 초보적인 이 능력을 제일 많이 가졌던 이로 시인 정지용을 들 수가 있다. 최근 십여 년 동안에 그가 표현한 바 수월찮이 찬란한 감각적인 내용은 수많은 아류를 형성했지만 대표를 든다면 역시 정지용이어야 할 것이다.

시냇물이 흐르는 소리를 표현해 가로되 '목이 자졌다······ 여울물 소리······'라 한다든지, 따리아(달리아)꽃이 지나치게 붉은 모양을 '피다 못해 터져 나오는 따리아야'라 한다든지, 말이 뛰어가는 모양을 '말님의 발이 여덟이요 열여섯이라' 한다든지—이상과 같은 표현들은, 정지용 이전의 시가 표현이라고 할 만한 것을 가져 보지 못했던 시절에 비하여선 분명히 일보 전진임에 틀림없으나, 그러나 그것들은 어디까지나 감각 현상의 표현의 교묘를 노린 점에서 말초적으로 기교화할 위험성과 그 이상 전진하지 못할 막다른 골목을 필연적으로 지니고 있었다.

간단히 말하자면 감각 표현의 교묘의 차差를 가지고 시의 우수를 평가해야 한다면, 그것은 자연히 일종의 경기 현상을 전개하게 되는 것이어서, 시 쓰는 사람들은 모두 다 일등 시를 쓰려고만 노력하게 되므로, 이러한 현상은 또한 필연적으로 시인을 일종의 시쟁이화하여, 독자를 그저 다만 일시적인 구경꾼으로서 얻을 수 있을 따름이다—시인이 파악한 인생의 내용과 밀접한 관계를 맺고 부절히 작용을 일으켜야 할 독자의 층이 이상과 같은 한, 우리가 알고 있는 시의 존엄과 능력과 효과는 여지없이 타락하여 땅에 떨어질 따름이다.

시인의 제2단계의 능력으로 나는 정서 표현의 능력을 들려 한다. 감각은 순간적인 것이요, 정서가 비교적 지속적이라는 것쯤은 여러분이 더 잘 알 줄로 안다.

애인의 보드라운 피부, 선선한 바람, 샴페인사이다나 아이스크림—그런 것을 접촉하는 것이 감각이라면, 몇 해가 지나도 잊혀지지 않는 애인의 전 기억, 쌓이고 쌓인 식민지인의 애수, 경주에 가면 경주를 느끼고 영변에 살면서 영변을 느끼는 것 등은 일종의 정서다. 모든 감각이 오랫동안 종합 축적된 것 — 잊어버리려 하였으나 잊혀지지 않는 고향이라든지 사랑 등이 있다면 그것은 정서적 경지다.

그러므로 감각의 시가 순간적이요 향락 정태情態를 표현함에 반하여, 정서의 시는 비교적 항구한 정태를 표현하려 한다. 아니, 표현하지 않고는 견디지 못한다.

우리 시단에서 정서의 표현에 가장 능했던 시인으로, 김소월과 김영랑을 들 수 있지 않을까 생각한다.

김소월 시집 『진달래꽃』과 김영랑 시집이 가지는 정서가 한결같이 회고적이요 서러움을 모태로 한 것은 사실이지만, 그 한 편 한 편이 오랜 사모 끝의 소산이요, 찰나의 감각태感覺態를 재치 있게 노래불러 넘겨 치우려 하지는 않았던 것 또한 사실이다.

나 보기가 역겨워
가실 때에는
말없이 고이 보내 드리우리다

영변에 약산
진달래꽃
아름 따다 가실 길에 뿌리우리다

　　　　　　　　　　　　　―「진달래꽃」중에서

진달래꽃이 유달리도 많이 피는 약산藥山 밑에 살던 소월이, 혹은 배반하고 갈는지도 모를 애인을 향해 부르는 노래는 너무나 유명한 것이지만, 정히 이 시는 인생 애정의 기미에 통달한―그렇다고 일등 시를 만들려고 한 흔적은 조금도 보이지 않는 오랫동안 소화할 것을 정당히 소화한 정서의 시임을 알 수가 있다.

또한 영랑이

모란이 피기까지는

나는 아직 나의 봄을 기다리고 있을 테요

······중략······

모란이 지고 말면 그뿐 내 한 해는 다 가고 말아

삼백예순 날 하냥 섭섭해 우옵네다

—「모란이 피기까지는」 중에서

하고 노래할 때에도 애수요 소극적인 건 사실이지만, 이것은 잠깐 동안의 흥취가 아니라 벌써 여러 해에 걸친 무수한 감각의 반추 끝에 온 것이요, 그러한 정서임을 알 수가 있다. 우연히 내 수중에 상기의 시집들이 없으므로 더 예증치 못하니 독자들은 시집에 의해서 나의 논변을 이해해 주기 바란다.

그러나 위에서도 잠깐 주의한 것처럼 정서의 시인인 그들이 한결같이 비애와 회고에만 젖어 있는 것은 웬일일까. 찰나의 감각에도 희비애락이 있는 한, 이것들의 종합 축적인 정서를 노래할 때 왜 커다란 환희와 축전祝典의 항구함을 노래하진 못했을까.

그것은 물론 그들의 주체의 구극적 빈곤 때문이라 해 버리면 그뿐이지만, 그보다도 더 많이 당시의 그들의 펼 길 없는 생활 때문이었다고 나는 생각한다.

피압박 민족이요 늘 빼앗기고 쫓기던 식민지의 시인인 까닭이었다는 것을 나는 긍정한다. 그 너무나 난처한 시절에 자기들의 소극성을 자칭하고 일어섰더라면, 그들은 혁명가는 되었을는지 모르지만 벌써 그나마 시인은 될 수 없었을 것이다. 그들은 그렇게 다수굿이 살면서 서럽고 아득한 필연의 정서를 키워 왔을 따름이었다. 그러므로 그들이 지녔던 비애와 회고 때문에 그들의 가치가 반감되는 것은 절대로 아니다.

다음에 나는 시의 표현의 제3단계—나의 현재의 가상假想에서 최고 단계를 상상해 보려 한다. 언명이 아니라 상상해 보려 한다는 것은, 겸손이 아니라 그것이 사실이기 때문이다.

이 제3단계를 나는 예지 혹은 묘법의 경지라고 상상해 보았다. 불교에서 각자覺者의 경지를 표현하는 말로 묘법妙法이라는 말이 있지만, 물론 이것과 시와 직접 관련을 부치려 함은 아니다. 다만 시로서 통달할 것을 통달할 수 있는 각자覺者의 의미를 여기다가 내포시키고 싶었다. 어업에 참으로 통달한 어부는 어업 이외의 전 직업에 대해서도 정당한 이해자일 수 있고, 거문고를 통달하면 인간사의 전반에 대해서도 통달할 수 있다는 가정에서 시에 통달한 사람— 시에서 통달한 근본이념을 가지고 어느 부문으로건 맘대로 출입하며 작용할 수 있고, 가능하면 교훈할 수도 있는 사람의 경지를 일종의 예지의 단계라고 나는 생각해 보았다.

예지 내지 묘법의 단계에서 시인은 아마 모든 항구적인 정서의 종합 축적한 것을 취사선택할 자격이 있을 것이다. 을유 해방 이전의

30년간의 설움의 정서 시절에도 능히 그것을 취사해 버리고 그 대신에 커다란 환희와 축전의 정서를 소유앙양所有昻揚할 수도 있었을 것이고, 온갖 사람이 고향과 전통을 지니지 못하는 시절에도 벌써 그것을 찾을 수도, 가르칠 수도 또 명령할 수도 있었을 것이다.

그러나 이 경지는 어쩌면 인류의 정서를 샅샅이 통달한 연후의 일인 것 같다.

이러한 경지를 소유한 시인을 나는 과문한 탓인지 모르지만 이 땅에선 찾아볼 길이 없었다.

내가 위에서 '모든 항구적인 정서의 종합 축적한 것을 취사선택할 자격'이라 말한 의미는 가령 말하자면 희랍의 정서면 희랍의 정서를, 신라의 정서면 신라의 정서를, 이조 말기 내지 한일합병 40년간의 정서면 또 그런 것을 능히 종합할 수 있고 취사선택하여 민족과 인류의 앞에 형성 제시할 수 있는 시인의 자격이란 말이다― 이러한 시인이면 사람들보고 너는 어떻게 살라고 충고할 수도 있을 것이고 (아니 표현해 보일 수도 있을 것이고) 또한 새로이 살 수 있는 내용을 시로서 형성할 수도 있을 것이다.

요컨대 지금 우리에게는 우리가 가지고 있는 모든 정서를 통솔할 수 있는 한 '사상思想'의 재건이 필요하다. 이것을 할 수 있는 능력을 나의 치졸한 표현에 의하면 예지의 경지라고 하여 봤다. 그러나 이 능력은 모든 정서의 치밀한 경과자가 아니고서는 있을 수 없는 것이라는 것도 우리는 또한 알아야 한다.

이상하게도 우리의 현 시단에는 서상한 3단계 중의 최초의 단계―즉 감각적 표현의 단계도 충분히 경과하지 못한 사람이 엉뚱히 명령하고 섣불리 '입법立法'하려는 유치한 현상이 많이 전개된다. 시에서 무엇보다도 제일 먼저 거부해야 할 것이 유치라는 것을 제군은 아는지 모르는지. 결국은 자기가 봐도 자신이 없고, 남이 봐도 또한 유치하기 짝이 없는 그러한 교훈적인 언설을 시랍시고 줄줄이 얽어가지고는 꽃잎사귀 하나, 춥고 더운 것 하나 똑바로 표현할 능력도 없는 사람들이 단숨에 시의 최상의 각자覺者로서 행동하려 한다.

시란 결국 수백 수천 년 사상 언어思想言語의 승화된 집중 표현이요 그 제시라는 것을 잊어버렸는지.

해방 후의 시단에서 절실히 요청되는 것은, 단숨에 입법하려 들지 말고 각자各自가 먼저 자기의 역량을 똑바로 반성 인식한 뒤에 필연적 자기 발전의 길을 걸어야 할 것이다. 먼저 감각을, 먼저 정서를―일찍이 가져 보지 못했던 생생한 감각과 정서를 애써 집중하고 키워가기에 각자가 노력해야 할 것이다. 예지의 경지란 이리하여 드디어 필연의 도정道程에 의해서만 도달될 수 있는 길임에 불과하다.

한글 시문학론 서장
— 누워 있는 시인 ㄷ씨의 담화초談話抄

　자네는 설마, 자네 자신이 시와 같은 지엄한 사업엔 적당치 않은 위인인 줄을 진작부터 알면서도, 일종의 허영심 때문에 혹은 무능한 타성이거나 비겁 때문에, 아직도 시단이란 데에 웅크리고 앉았거나 변장을 하고 출몰하는— 그런 하잘것없는 사람은 아니겠지? 만일에 자네가 그런 사람이라면 내 이야기까지도 들을 것 없이 지금 바로 자네의 그 잘못 놓인 자리에서 일어서서 출발하게. 비록 자네의 임종이 한 해밖에 남지 않았다 할지라도 자네는 그 한 해를 그래도 정말로 살 수가 있는 것일세. 세상은 아직도 넓고, 저마다 몸에 맞는 직업은 자세히 고르면 반드시 하나씩은 있는 것일세. 가령 자네가 자네의 천분을 살리기에 제일 좋은 처소를 찾아가는 도중에 운명한다 할지라도, 그래도 그 도중만은 온전한 자네 것이 아닌가.

그러나 자네가 꼭 시를 하기 위해서만—더구나 한글 시를 하기 위해서만 있어야 할 사람이라면 자네는 참 큰일 났네.

자네도 알겠지만, 우리의 시는 아직 써 본 적이 없네. 우리들의 감정의 전범이 될 만큼 종합될 것이 종합되지 못했단 말일세. 다시 말하면 입법이 서지 않았다고 해도 괜찮네.

신라의 것이라고 전해 오는 향가를 보게. 고려나 이조의 민요를 보게. 현대 시인 중에 비교적 우수했던 몇 사람—소월, 상화, 영랑, 지용 등의 시집이라는 걸 들춰 보게. 제일 성공했다는 것만 여기 골라 보게. 흘러내려 오고 있는 것은 시종일관한 평면적인 파동일세. 아직도 생탄生誕할 것을 예고도 하지 않는 잔잔한 기류요, 그렇던 정서임에 불과하네.

수천 년 동안을 백성들은 거지반 이렇게만 살았을까.

아마 그렇겠지. 지식을 가질 기회가 있던 자들은 이 기류를 멀리 초탈하거나, 또 압제하는 법을 딴 곳에서 빌려오는 데만 애를 썼지, 이것 속에서 세워야 할 것을 세워야겠다는 소원은 꿈에도 가져 보지 않았으니까.

그렇겠지. 백성의 정서가 인테리겐짜(요새는 이 말을 많이 쓰더군……) 따위들의 무미無味한 아류 사상단에서는 멀리, 물결치고 물결치고만 있었음은 오히려 당연이겠지.

자세히 생각해 보게. 이것이—이 산조와 같은 것이 우리말로 구전해 오다가 세종의 때를 만나 비로소 문학화하여 내려온 한글 시가의 정말의 모습일세. 여기를 떠났으면 오죽이나 좋겠는가. 허지만 자네가 시를 하는 사람이라면―한글 시를 하는 사람이라면 자네는 여기서 떠날 수 없네. 이 수중에서 자네 자력으로 일어설 수 있는 날 (아― 자네가 만일 그렇게만 된다면 나는 물론, 과거 수천 년의 한글 시 작자의 망령 전체가 박수할 일이겠지!)―그날이 오기까지는, 자네도 역시 이 수심 위에 나불거리는 한낱 파도처럼 곤두박질을 쳐야만 하네. 그러다가 말아도 할 수가 없지. 자네 이전에도 모두 다 그랬으니까.

바다니 파도니 기류니 정서니 하여 쌓아서 안되었네만 바다에서 비너스가 탄생했다는 것은 희랍의 전설일세.

탄생을 보기까지엔 몇천 년이나 걸렸는지 ― 허나 그 파도의 집단인 바다는 틀림없는 비너스를 낳았네. 낱낱이 파도의 미에 대한 염원으로 뼈가 굳고 살이 쪄서 그는 하늘 아래 일어섰네.

비너스의 몸뚱이에 살이 찌게 하는 동안―그 기인 동안, 낱낱의 파도는 제각기 가슴속에 그들이 염원하는 비너스의 모습을 분명히 지녔을 것이네.

이 사람.

우리도 아직은 오직 염원함으로써만 물결치는 낱낱의 파도라고 자처해서는 안 될까. 되도록이면 우리도 제각기 가슴속에 미인을 가지세.

우리는 아직도 때로 네굽을 치면서 울었으면 울었지, 짓까불거나 재주를 부릴 일은 하나도 없네.

자네가 지금 쓰고 있는 그 시 작품을 꼭 자네 혼자서만 쓰고 있다는 생각이 들거든 조만간 자네는 그 생각을 버려야 하네.

우리들은 아직도 한 개의 시 작품을 여럿이서 합작하고 있는 것이라고 생각해야만 되겠네. 김소월이나 이상화나 정지용이나 김영랑 같은 유능한 현대 사람들과도 합작하고 있다고 생각해야 되겠지만, 저 신라 가요의 작자들과도, 고려 이조의 포의布衣 혹은 촌부村婦 기생들과도 늘 합작하고 있는 것이라고 생각해야 되겠네.

시.

두말할 것도 없이 그것은, 될 수만 있으면 모든 사상 행동의 근원이어야 하며, 또 모든 사상 행동이 귀결하는 중심 세계라야 하네. 그것이 아직 되어 있지 않단 말은 아까도 하였지만, 그 증거로는 시방이라도 종로 네거리에 나가서 아무나 붙들어 잡고 조용히 물어보게—당신은 대체 그렇게 걸어 다니며 행동을 할 만한 철저한 자격이 있느냐고.

아마 내 생각 같아서는, 이 나라 천지에서는 누워서 출렁이는 형상을 떠나서 (물론 이것은 정신을 의미하네) 반뜻이 일어설 만한 자격을 가진 사람은 하나도 없을 것이네.

설만들 자네가 나보고 시를 너무 과장한다고 말하지는 않겠지.

탓할 테건 탓하게마는 나는 언제나 누워 있네. 전차 속에서도 누워 있고, 행렬 속에서도 누워 있고, 만세를 부를 때도 누워 있네. 그리고 이 누워 있는 의미에 있어서만은 나는 얼마쯤은 쾌적하고 또 바쁠 따름일세.

탓할 테면 탓하게마는 그건 나를 덮은 이 수심水深이 자네 눈에는 안 뵈는 탓이겠지. 그렇다면 나는 또 자네를 경멸할 수밖에 있는가.

그러지 말고 이리 와 같이 누워서 내 말을 듣게.

바로 말하자면 한글로 시를 하는 이 짓거리는 끝끝내 절망해야 할 일인지 희망해야 할 일인지 아직도 모르겠네. 아마 그건 그때 가서 결정되겠지.

그저 다만 지금의 내가 그냥 견디어 나간다는 한 사실이 있을 뿐일세. 한 개의 감성 내용에 대해서는, 그것이 처음으로 수입된 훈훈한 느낌 때문에만 경망히 들뜬 지난날의 습성으로부터는 떠난 지 오래네. 도대체가 처음으로 감수感受된 영상映像이란, 그것이 아무리 훈훈한 것일지라도 늘 아직도 정체를 알기에는 너무나 곤란한 원경遠景에 속하는 것이거나, 안 그러면 마땅히 구비해야 할 것들 중의 극소 부분 또는 그 절편에 불과한 경우가 허다하지 않은가. 이 절편으로부터 종합될 것이 종합되고 내게 그것이 완전히 이해되지 않는 한, 일생 동안 내가 원고지 위에 아무것도 쓰지 않았다 하여도, 그것 때문에 자네가 나를 책할 수는 없네. 5년이나 10년쯤 한 개의 음성, 한 개의 색채만을 반추하고 누웠어도 괜찮은 것일세.

이 사람.

자네 모양으로 근거야 어떻든 간에 수시 변동하는 사상 행동에만 중점을 두고 있는 사람에게는 거짓말같이 들릴는지 모르지만, 정말로 나는 어느 비 오는 날 밤 거리에서 들은 방송기放送器의 한 노랫가락 소리를 위하여서도 벌써 근 3년째 나의 제일 좋은 시간만을 골라 거기에 사용하고 있네.

처음에는 그것이 어디선가 많이 듣던, 꼭 나를 위해 소리 지르는 여자의 음성 같아서 발을 멈춘 것이, 그다음에는 그렇지는 않은 게 이상해서 듣고 있었고, 그다음에는 또 그것이 벌써 누구를 위한 음성도 아닌 점에 주의하고 있다가, 문득 나는 또 그것이 정말은 저 무감한 천공天空을 향해서만 방성放聲되고 있는 사실에 놀랐던 것이니, 그래…… 내 부질없는 흥분이 섣불리 원고지를 노리다가 없어져 버린 후로 3년 동안, 이 여창女唱의 의미를 주워 모으기에 많은 밤을 나는 밝혔지마는 아직도 그것은 전도요원한 대로 남아 있을 뿐일세.

그것은 아직도 건전하니 남아서 나를 그 속박에서 풀어 주지 않을 뿐더러 나를 오히려 거기 견디지 않고는 못 배기게만 하고 있네.

여보게.

그래서야 어디 늙어 죽도록 시 한 편이나 쓸 수 있느냐고 자네는 말하는가.

정말일세. 우리가 시방 발표하고 있는 것들은 습작이거나, 습작 아니면 그보다도 더 못한 것이거나 둘 중에 하나밖엔 있을 수 없네.

그러고서는 또 늙어 죽도록 써야 시 한 편을 쓸 수 있을는지 없을는지도 모르는 일에 종사하고 있는 우리 몇 사람이 있을 따름일세.

여보게. 자네를 위해서 말하네. 자네가 낳은 것도 아닌 사상을 또 남의 그릇을 빌려 담아 가지고도 오히려 자네의 것이라고—더구나 자네의 시라고까지 주장해야 하는, 천박한 지식으로부터 자네를 해방하게.

그리고 아무래도 자네가 한글로 시를 습작하는 사람이 돼야겠거든, 먼저 우리말이 호의로써 따라올 수 있는 감정을 가지는 데서부터 시작해 주게. 허나 드디어 자네가 붓을 들었을 때에도, 제일 좋은 우리말과 한글 문자들이 그 앞에 와서 굴복할 수 있을 만큼, 자네의 그 시상詩想이라는 것이 충족하고 인력引力 있는 것이 돼 있어야지, 안 그러다가는 자네는 또 허탕을 쳐야 하네. 그럼, 이 사람. 인제는 그만 자네 집으로 가게. 나는 또 혼자서 누워 있어야 할 때가 되었네.

시와 시평을 위한 노트

개화 이후의 우리 신시단新詩壇에는 이십대의 시인들은 있었으나 삼십이 넘도록 시를 쓴 사람은 없었다는 말들을 한다.

그것은 물론 서정시를 두고 하는 말이다.

신시란 거의 전부가 서정시였으니까, 더구나 연애 감정을 읊은 시가 태반이었으니까, 시인들은 이십대에 그것을 자연 발생적으로 읊조리다가 후끈한 그 정열이 식어짐과 함께 또한 자연히 그만두었단 말이 된다.

장가를 들어서—시한테 장가를 든 게 아니라 딴 데로 장가를 들어서, 살림과 가난에 얽매여서, 또는 한글 문자로 운韻을 여기는 사업이 부질없이 생각되어서, 그들은 대개 삼십쯤만 되면 시라는 걸 그만두었던 것이다.

그러나 그중에 몇 사람은 가끔 생각나는 듯이 시의 모양을 한 글줄을 발표하는 일이 있었고, 사오십이 넘어서도 그것을 우리에게 보여 주는 수가 있다. 그러나 그것들은 이미 김이 빠진, 필요 없는 음식처럼 우리들의 구미에서는 멀다. 그건 다름이 아니다. 시정신과 그 작업이 쉬어 버린 지는 벌써 오래되었는데, 일종의 회고지정으로 옛 모습을 돌려 보려 하니 그게 잘될 리가 만무한 것이다.

일은 늘 계속해야지 오래 잊어버리면 나중엔 시작하던 데로 다시 돌아갈 수도 없이 된다.

말하자면 이 이십대를 시발점이자 또 종점으로 한 이 땅의 시인들에게는 시에 대한 연애 같은 동경은 있었지만, 바로 시의 세계에 들어서 본 일은 없었던 것이다.

그들은 이십대에 볼이 붉을 때 남의 집 색시를 동경하듯이 시를 동경하다가, 그다음에는 오래 잊어버렸다가, 문득 생각히어 인제는 그 동경을 다시 동경하려 하니 벌써 되지 않는다.

나는 시를 하는 일을, 자기가 숨 쉬고 생명 영위하기에 적합한 세계를 정신과 언어와 언어의 율동으로써 꾸미는 일이라고 생각한다.

두자미杜子美의 저 '인생유정人生有情'의 훈향은 두자미에게 적합한 세계였을 것이다. 김소월의 「진달래꽃」의 정서는 김소월이 살기 위해선 없으면 안 될 기류와 같았을 것이다. 괴테는 시의 호흡을 바로 하기 위하여 이태리에까지 여행하였다. 심지어 퇴폐의 지칭을 듣는 베를렌에게도 저 애련한 「가을 노래」의 세계는 역시 그가 숨을 쉬기에 가장 적합한 구석이었던 것이다.

요컨대 일생의 생명을 들어 시의 세계에 참례할 모든 시인들은 각기 그 성질은 다를망정 모두 그들의 생명 호흡에 알맞은 세계를 구성하기에 여념이 없었을 것이라고 생각한다.

주위나 후세의 눈치를 살피는— 그런 겨를은 꿈에도 없었을 것이다.

그러나 현재의 이 나라 시인들의 대대수는 시의 언어 율동을 통해서 숨을 쉬려는 것이 아니라, 사실은 딴것을 통해서 숨을 쉬고 있으면서 (그러자니 그 호흡이 오죽하겠느냐……) 시는 다만 그 방편으로서만 마지못해 사용하려는 놀라운 경향을 가지고 있다.

이 경향엔 또 두 부류가 있으니, 하나는 솔직히 말하면 장래 올 공산주의 사회의 행복을 위하여서 그걸 선전할 양으로 시를 쓰고 있는 파들이요, 또 하나는 순수니 뭐니 하지만 그저 시인이란 말을 들어보기 위해서만 시를 쓰고 있는 파들이다.

전자는, 인생에 적합한 호흡은 어느 호흡이나 모두 공산주의 사회가 와야만 비로소 지상에 시작될 거니까 그때까지는 직접 자기의 세계를 시를 통해서 구성하는 일은 보류해 두고, 우선 그 사회를 하루바삐 가져오기 위한 선전 방편으로서만 시를 쓰자는 내심의 주장이요, 후자는 참 딱한 일이다. 그것도 저것도 없이 그저 약간의 명예욕과 약간의 허영과 약간의 호기심과 약간의 원고료 때문에 남들도 쓰니까 자기도 한번 써 본다는 파들로서, 말인즉 순수와 영원을 주장하지만 내심은 그렇지도 않음은 시를 보면 알 수 있다.

그리하여

인민이여 전진하자!

행복은 근로자에게!

이상의 두 줄로 요약할 수 있는 것이 공산주의 사회의 도래를 위한
방편으로서 시를 하는 파들의 시적 업적의 전부라 하여도 과언은 아
닌 바요,

바람 불고,

꽃 피고,

비 오고,

노루 울고,

그립고……

하는 등의 총 내용을 '무엇처럼', '무엇같이', '무엇 하듯이' 하는 유의
형용구로 채색해서, '하도다', '하노라' 등속의 말미를 붙여 천편일률
로 제작해 내고 있는 것이, 소위 순수와 영원을 주장하는 파들의 전
사업처럼 된 것이다.

상기한 두 개의 타성의 중압이 다시 타성과 유형을 부르면서 북적
거리고 있는 것이 오늘날 우리 시단의 일반적 경향이다. 그러나 시
의 세계는 서상한 바와 같은 귀 아픈 인민전선파와 하품 나는 수식
파에겐 열릴 날이 없을 것이다. 공산주의 사회가 와도 그럴 것이고,
영원 다음에 또 한 번 영원이 겹쳐 온대도 마찬가지일 것이다.

시는 물론 그것이 엄정한 의미에서 시인 바엔 순수성과 사상성을 스스로 내포하는 것은 사실이다. 그러나 그것은 독자들의 인생을 위하여 어디로나 연역해 낼 수 있도록 새로 이해된 것이라야지, 아무 데서나 연역해 낸 모방과 타성의 것이어서는 안 된다.

모방과 타성의 흔적이란 허무한 것이다. 그러나 시의 세계란 독자에게 발견의 가능성을 주어 석방하는 무성한 신대륙의 황홀과 같아야 한다.

시 속에 들어 있는 순수성과 사상성이란 실로 이러한 발견의 가능성에 불과한 것이다.

그것 참 잘되었다.

내 생각과 꼭 같다.

그런 말을 듣는 시를 써서는 안 된다. 시는 그것을 읽는 자로 하여금 그의 일체를 땅 위에 떨어뜨리게 하는 감동을 주어야 한다.

일ー의 정신의 혁명을, 생에 대한 한 개의 새로운 이해를 주어야 한다.

시의 외곽에서 머뭇거리고 있는 사람들만이 시를 과장하고, 늘 허망한 걸작을 꿈꾼다. 그러나 그의 사상과 기교와 교양의 전부를 총동원시켜도 걸작은 외모로써밖엔 이룰 수 없을 것이다.

이와 반대로 한번 시의 세계에 자리를 잡은 사람은 언제나 측근한 세부의 감동으로부터 시작한다.

그러나 그는 인제 쉴 수가 없을 것이다.

또 말하거니와 정말의 시는 한 개의 특수 공기空氣와 같은 성능을 가진다. 그리고 이것이 위대하면 위대할수록 그 특수성은 기성의 일반성에 대치할 수 있는 새로운 일반성이 되는 것이다.

시를 지향하는 사람에게 나는 먼저 자네의 배운 재주나 사상 등에 구애되지 말기를 바란다. 우선 자네만의 호흡을 위한 한 세계를 지향하는 노력만이 자네의 노력이 되기를 바란다. 책이나 선생에게서 배운 걸로 한 편의 시적 체재를 갖추어 보려고 노력하기보다는, 차라리 한 줄 한 구라도 좋으니 우선 자네 독력獨力으로 자네의 호흡에 플러스하는 한 발견과 질서를 문자 위에 주어 보아라. 이렇게 하여 자네가 쉬지만 않는다면 자네는 반드시 도달될 걸로 나는 확신한다.

시평가詩評家 제군에게는 또 제군의 그 손바닥으로 시를 만져 보지 말기를 바라며, 또 자네가 가졌다고 생각하거나 장래에 가졌으면 좋겠다고 생각하는 사상의 흔적을 시 속에서 찾아내려고 두뇌로 애쓰지 말기를 희망한다.

그렇게 하여 자네는 시 아닌 것을 상대로 시비를 가릴 수는 있을 것이다.

그러나 자네가 안전眼前에 상대하고 있는 것이 참으로 시거나 시를 지향하는 것이라면, 자네는 어느 경우에도 건방진 재단과 트집의 습성을 고치지 않는 한 그걸 이해할 길은 영영 없을 것이다.

늘 모두들 하는 말이지만, 나는 또 한 번 비평가 제군이 일개 독자로서의 백지 상태로 돌아가 주기를 희망한다. 그리하여 자네는 이미 잡동사니가 아닌 정신의 총체로써 먼저 시의 감동과 비시非詩의 타성을 작품 속에서 경험해 볼 의무가 있다. 그래서 온갖 타성적인 것을 물리치고, 자네에게 감동을 준 것만을 골라, 자네에게 감동을 준 그 모양대로(그 이상으로도 그 이하로도 하지 말고) 독자와 시문학을 위해 피력할 의무가 있다.

내가 이 의무를 역설함은 다름이 아니라, 발표된 시란 어느 것이나 함께 쳐들고 상찬하거나 트집을 잡을 성질의 것이 아니라, 감동하거나 안 그러면 포기해 버릴 물건이기 때문이다.

기교는 놀라우나 신비적이어서 안되었다든가, 매력은 있으나 비현실적이라든가, 원숙하긴 하나 왜 하필 춘향이가 그네 타는 궁둥이를 밀어 주느냐든가(이건 최근 모 군이 내 시를 비평한 말이다)─이 정도의 비평이 현재 행해지는 시의 비평인 건 사실이지만, 이런 것은 만날 해 봐야 시를 위해서는 아무런 의미도 이루지 못할 것이다.

서사시의 문제

요새도 서사시를 쓰라는 요청이 없는 바 아니고, 또 이에 손쉽게 응수하는 이들이 없는 것도 아니다. 그러나 나보고 말하라면, 이 요청과 이 응수는 둘 다 심히 무용한 허사虛事와 같다.

적어도 우리에게 현존해 있는 서정의 정신―보고 음미하고 영탄하는 정신 대신에 행동의 지표가 될 수 있는 정신이 근본적으로 마련되기 전에는, 이 허사는 영리하게 중지하지 않는 한 다만 허사로서만 계속할 따름일 것이다.

서사시를 요청하는 이들은 흔히 그 예로서 호메로스의 『오디세이아』나 『일리아스』를 들고, 그와 같이 웅대하고 비장하고 행동적이기를 우리에게 원한다. 그러나 아시다시피 호메로스의 서사시가 쓰여진 시절에는 문학은 시와 소설의 세계를 분리하지 않았지만, 지금 우리들은 이것들이 분리된 지 오래인 세계에서 문학을 하고 있는 것이다.

『오디세이아』나『일리아스』가 쓰여진 인류의 한 원형적인 시절에는, 한 사람의 감정은 감정이자 바로 행동일 수가 있었다. 비극이 일어난다 하여도 그것은 인간의 내성적 사고 생활에서 파생되는 것이라기보다는 오히려 늘 외부의 장벽이나 벼락과 같이 밖에서 우연히 오는 경우가 많았다. 그러므로 이러한 신념의 때에는, 문학은 서사시의 형태 속에 시와 소설을 혼동할 수가 있었다.

그러나 불행인지 다행인지 후세는 시와 소설을 나누었고, 시한테는 주로 감정의 표백과 중복과 연마의 사업만을 맡겨 버리게 되었다. 그리하여 시는 맡은바 직능을 되풀이하는 동안에 무수한 감각과 정서를 표현해야 하는 서정의 길이 되어 버렸고, 소설은 또 무수한 사건과 성격을 묘사해 내야 하는 사실寫實의 길이 되어 버렸다. 양자는 아직도 그 복잡한 분업을 되풀이하고만 있을 뿐, 시가 서정의 사업을 중지하고 행동의 세계로 비약하려는 기맥도, 소설이 사건의 나열을 중지하고 정서의 대양에 침잠하려는 눈치도 보이지는 않는다.

이상의 사실은 무엇을 증명하는가? 다름이 아니다. 시와 소설의 분업이 아직도 계속되고 있는 이유는, 시의 감정의 추구와 소설에 있어서의 행동의 종합은 완료된 것이 아니라 아직도 계속되어야 할 인류의 숙제이기 때문이다. 시는 인류 감정의 한 전범을, 소설은 인류 행위의 한 표준을 이상으로 하는 채 아직도 전도 요원한 습작 도상에 있다. 그러므로 이 분업이 아직도 계속되고 있다는 사실은 양자의 미완성을 증명함과 동시에 양자의 원형인 서사시를 아직도 현대에서 종합할 수 없다는 뚜렷한 증명이기도 한 것이다.

분명히 우리는 지금 율리시스나 아가멤논처럼 행동을 전개할 수 있는 아무런 행동의 지표도 가지지 못하였다. 그립고, 아쉽고, 때로 노여운—그런 따위의 감정의 굴곡을 지니었을 뿐 율리시스와 같이 모험에 용감히 출발하거나, 아가멤논과 같이 단연코 칼을 들 만한 아무런 행동의 이념도 행동의 감정도 마련하지는 못하고 있는 것이다. 그러므로 민족이나 인류는 물론 한 개인을 향해서까지도 꼭 '이렇게 하라'고 지시할 만한 행동의 지표도 감정의 일률성도 아직 우리에게는 있을 수 없다. 이러한 우리에게 일대 서사시를 요청한다 하여 그것이 원대로 될 리가 만무하다.

그 증거로서는 우리 시단에서 소위 서사시라 하여, 우리들의 면전에 가끔 나타났던 것들을 기억해 보라. 임학수의 「견우직녀」나 김안서의 「먼동틀제」, 김동환의 「국경의 밤」이든지 무엇이든지 들추어 보라. 그것들은 모조리 서정적인 이야기 조—심심한 기성 음운에다 억지로 갖다 맞춘 서정적인 이야기 조에 불과하다.

그것을 형성하기가 거의 불가능한 서사시의 문제보다도 우리의 앞에는 아직 서정시의 문제가—우선 한 개의 민족 감정의 전범이나마 종합해 보아야 하는 서정시의 문제가 최대의 급선무로 가로놓여 있을 따름이다.

시와 사상

시와 사상은 아무 상관도 없다는 생각으로 시를 쓰는 시인들과 '시는 바로 사상이다'라고 주장하는 사상가들이 우리 시단에는 아직도 상당히 많은 듯하다. 그러나 이 두 종류의 생각이 계속되는 것은 시를 위해서도 사상을 위해서도 결코 다행한 일은 아닐 것 같다.

시는 일부의 소위 순수 시인들이 생각하는 것처럼 사상과는 전연 무관계한 것도, 또 일부의 사상 시인들이 해석하는 것 같은―사상 바로 그것도 아니다.

물론 하나의 사상은 시로 변모할 수가 있다. 그러나 이렇게 되기 위하여서는, 그 사상을 다만 기록하면 그만인 사상가의 수법에 의해서가 아니라 그것을 한 편의 시로서 구상화하고 표현하는 시인의 필연과 그 수법에 의해서만이 가능한 것이다.

다시 말하면, 하나의 사상을 사상만으로 표현하려면 논리적 기술만으로 족하다. 그러나 시로 변모하려면 시인의 한 생리적 질서와 그 관문을 통과한 표현이어야만 된다. 이것은 결코 일조일석에 되는 일도 아니고 또 억지로 되는 일도 아니다.

괴테에게 영향했던 범신론의 사상이 그의 생리적 관문을 통해 많은 수련을 쌓은 끝에 『파우스트』로 구상화되는 시의 필연성을 생각해 보자. 여기엔 벌써 사상의 아무런 생경성도 논리도 조작의 흔적도 남지는 않았다. 요컨대 『파우스트』는 하나의 사상이 시로 변모하는 데 있어 완전히 성공하였다 할 것이다.

이렇게 성취된 시에서 우리는 또다시 하나의 사상 내지 몇 개의 사상을 연역해 낼 수도 있다. 그러나 이 연역은 그 작품이 걸작이면 걸작일수록 광범위에 걸치고 또 막연해지는 것이다. 마치 그것은 신을 연역하여 그 속성을 줏어세는 것과 같은 무한정한 일이요 또 유익한 일이 될 수도 있다.

이상과 같은 의미에서만이 사상은 시와 서로 관련한다. 그러나 그것은 '사상이 바로 시'라는 의미와는 다르다. 후자의 경우라면 그것은 '시의 사상'이 아니라, '사상의 시'가 되어 버리기 때문이다. 그리고 이러한 부류의 시 기록자가 사상가요 시인이 아님은 물론이다.

이 시적 사상가들에게도 또 두 종류가 있을 수 있다. 하나는 프리드리히 니체류의 자가류自家流의 사상가들이요, 또 하나는 마르크스, 레닌주의의 선전원인 프롤레타리아 시인들과 같은 아류의 사상가들이다.

우리 시단에도 이 두 부류의 시적 사상가들은 존재해 있다. 유치환이라는 시인의 장래를 나는 주목할 만한 가치가 있다고 보는 사람 중의 하나이거니와, 그의 표현 시험자로서의 일면을 제한 또 다른 반면半面을 나는 전자의 경우라고 생각하고, 남로당과 문학가동맹 소속의 시적 선전원들의 대부분을 후자에 속하는 것이라고 보고 있다. 전자에 대해서는 그래도 우리는 사상 하는 사람으로서의 존경을 가질 수가 있다. 그러나 후자들에 대해서는 그들의 단결이 수월찮이 완고하다는 것과, 수효도 또 상당히 많다는—잡음을 대하는 것 같은 감개밖에는 아무런 감개도 생기지 않는다.

그래서 봉실봉실 피리라
아름답게 피리라
조선의 꽃
민주주의의 꽃

이상은 프롤레타리아 시단의 선배 시인 권환이라는 이의 「고궁에 보내는 글」의 결구요, 또 그들이 간행한 해방 후 조선문학전집 『시집』의 권두시의 결구이기도 하거니와 이상과 같은 문자와 사상의 전개에는 대체 무슨 의미가 있는가. 그것은 아무래도 시로서의 의미는 아닐 것 같다. 그렇다고 이 글에서는 별다른 사상도 건져 낼 것이 없다. 어떤 졸렬한 광고문의 필자가, 그래도 어떻게 시란 줄을 자주 바꾸는 것이라는 것만 간신히 알아 가지고 그렇게 늘어놓은 듯한—

일종의 불쌍한 불쾌감밖에는 아무것도 이 작품에서 건져 낼 것은 없다. 있다면 막연히 추세趨勢하는 아류 사상에, 또 하나는 시의 어떤 노력도 벌써 기피하는 안이한 기성 동요체의 음률에 대한 편승이 있을 따름이다.

위에서 나는 사상이 시로서 표현될 수는 있지만, 사상이 바로 시는 아니라는 말을 하였다. 생각건대 시는 사상보다도 좀 더 먼저 있을 물건이거나 훨씬 더 뒤에 있을 물건인가 보다.

들어오는 사상을 시험하기 위하여서는 우리는 늘 여유 있는 생리의 공간을 준비해야 한다. 그러나 사상이 여기서 용해되지 않는 한 시는 탄생될 수 없다.

시의 운율

1

'살아 있는 시'란 말이 있지 않은가.

산 자의 표적이 그 움직이는 몸짓에 있을진대 시의 운율이란 바로 시의 몸짓인 것이다.

아시다시피 시란 인생의 어떤 집중적인 포인트를 문자의 율동으로 표현하는 사업이다. 그렇다면 집중적인 포인트의 몸짓이란 어떤 것일까? 그것은 극히 격렬한 것일까? 극히 완만한 것일까? 아니면 그 중간일까? 생각건대 이상의 세 가지는 모두가 시의 근본적인 운율의 속성으로서 필요할 것 같다. 뿐만 아니라 이 밖에도 시의 운율은 더 많은 속성을 필요로 할 것이다. 가령 일례를 들면, 무용의 극치를 말하는 주검과 같이 정지해 버리는 저 완전 생명의 상태라든지……

그러나 우리의 고가古歌나 민요가 우리에게 전달하는 몸짓은, 격렬이 아니라 일종의 완만이다. 거의 전부가 4·4조나 3·4 내지 3·5로 흐르는 이 단조하고도 청승맞은 음률은, 일테면 저 가야금의 진양조나 피리 소리와 같다. 늘어진 흰옷을 입고 느릿느릿 지름길로 내왕하는 사람들의 입김과 몸짓을 그것들은 우리에게 보여 주고 있다. 조용히 견디고 언제까지나 기다리는 촌부들의 모습까지가 눈앞에 선연할 정도다.

달하 노피곰 도다샤
어긔야 머리곰 비취오시라

저 「정읍사」의 간절한 고조古調는 말할 것도 없고, '살어리 살어리랏다 청산에 살어리랏다' 하는 별곡류를 비롯하여 정송강의 가사나 윤선도의 시조에 이르기까지 그것들은 한결같이 잔잔한 파도요 단선율의 퉁수 소리임에 불과하였다.

그러나 여기에서 한번 우리가 뼈아프게 반성해야 할 것은, 이상과 같은 고요古謠의 단선율에 대치할 만한 새로운 시의 음률을 개화 이후의 시단이 산출한 일이 있느냐 하면 그것은 또한 심히 의문이기 때문이다.

육당, 춘원에서 비롯한 신시의 여명기로부터 백조파 시절에 이르도록까지, 시는 자유시의 탈을 쓰면 쓸수록 연설이나 산문의 단편임에 불과하였다.

그렇지 않고 음률을 지향하는 한, 그것들은 또 모조리 고요古謠의 타성을 면치 못하였다. 『백조』를 전후하여 시에 일종의 서구적 운율의 격렬성을 가져왔던 이상화와, 고요체古謠體를 타성이 아니라 현실로서 재생시키려 노력했던 김소월이 없었던 건 아니나, 이 두 사람의 힘의 정도로선 현대시의 한 완전한 몸짓은 시작도 될 수가 없었다. 그 뒤 정지용이 감각의 신선성으로 새로운 춤을 추노라 하여 보았으나 그것 역시 전통 토대의 박약 때문에 필연적으로 침체해 버리고 말았다.

요즘 와서 박두진, 조지훈, 박목월 등의 청록파 시인들과 재출발해 나온 윤곤강 등이 시의 운율에 치중하고 있음은 시를 정당하게 하려는 점 여간 고맙지 않으나, 그들 또한 김소월이 노리던 고체古體에의 귀화에서 일보도 전진하지 못하고 있는 것만은 숨길 수 없는 사실이다.

요컨대 신시 있은 지 반세기에 시인의 태반은 사상思想을 하기에 시의 운율이라는 것은 고려도 하지 않았고 또 여기 착안한 사람은 몇 사람의 이교도를 제한다면 거의 예외 없이 고체를 반추하는 데서 머물러 있었고, 지금도 그러고 있다.

그러나 시는 두말할 것도 없이 어떠한 기성 사상에의 편승도 거부함과 동시에, 어떠한 기성 운율에의 편승도 거부하는 데서만이 제 몸짓을 가질 수 있는 그러한 문학이다. 물론 전통적 토대로서 시는 고체의 율려律呂를 디디고 서야 한다. 허나 이 고체에 현재의 율동의 지향이 모조리 덮여 버릴 정도로 시인이 무력해서는 안 된다. 지금

필요한 것은 전대前代나 망령의 몸짓이 아니라 현재의 '나'와 '우리'의 몸짓이기 때문이다.

　시의 운율을 덮어놓고 무시하는 무지와 아울러 우리가 또 경계해야 할 것은 저 '늴리리' 가락에의 무조건 항복이다.

2

　나는 어느 맑은 가을날 창경궁 동물원에서 하루해를 보내며, 철망 안에 갇힌 한 마리의 늙은 학의 일정을 옆에서 살핀 일이 있다. 얼마 안 되는 몸뚱이와 가느다란 모가지로 능히 천년의 수명을 누린다는 날짐승―항상 운무와 고원과 송림의 벗일 뿐이었던, 머리에 꽃송아리 같은 붉은 점을 얹은 이 날짐승의 생활의 표현을 비록 해방된 본연의 자태로서는 아니나마 계속해서 하루만 바라보자 함이었다. 아니 오히려 그의 거침없는 비상을 막는 철조망 안이길래 그도 끝끝내는 여기에 굴하고 마는가, 대체 이 부자유를 그는 어떻게 처리하는가를 똑똑히 두 눈으로 한번 보자 함이었다.

　그래 나는 먼저 그가 무안하지 않게 하기 위하여, 그의 눈에 잘 띄지 않을 곳에 자리를 잡은 후에 담배에 불을 붙였다.

　학은 처음 마치 화투의 솔 스무 끗짜리에 그린 것과 같은 자세로 오랫동안을 정물과 같이 서 있었다. 그동안은 내가 한 개의 담배를 피운 사이보다도 좀 더 길었다. 드디어 그는 그 생전 움직일 것 같지도 않던 자세를 깨뜨리고 기인 부리를 들어 청명한 하늘과 백일白日을 향해 울부짖었다. 보이지 않는 무슨 금속의 선을 건드리는 듯한 그의 소리를, 들어 본 이는 기억하리라.

그는 가늘고 긴 두 다리를 굴러, 갇힌 땅을 가벼이 걷어차고 비상을 시작하였다. 제한된 쇠그물 안을 분명히 그는 세 바퀴인가 네 바퀴 돌았었다.

그다음 나는 학이 다시 땅에 내려선 것을 보았다. 역시 솔 스무 끗의 그림과 같이 움직도 하지 않는 것을 보았다.

또 한 번 기인 시간이 지났다. 나는 그 옆에서 뜻밖에도 갈증이 생겨 물 있을 곳을 살폈으나 보이지 않으므로 그대로 있는데, 마침내 학은 또 부리를 치켜들고 두 번째의 울음을 비롯하였다. 그러고는 기이하게도 땅 위에 선 채로 하이얀 날개를 폈다.

그러고는—이 어인 일인가. 옛이야기로만 듣던 그대로 한 자리의 학춤을 추는 것이다. 모가지도, 발도, 활개도, 차마 그대로는 못 있겠는지 마주 비비고 퍼덕이고 껑충거리며 앞으로 갔다 뒤로 갔다—꼭 무슨 신들린 자와 같은 것이다.

그러나 이 전율과 황홀의 상태는 오래잖아 끝났다. 다시 화투에 그린 것과 같은, 나를 애태우는 침묵이 계속되었다……

시의 운율도 마찬가지다. 계승하고 지속할 것을 오래 계승하고 지속하는 자만이 능히 치졸하지 않은 곡절을 차지하게 됨은 학의 경우와 마찬가지다.

저 장명長鳴과 비상을 예비하는 침묵, 제한된 철망 안의 세 바퀴 네 바퀴의 선회, 다시 오는 침묵, 전율과 법열의 춤, 또다시 오는 침묵, 또다시 오는 침묵…… 이것들은 과히 좁지 않은 쇠그물 안에 갇힌 한 마리 단정학丹頂鶴의 생태의 경우와 꼭 마찬가지다. 다른 게 있다면 저 새는 천년 경험한 생명의 표현을 몸으로 하고 있음에 비하여 이쪽은 불과 수십 년의 압축된 느낌을 글자로 전하는 게 다를 따름이다.

여기에 한 사람이 있다. 그를 둘러싼 배경으로 보아 그는 언제 어떤 바닷속에 떨어져 버려도 괜찮은 존재이며, 언제 어느 허공으로 스러져 버려도 괜찮은 존재이며, 춤추건 가만있건 모두가 그의 임의다.

갈지之자로 걸어가랴? 장군과 같이 뚜벅뚜벅 땅을 든든히 디디고 걸어가랴? 아니면 술에 취한 못난이와 같이 무너질 듯이 걸어가랴?

하여간 네가 지고 이고 모시고 가는 것—그것이 절실하면 절실할수록, 네 필연의 운율은 우리를 울리고 우리를 해체하고 우리를 형성하고 우리를 혁명한다. 시인아.

일종의 자작시 해설
—「부활」에 대하여

    졸저 『화사집』 속에서 약간의 시작을 골라 400자 8매의 지면에다 일종의 자작시 설명을 전개해 보라는 상아탑사의 부탁이었다고 기억됩니다. 그래 이하에 나는 그 짓을 좀 해 보긴 하겠습니다마는, 이것은 어쩌면 전연 불필요한 사업일는지도 모르겠습니다. 왜냐하면 시란, 형성하기까지는 작자의 것이지만 한번 형성해서 세상에 던져 버린 뒤엔 작자와는 직접의 관계는 끊어져야 하는 것이라고, 나는 아직도 생각하는 까닭입니다. 욕을 하건 칭찬을 하건, 그것은 평가評家와 독자의 세월 속에서 자연히 될 일이지 여기에 작자가 또 나서서 중언부언할 일이 아니고, 또 그래 봐야 그건 아무 소용도 없는 일이라고 생각하는 까닭입니다.

시란, 한 시인의 자기 형성 과정에서 무시로 탈피해 던지는 낡은 허물과 같은 것이라고 나는 지금 생각하고 있습니다. 거기 나타나 있는 시인의 한 세월의 율동과 색채 등을 판독하는 것은 벌써 독자의 의무이지 또다시 그 탈피자의 의무는 아닐 것입니다. 그러므로 이하에 나는, 현재 내가 불필요하다고 생각하는 것을, 약간 쑥스럽고 미안스런 마음까지 가지고 해야만 하게 되었다는 것을 몇 마디 말해 두지 않을 수 없었습니다.

졸저 『화사집』 속에서 나는 「부활」 한 편을 택했습니다. 무슨 그것이 출중해서 그러는 게 아니라 저절로 그렇게 선택된 것을 보면, 그것은 아직도 나와 더불어 혈연관계가 아조 끊어지지는 않은 까닭인지도 모르겠습니다. 그러면 지금부터 시작하겠습니다마는, 여기서는 다만 초학자를 위한 설명 정도에 그치려 합니다.

내 너를 찾아왔다 순아.[1] 너 참 내 앞에 많이 있구나. 내가 혼자서 종로를 걸어가면 사방에서 네가 웃고 오는구나.

어떤 사람에게 이미 작고한 한 사람의 애인이 있었다고 가정합시다. 자나 깨나 그 사람을 잊지 못해 하다가, 하루는(그날은 청명한

---

1) **편집자주**—'유나娛娜', '순아' 등의 판본이 있으나 이 전집 1권에서 '수나娛娜'로 확정하였다. 이 글에서는 원문을 존중하여 '순아'로 표기한다.

가을입니다) 종로를 걸어갑니다. 그때에도 또한 애인의 일을 생각하고 갑니다. 문득 옆을 지나가는 소녀의 모습이 꼭 고인의 얼굴과 비슷함을 느낍니다. 그러자 그 뒤에 오는 소녀도, 또 그 뒤에 오는 소녀도 모조리 고인과 같습니다. 아니, 같을 뿐만 아니라 눈에 보이는 한도 내에서 종로에 흩어져 있는 소녀들은, 죽은 순이의 변신이 되어 버립니다. 이것은 물론 환상입니다. 그러나 이 사람은 반가웠을 것입니다—이상이 「부활」의 첫 부분입니다.

새벽닭이 울 때마다 보고 싶었다. …… 순아, 이것이 몇만 시간 만이냐. 그날 꽃상여 산 넘어서 간 다음 내 눈동자 속에는 빈 하늘만 남드니. 매만져 볼 머리카락 하나 머리카락 하나 없드니,

이것은 별로 설명할 필요도 없을 것입니다마는, 이 무한한 애인의 환상을 향해 이 사람은 애인과 영이별한 뒤에 그리움과 서러움과 반가움을 말합니다. 물론 이것은 혼자서 속으로만 하는 말입니다. 새벽닭이 울 때마다 보고 싶었다고 닭이 울도록 밤새워 그리워하던 것과, 또 하룻밤이나 이틀 밤뿐이 아니라 밤마다 보고 싶던 것을 말합니다. 그 그리움이 정말이라면 그것은 날로써 따질 것이 아니라 시간 시간이 모두 그리울 것입니다. 그러니 고인이 가신 지 몇 해가 지났다면 그건 참으로 수만 시간이 아니겠습니까.

최애의 애인이 사망을 했는데, 이 사람에게 애착이 갈 게 무엇이 있겠습니까. 눈에 비치는 것은 공허한 푸른 하늘뿐입니다. 늘 옆에

서 웃고 말하던 사람이 인제는 다시는 이승에 없습니다. 그래 이 사람은 망령되이 옛날 애인의 머리털을 쓰다듬어 주던 일을 생각하고 몸부림칩니다.

비만 자꾸 오고⋯⋯ 촛불 밖에 부흥이 우는 돌문을 열고 가면 강물은 또 몇천 린지.

'운행우시雲行雨施'라는 말이 『주역』엔가 어덴가 있습니다. 물론 이 말은 내가 「부활」을 쓸 무렵에 얻어들은 문자는 아니지만, 요즘 나는 이 말이 보통으로 생각되지 않습니다.

우리 모두가 죽어서 썩어 증발해서 날아가면 구름이 될 것 아니겠습니까. 혼은 유물론자들의 말과 같이 없는 것인지 있는 것인지 모르지만, 그 구름은 많이 모이면 비가 되어서 이 땅 위에 내릴 것만은 사실입니다그려. 운행우시⋯⋯ 쓸데없는 객설은 그만두고, 하여간 이 사람은 비 내리는 날도 저승에 간 애인을 꾸준히 생각하고 있습니다. 촛불을 켠 방 밖에서는 부엉이가 울고 있었습니다. 저승은 참 먼 것 같습니다. 도무지 열 수 없는 돌문이 그곳을 가로막고, 혹 그 돌문이 열린다 할지라도 건널 수 없는 강물이 한정 없이 뻗쳐 있는 것만 같습니다. 그리움이 크면 클수록 미칠 일이 아니겠습니까.

한번 가선 소식 없든 그 어려운 주소에서 너 무슨 무지개로 내려왔느냐.

그 어려운 주소라는 것은 두말할 것도 없이 저승 내지 하늘나라의 표현입니다. 지금의 내 심정으로선 이런 표현은 정당하지 못하다고 봅니다만, 이것은 후일 내가 늙어서 전집이나 가지게 될 때까지는 정당하게 고쳐지겠지요.

종로 네거리에 뿌우여니 흩어져서, 뭐라고 조잘대며 햇볕에 오는 애들. 그중에도 열아홉 살쯤 스무 살쯤 되는 애들. 그들의 눈망울 속에, 핏대에, 가슴속에 들어앉어, 순아! 순아! 순아! 너 인제 모두 다 내 앞에 오는구나.

이상이 「부활」의 마지막 부분입니다. 순이의 부활을 형상화한답시고 해 보았습니다. 위에서도 말한 것같이 이 무엇에 들린 듯한 자의 안공眼空에는 종로 네거리의 소녀 전체가 순이의 변신과 같습니다. 소녀 전체는 너무나 난만히 많기 때문에 운무와 같이 뿌우옇기까지 합니다. 그것들은 마치 새로 돋아나는 많은 봄싹과 같이 뭐라고 조잘조잘 음악을 이루면서 햇볕 속에서 오고 있습니다. 여기 서 있는 환상자의 앞으로 오고 있습니다. 그들은 모두 젊습니다. 열아홉이나 스무 살일 것입니다. 그러니까, 자연, 그만큼 한 나이에 죽은 순이가 그들로 변신해 보이는 것은 무리가 아닐 것입니다. 자세히 보니 그들의 눈도 순이와 같습니다. 머리털도 같습니다. 걸음걸이, 말소리, 웃는 얼굴―하나도 안 같은 것이 없습니다. 피도, 가슴속의 생각도 같을 것입니다.

—그러니 인제 이 환상자는 서러워하지 않아도 괜찮겠습니까. 그렇습니다. 인제는 이렇게 풍부한 부활 속에서 반가워 못 견디는 사람이 돼야 할 것입니다.

아시겠습니까? 이상이 내가 할 수 있는 졸시 「부활」의 설명입니다. 그리고 여기 한 가지 부언해 둘 것은, 지금 이 글을 쓰고 있는 필자 자신이 애인을 사별한 환상자 당자는 아니어도 괜찮다는 점입니다. 말하자면 필자로서의 자격은 그 환상객의 제일의 친우의 자격을 자처하는 것만으로도 충족한 때문입니다. 그렇습니다. 시인의 자격이란 모든 인간 정서의 제일의 친우인 점에 있습니다. 물론 나는 아직도 욕심만 높을 뿐 사실은 그 9위의 자격도 가지지 못했음이 스스로 부끄러울 따름입니다만.

시작 과정
—졸작「국화 옆에서」를 하나의 예로

한 송이의 국화꽃을 피우기 위해

봄부터 솥작새는

그렇게 울었나 보다

한 송이의 국화꽃을 피우기 위해

천둥은 먹구름 속에서

또 그렇게 울었나 보다

그립고 아쉬움에 가슴 조이든

머언 먼 젊음의 뒤안길에서

인제는 돌아와 거울 앞에 선

내 누님같이 생긴 꽃이여

노오란 네 꽃잎이 필라고

간밤에 무서리가 저리 내리고

내게는 잠도 오지 않았나 보다

이것은 졸작 「국화 옆에서」의 전문으로 설명의 필요를 위해 먼저 적어 놓았습니다. 그러면 이제부터 이 미비한 것에 대한 형성 과정을 몇 마디 주문에 의해 말씀드리겠으니 과히 허물하지 마시길 바랍니다.

여러분도 아시다시피 한 개의 시상詩想이라는 것은 한 순간에만 의거하는 것은 아니올시다. 또 모든 과거의 상념들과 전연 무관하게 단독으로 우연히 성립될 수 있는 것도 아니올시다.

가령 미비하나마 졸작 「국화 옆에서」를 예로 들어 말씀드리더라도 여기에는 네 개의 이미지가 중첩되어 있습니다만, 이것들은 그 하나도 한 순간에 우발적으로 투영된 것에만 의거한 것은 아닙니다.

4연 중 맨 첫 연의 한 송이의 피어 있는 국화꽃의 색채와 향기의 배후에 봄부터 첫가을까지 계속되었던 저 솥작새의 울음의 음향을 참가시킨 이미지는 물론 색채와 음향을 조화시켜 보려는 표현적 의도에 의해서 결정을 보게 된 건 사실입니다마는, 이 한 개의 국화를 중심으로 하는 이미지가 고정되기까지에는 그 전에 이와 비슷한 많은 상념이 내 속에 이루어지고 인멸하고 다시 이루어지면서 은연중에 지속되어 왔던 것을 나는 기억합니다.

그중에 몇 가지를 예로 들어 말씀드리면, '저 우리 이전의 무수한 인체가 사거死去하여 부식해서 흙 속에 동화된 골육은 거름이 되어 온갖 풀꽃들을 기르고, 액체는 수증기로 승화하여 구름이 되었다가 다시 비가 되어 우리 위에 퍼부었다가 다시 승화하였다가 한다'는 상념이라든지, '한 개의 사람의 음성에는 그것이 청하건 탁하건 절실하면 절실할수록 반드시 저 먼 상대上代 본연의 음향이 포함되리라'는 상념이라든지, '저 많은 길거리의 소녀들은 사거한 우리 애인의 분화된 갱생이리라'는 환상이라든지 ― 이런 것들입니다.

이러한 여러 가지 상념들은 언뜻 보기엔, 「국화 옆에서」의 첫 연의 시상과는 아무 관계도 없는 것 같기도 하지만, 사실은 그렇지 않습니다. 저 '인체 윤회'와 '음성 원형'의 상념이나 '애인 갱생'의 환각 등은 ― 요컨대 이러한 상념과 환각의 거듭 중복된 습성은, 한 송이의 국화꽃을 앞에 대할 때 '이것은 저 많은 솥작새들이 봄부터 가을까지 계속해 운 결과러니' 하는 동질의 시상을 능히 불러일으킬 수가 있기 때문입니다. 뿐만 아니라 또한 제2연의 내용이 되는 국화 개발開發의 한 원인으로서 여름의 천둥소리들을 끌어올 수도 있는 때문입니다.

그러나 서상한바 '인체 윤회'나 '음성 원형'이나 '애인 부활'의 상념 등이 「국화 옆에서」의 1, 2연의 시상과 밀접한 관계가 있는 것처럼 이 '천둥과 국화'나 '솥작새와 국화'에 관한 상념의 습성은 여기에서만 해소해 버리는 일이 없이 내 인생의 다음 체험에 반드시 그림자를 던지게 될 것임은 물론입니다. 이렇게 하여 쉬지만 않는다면 우리는 제법 광범위에까지 모든 것을 우리와 관계 있는 것으로—좋은 관계가 있는 것으로 만들 수도 있지 않을까 생각되기도 합니다만.

그거야 여하튼 제3연을 가지고 말씀하더라도 마찬가지입니다. 이 모든 젊은 철의 흥분과 감정 소비를 겪고 인제는 한 개의 잔잔한 우물이나 호수와 같이 형이 잡혀서 거울 앞에 앉아 있는 한 여인의 미의 영상이 마련되기까지에는, 이와 유사한 많은 격렬하고 잔잔한 여인의 영상들이 내게 미리부터 있었을 것임은 물론입니다.

새로 자라오르는 보리밭 위에 뜬 달빛과 같은 애절한 여인의 영상도 있을 수 있습니다. 오월의 아카시아 숲을 보고 그 향기를 맡는 것 같은 신선한 여인의 영상도 있을 수 있습니다. 또는 저 이집트의 여왕 클레오파트라와 같이 오만하고 요염한 여인, 또는 산악과 같이 든든하고 건실하고 관대히 아름다워 우리가 그 무릎 아래 가서 포근히 쉬어 보고 싶은 여인, 또는 성모마리아와 같이 다수굿하고 맑고 성스러운 여인, 또는 저 황진이와 같이 스스로도 멋지고 또 고차원의 온갖 멋을 이해할 수 있는 여인, 이 밖에도 여러 가지 성질의 여러 가지 형태의 여인의 미의 영상이 우리의 속에 계속해서 있을 수 있습니다—그리하여 이러한 모든 여인의 미의 영상의 체험 역시 거듭되면서 우리에게 여인들의 미에 대한 새로운 이해를 가져옴은 사실입니다.

좀 쑥스러운 이야기를 하고 있는 형편이 되었습니다마는, 내가 이십대에 '소복하고 거울 앞에 우두커니 홀로 앉아 있는 사십대 여인'의 모습을 보았다면, '흥! 저 아즈머니는 핼쓱한 게 밉상이야. 얼이 빠졌어!' 하고 비웃었음에 틀림없겠지만, 이 「국화 옆에서」를 쓸 무렵에는 어느새인지 거기에서도 한 서릿발 속에 국화꽃에 견줄 만한 여인의 미를 새로 이해하게 된 것도 서상한 바와 같은 것들의 많은 되풀이, 되풀이의 결과임은 물론입니다.

그래서 내가 어느 해 새로 이해한 이 정일(靜逸)한 사십대 여인의 미의 영상은 꽤 오랫동안—아마 2, 3년 그 표현의 그릇을 찾지 못한 채 내 속에 잠재해 있다가, 1947년 가을 어느 해 어스름 때 문득 내 눈이 정원의 한 그루 국화꽃에 머물게 되자, 그 형상화 공작이 내 속에서 비로소 시작되었던 것입니다.

국화는 물론 내가 어려서부터 많이 보아 온 꽃이고, 가끔 꺾어서 책상 위에다 꽂아 놓기도 했고, 또 '아름답다'고 말해 본 적도 한두 번은 아니었지만 이때처럼 그 여인—'소복하고 거울 앞에 앉아 있던 그 여인과 같다'고 이해된 이때처럼 절실하게 가깝고, 그립고, 알 수 있고, 까닭 없이 기쁘게 느껴진 적은 그 전엔 없었습니다.

'이것을 시로 쓰리라' 작정하고 책상머리에 와서 앉아, 내가 맨 먼저 기록해 놓은 것은 제3연뿐이었습니다.

이것을 써 놓고 몇 시간을 누웠다 앉았다 하는 동안 제1연과 2연의 이미지가 저절로 모여들었습니다. 이것은 마치 내게는 오랫동안 어느 구석에 잊어버렸다가 찾아내서 쓰게 되는 낯익은 옛 소지품을 사용하는 것과 같은 감개였습니다.

그러나 마지막 연만은 좀처럼 표현이 되지 않아, 새벽까지 누웠다 앉았다 하다가 그만 자 버리고 말았습니다.

그리하여 이것은 며칠 동안을 그대로 있다가, 어느 날 새벽 눈이 뜨여서 처음으로 마련되었습니다. 밖에선 무서리가 오는 듯한 늦가을의 상당히 싸늘한 새벽이었는데, '내가 안 자고 혼자 깨어 있다'는 호젓한 생각 끝에, 밖에서 서리를 맞고 있을 그놈을 생각하자, 용이히 맺어졌습니다. 그러나 이 결련結聯만은 그 뒤에도 많은 문구상의 수정을 오랫동안 계속했던 것을 말해 둡니다.

이상과 같이 나는 내 미비한 작품「국화 옆에서」의 13행의 문자를 기록했습니다. 예정해 주신 지면도 이미 넘었으니 이로써 그치려 하거니와, 아무것도 아닌 걸 가지고 자가선전을 한 것 같은 점―참으로 미안합니다.

요컨대 나는 인생이란 되도록이면 오래 체험하고 살 가치가 있다는 것을 말하고 싶었을 따름입니다.

김소월 시론

내가 소월 김정식의 시를 처음 대한 것은 아직 내 나이 열여덟의 소년 시절, 서울의 공립 도서관에서였습니다. 날마다 다니며 일과로 읽던 막심 고리키 전집을 잠깐 동안 제쳐 두고 우리말의 카드를 뒤적이다가 (누구의 저술이던가는 잊었으나)『문예비평론』이란 책자를 골라낸 것이 내가 그의 이름을 알게 된 동기였습니다. 일테면 한 개의 외도가 한 개의 동기를 내게 마련해 준 셈입니다.

그러나 나는『문예비평론』이라는 비교적 박학한 평론집 속에 인용되어 있는 그의 몇 개의 작품을 분명히 읽었음에도 불구하고 그에게 감동할 수는 도저히 없었습니다. 그야 평론집이라는 물건 자신이 소월의 시가 예로 끌려와 안심하고 앉아 있을 만한 적당한 좌석의 준비도 없이 함부로 인치한 데도 이유는 있겠고, 또 인용된 시가「진달래꽃」 같은 그의 대표작이 아니었던 데도 얼마쯤의 까닭은 있겠으나, 중대한 이유는 그것이 아니라 사실은 나의 연령의 제한과 (그럴 테건 소월처럼 그 연령의 제한을 넘었을 만한 충분한 심적 체험이라도 있었느냐 하면 그것도 없었던 것과), 또 다른 하나는 그 두세 편의 시가 한 권 시집의 전적 배경과 유기적인 연결과 두서가 없이 상당히 어색한 데에 와서 앉아 있은 때문이었다고 생각합니다. 요컨대 나는 나대로 아직 그를 사귈 만한 존재자가 되지 못했고, 그는 또 너무나 부적당한 소개자를 통하여 생명 없는 파편과 같이 놓여 있던 까닭입니다.

바로 말씀드리면, 18세의 나는 너무나 법만을 찾는 유치하기 짝이 없는 서생이었습니다. 다시 말씀드리자면, 모든 선행한 외국 대가의 작품들을 섭렵하고 다녀야 하는 청소년기의 서생 시절에는 한 개의 의무자로서 우리가 장차 형성 창조할 것을 양성해야 할, 일테면 무제한한 공기의 비료로서의 선행자가 아니라 유력한 선행자란 늘 우리를 송두리째 삼켜 버리는 거대한 율법이요, 우리는 또 늘 그의 포로인 경우가 허다한 것입니다.

그러고 이 경우는 모든 학문도學問道에 무시로 있는 일입니다. 내 인생을 어떻게 살았으면 좋겠습니까?—우리가 물으면, '이렇게 살아라' 하고 되도록이면 똑똑히 법을 일러 주는 선인先人만이 서생에게는 제일 감동인 것입니다. 그러나 이러한 선행자의 제법 세계諸法世界를 편력하고 나설 때…… 이 서생이 만일 모든 포로의 상태에서 해방된 것이라면, 그는 마땅히 완전 황무荒蕪의 시공 속에 들어서야 할 것이고, 이것이 가장 어려운 일임을 알아야 할 것이고, 그러고서 한 개의 진행이 시작돼야 할 것입니다.

허나 어떤 민족—특히 어떤 종류의 후진 민족後進民族의 세계에서는, 모든 감정 정서의 축적한 층만 하늘 끝까지 쌓여 있을 뿐 몇천 년을 경과해도 한 개의 법이 서 보지 못하고 한 개의 법적 진행조차도 없을 수가 있습니다마는, 솔직히 고백하면 우리의 경우까지를 나는 지금 그렇지 않은가 생각하고 있습니다…… 그것은 하여간, 서상한 바와 같이 한 개의 편승할 율법의 권위만을 암중모색하고 다니던 청소년기에 소월의 정서를 나는 볼 수가 없었고, 그것을 호흡할 체력조차도 장만하지 못했던 것입니다.

김소월.

허나 내가 이십대를 막 지나서 그의 작품을 인제는 도서관에서가 아니라 정리 안 된 내 시간의 공극空隙을 통하여 비교적 정면에서 접하게 되었을 때에도, 그 일률적 감상성과 민요체를 이유로 안하에 무시해 버렸던 천박한 오해를 나는 지금 알 수가 있습니다. 감상성이란 감각의 소산이요, 그와 같이 찰나 감각과는 수천 재載의 거리에 있는 사람에게는 해당되지 않는 것임을 나는 몰랐고, 민요체의 운율이 오히려 무질서한 우리 자유시의 상속上屬에 있는 까닭도 알 수가 없었던 것입니다.

온갖 사상의 온갖 연설과 온갖 음향과 온갖 제스처가 제 마음대로 엄습해 오는 조절자 없는 한 개의 합동 자유 시장에서는—너무나 많은 허영과 모방과 저조와 변절 때문에 황무의 모습마저 보이지 않는 복잡한 수라장에서는, 때로 그의 외마디 피리 소리가 혼란한 내 시간의 공극을 통해 잠깐 동안 아스라이 들려오는 일이 있었다 해도, 나는 이 가락을 그저 귓가에 흘렸을 뿐이요, 분명히 나를 울리는 이 운율을 그저 감상에다만 돌렸을 뿐이지 이 공극의 의미를 깨달으려 하지도 않았고 또 그에게 뒤집어씌운 감상이란 사실은 자기의 소유인 것도 까맣게 자각지 못하고 있었습니다.

그렇습니다. 이 공극을 유심히 내어다보면, 거기 우리가 결국은 떠받고 가야 할 수천 세기의 민족 감정이 누적해 있는 과거세過去世 전체의 천공이 푸르러 있음을 우리는 보려 하지 않았고, 그렇기 때문에 우리의 공극이란 또 늘 조그만 공극의 의미로만 멈춰 있는, 올 것이 간헐적으로 오고 부분으로만 오기 때문에 감상으로밖에는 이해가 안 되는 라디오의 대금 독주 시간과 같은 분초의 존재에 불과했던 것입니다.

허나 위에서도 말한 것처럼 필연적으로 감각의 소산인 감상이란, 짊어져야 할 항구한 과거세가 없는—그렇기 때문에 현재의 분초만이 전 가치를 척도해야 하는 순간적 감각 의존에 치우쳤던 현대 서구식의 아류 교양인—우리의 것이었지 김소월의 것은 아니었습니다.

감상이 감각의 소산이란 것을 말씀드리겠습니다. 우리나라 문인 중 감상객의 호대표好代表로서 춘성 노자영이 있음은 주지의 사실입니다마는, 결코 지속하지도 않고 반드시 변화하기 쉬운—안타까운 가슴을 안고 눈물의 목적 때문에만 눈물을 흘리는 등의 제 표정諸表情

은 물론 감상입니다.

그러나 이것을 맹렬히 반대했던 신선한 감각파의 시인 김기림이 눈물을 거부하기 위해서만 이를 악물고 홍소하던 제스처에서도 우리는 노자영과 동질의 감상을 볼 수가 있습니다. 요컨대 곧 서러워지고, 웃음이 터지고, 미워져서 파를 가르고 하는 등의 불안정 상태가 그대로 감각 현상입니다. 그러고 이 상태는 밑도 뿌리도 없이 부동하는 모든 현대인의 상태—물론 문화인의 상태이기도 합니다.

소월은 아시다시피 부동하는 사람은 아니었습니다. 평북 구성의 두메산골에서 생겨난 그는 학업을 위하여 정주와 서울과 동경에서 약간의 세월을 소비하는 외엔 임종할 때까지 산골을 떠나지 않았습니다. 그는 산골에 없는 것과 같이 묻혀 살며 극히 소량의 시를 썼고, 시를 쓰되 모든 시인이 마음대로 문자를 구성할 수 있던 자유시의 시절에, 낡은 민요체의 정형시로서 자율을 삼았습니다. 천대받던 한글 문자나마 욕심껏 사용하려 하지 않고, 스스로 제한하여 네 개씩 세 개씩 골라 가졌고, 문자의 길이보다 시상의 길이가 조금이라도 길 때는 여지없이 그것을 잘라 버렸습니다. 문자와 감정과 지식 등을 제한 없이 맘대로 전개하는 것만이 자유요 가치라 한다면, 그가 자기에게 애써 부과한 이러한 제한은 부자유요 무가치에 불과합니다. 그러나 다량의 문자와 감정과 지식의 전개가 소월의 생명보다 더 오래 계속되고도 아직 그를 넘을 만한 아무런 민족적 선율도 창조되지 못했다면, 소월의 일견 구태의연한 정형률과 민요체는 오히려 우리들이 졸업해야 할 두상頭上의 계단입니다.

이십대에 내 무시의 대상이 되었던 그의 요체饒體의 율려는 상기도 우리들의 상공에 있는 것입니다.

우리와는 겨우 10년의 연령 차이밖에는 없었던 이 사람이, 더구나 그처럼 영리했던 이 사람이, 우리들이 서구를 통해서 내어다본 문화 의식과 가치와 인간성의 제상諸相을 우리만큼도 보지 못했으리라고는 상상할 수가 없습니다. 외국어와 수학 능력까지도 어느 정도 갖추었던 이 상과대학을 임의로 자퇴해 버린 사람이 그의 심령 위에 아무런 당시의 낙착도 받아 보지 못한 감수성의 창천蒼天만을 온전히 지닌 사람이었으리라고는 생각할 수가 없습니다. 타고난 천품과 약간의 한문 해득 능력만으로 우리들의 모든 시험을 초연히 떠나서 과거 정령의 세계로 그렇게도 용감히 퇴각하였으리라고는 상상할 수가 없습니다.

서구의 르네상스가 형성한 입상立像의 의미도 그것이 해방한 '아我'의 가치와 사회적 혹은 심미적 가치도, 희랍적인 의미의 인간성도, 헤브라이즘이 연역한 사람의 뜻도, 독일인의 이상인 문화인도, 불란서의 양식良識과 명지明知도, 영국적인 공리성도, 소비에트 혁명도, 우리만큼은 알았을 뿐만 아니라 이것들을 훨씬 넘어다보고 있다가 머언 후면에서 들리는 고향의 부르는 소리에 쏜살과 같이 돌아온 것이라 상상하는 것이 적당할 것입니다.

고향의 부르는 소리…… 우리의 태반이 외래 조류의 잡음 속에서 귀머거리가 되어 있을 때, 또 다른 한 개의 아류법을 이조 아닌 현대에 세우려고 탐색하고 있을 때, 소월이 홀로 알아들은 고향의 부르는 소리…… 그러나 돌아간다 하여도 우리의 고향에는 우리들이 장차에 형성할 것을 형성할 동안 기대어 설 만한 한 개의 입상도 서 있는 것은 아니올시다. 그렇기 때문에 당대의 형성이란 거의 불가능한, 누대 축적한 평면 기류층의 중압만이 우리를 에워쌀 따름이올시다. 자기들은 아무것도 세우지 못했으면서도, 인제 다시 정령의 수백 층계의 기류가 되어야, 우리를 한번 사로잡으면 절대로 놓지 않는—향가를 부르던, 「정읍사」를 부르던, 「청산별곡」을 부르던, 시조를 부르던 대다수의 과거세의 이 산조의 파도치는 평면적 기류, 이것을 나는 우리의 정서라고 합니다.

일테면 이 정서는 희랍의 비너스가 탄생했다는 수천중重의 바다의 구비치는 파도와 같습니다. 우리의 입상이 생겨나기에 제일 적당한 자리는 역시 우리나라 과거세의 전체 정서의 파도 속일 것입니다. 소월은 이러한 데로 돌아갔습니다. 조국을 누구보다도 사랑하던 사람인 그는 어느 나라에서 빌려 온 입상에도 기대어서기를 수긍치 못하고 차라리 입상 없는 조국의 중압 속으로 후퇴했던 것입니다. 한 개의 희랍의 입상에다가도 자기를 담으려 하지 않고 몰각된 무아의 세계로 물러나서 잊혀진 「정읍사」의 촌부와 가야금의 편이 되어 평면으로 평면으로 가느다란 물살을 치며 일생이 하루같이 흘렀던 것입니다.

그렇게 살면서 그는 기다렸습니다. 한 해나 이태가 아니라 일생 동안을, 서른세 살의 짧은 그 일생 동안을 가슴이 모다 어긋나도록

기다렸습니다. 입상을, 그에게는 최고의 임이신 입상의 출현을,

> 나는 문간에 서서 기다리리
> 새벽 새가 울며 지새는 그늘로
> 세상은 희게, 또는 고요하게,
> 번쩍이며 오는 아침부터,
> 지나가는 길손을 눈여겨보며,
> 그대인가고, 그대인가고.
> —「나의 집」 중에서

하며 기다렸습니다. 아마 내 생각 같아서는 우리나라에서는 일인자인 이 기다림의 능수 앞에, 그러나 기다리는 대상은 오지 않았을 것입니다. 다만

> 길로 지나가는 그 사람들은
> 제가끔 떨어져서 혼자 가는 길.
> —「나의 집」 중에서

의 그 길과, 고독한 유상무상의 각개의 행인만이 오고 가는 것입니다. 때로 〈수심가〉나 〈육자배기〉나 〈아리랑타령〉 같은 그런 것도 읊조리며 생자生者의 한스러운 정이, 이미 죽은 자들의 정서를 답습하고 지나가는 수도 있었지만, 이것들은 소월이 기다리는 소월이 가서

담길 인격은 아니었고, 뿐만 아니라 기다림과 같은 제일 곤란한 용무는 소월과 같은 시인에게만 떠맡겨 버리고 자기들은 인제 임과 같은 것은 기다리지도 않는 인색할 대로 인색해 빠진 말하자면 사자死者의 찌꺼기에 불과하기도 했습니다. 그러므로 임인 그대가 나타나지 않는 한 우리를 대표하는 이 기다림은 필연인 것입니다.

소월의 불변하는 심정은 우리에게 베아트리체에 대한 단테의 심정을 생각게 하는 때문입니다. 소월에게도 한 사람의 영혼의 여성이 있었는지 어쩐지를 나는 모르거니와, 그리운 것을 누구보다도 그리워할 줄 알고, 한번 정이 든 것을 도무지 잊어버리지 못하던, 세월을 항시 그의 압축된 정서만을 위하여 주름잡아 살았던 이 사람이 만일 한 사람의 여인을 사랑했었다 해도 경우는 마찬가지였을 것입니다. 그러므로 그의 시편들 속에 나오는 임이나 그대를 한 개체의 의미로 좁히거나 전체의 의미로 넓히거나 어느 쪽으로 취급한다 하여도 소월은 넉넉히 거기에 해당할 수 있는 사람인 것입니다.

나 보기가 역겨워

가실 때에는

말없이 고이 보내 드리우리다

영변에 약산

진달래꽃

아름 따다 가실 길에 뿌리우리다

가시는 걸음걸음

놓인 그 꽃을

사뿐히 즈려밟고 가시옵소서

나 보기가 역겨워

가실 때에는

죽어도 아니 눈물 흘리우리다

―「진달래꽃」

이 시를 보면 그를 보기가 역겨워져서 가는 여인을 마치 혼인식의 상봉 장면과 같은 산화散花의 축전祝典으로서 이별해 보내겠다는 무한한 축복의 심정이 토로되어 있거니와, 만일 그렇다면 이러한 사람에게는 그리워하고 사랑한다는 자기 주체의 심정만이 문제인 것이지 배반하고 가건 목전에 없건 있건 그런 것은 벌써 몇십 번 경험 완료의 지말 현상枝末現象에 불과한 것입니다.

요컨대 문제는 그의 사랑입니다. 그의 지혜로운 사랑이 고갈하지 않는 한, 그는 배반한 애인이 떠나간 터전에 홀로 남아 있어도 좋습니다. 그의 완전히 여과된 사랑의 샘물을 인제는 창천과 자연과 인간세를 향해 쏟으면 좋습니다. 그럼으로써 드디어 그는 그의 사랑 때문에 아는 사람이 될 것입니다. 산에 피는 초화의 의미도, 거기 사는 작은 새의 기쁨도 작은 새의 고독도, 자기 한 사람뿐만이 아니라 그의 동류 전체를 위하여서 바로 아는 사람이 될 것입니다.

산에는 꽃 피네
꽃이 피네
갈 봄 여름 없이
꽃이 피네

산에
산에
피는 꽃은
저만치 혼자서 피어 있네

산에서 우는 적은 새요
꽃이 좋아
산에서
사노라네

산에는 꽃 지네
꽃이 지네
갈 봄 여름 없이
꽃이 지네

이 「산유화」에 대해서는 이미 작곡가 김순남이 충분히 시의 원의 原意를 살린 찬탄할 만한 멜로디까지 꾸민 바 있습니다만, 이 얼마나 간결하고 절실하고 찬란한 노래입니까. 총 자수 78자 안에 이만한 내용을 담은 시는 내 천견한 탓인지는 모르지만 우리나라의 현대시 속에서는 아마 또는 없을 것입니다.

소월의 사랑은 마침내 이와 같이 산과 꽃과 새의 무리까지를 태초의 모습대로 우리에게 전할 수 있는 경지에까지 이르렀습니다. 평범한 산이여, 평범한 산꽃이여, 평범한 산새인 줄 알았더니, 약간의 산의 현실을 정당하게 지적함으로써 이 얼마나 감동할 유기적 생동체가 되는 것입니까. 1년 동안의, 아니 해마다 되풀이하는 청산의 세월을 절대로 지루하지 않은 찬란한 하루와 같이 우리는 이 시를 통하여서 느낄 수 있습니다.

그러나 현실을 정당하게 지적한다는 것은 용이한 일은 아닙니다. 개념이 아닌 사랑의 소유자—그렇기 때문에 필연적으로 가장 타당한 이해자—일테면 김소월과 같은 사람이 아니면 청산과 이별과 기다림과 상사 등의 제 현실을 지적할 능력은 없습니다. 소월의 이러한 현실은 사람의 가장 기본적인 현실입니다. 그러므로 이 현실은 절대로 소멸하는 일이 없이 면면히 흘러서, 고려와 이조의 부유腐儒들이 한 개의 소화불량한 아류법으로서 민족을 율律하려 하던 시절에도 한 사람의 야인의 입으로 하여금,

얼음 위에 댓잎 자리 보아

님과 나와 얼어 죽을망정,

하고 부르짖게 한 바로 그것이요, 백제 시절 정읍의 한 행상인의 아내로 하여금

달하 노피곰 도다샤

어긔야 머리곰 비춰오시라

어긔야 어강됴리

아으 다롱디리

져재 녀러신고요

어긔야 즌 데를 디디욜세라

하고 장에 간 남편을 기다리게 하는—기다리되 기대(期待)라는 한 개념이 아니라, 어서 보고 싶은 주체적 심정이 드디어는 대상만을 사랑하게끔 넓어져서 그가 길을 잘 찾아오게 달보고 밝으라고 부탁하며 진흙을 밟을 것까지를 걱정하는—사랑 때문에 온 무아의 현실 바로 그것이기도 합니다.

　이러한 제반 현실은 늘 이 나라의 중심부를 흘러내려 오며, 이것을 종합한 위에 한 개의 충분히 자유한 이념이 형성되고, 입상으로서의 민족의 각개가 성립되기만을 그의 밀어로써 소곤거리고 있는

민족 정서의 대양인 것입니다. 그것을, 누구보다 귀가 예민한 사람 소월은 알아듣고 갔고, 우리의 태반은 그들의 개념의 망령 아니면 눈부신 외래상外來像에 대한 허영 때문에, 결국은 누구나 한번 들어가지 않으면 안 될 이 고향의 밀어를 까맣게 잊었거나, 섣불리 알아듣고 무시했던 것입니다.

조국의 과거세의 중심부를 혼자서 떠받고 섰기에 드디어는 자신도 그 속에 동화해 버리고 만, 연약하나 사랑을 했고 또 누구보다도 아는 사람이었던 김소월. 그러므로 그라 하여서 이 극난한 업무가 용이하지는 않았던 것입니다.

마을 앞 개천가의 체지 큰 느티나무 아래를
그늘진 데라 찾아 나가서 숨어 울다 올꺼나
　　　　　　　　　　—「해 넘어가기 전 한참은」 중에서

하고 그가 흐느낄 때나, '검은 가사로 몸을 싸고 염불이나 외우지 않으랴' 하고 중얼거릴 때는, 견디기 어려운 고통과 일종의 절망까지도 보이는 것입니다.

외래법으로 이 땅에 들어온 것 중에서는 그래도 불교가 우리의 체질에 비교적 적합하던 시대가 있었습니다. '염불이나 외우지 않으랴'고 그가 차탄할 때, 이 절망감은 넉넉히 조선의 과거와 현재세의 전체를 아프게 흔듭니다. 허나 이 지혜의 사람은 다시 일어서서 이나라의 천공과 인간을 봅니다. 태초에도 그러했고 지금도 그런 것처럼, 아직도 나타날 것이 나타나지 못한 미법未法의 세계에서는 가장 많이 상대해야만 되는 존재는 자연이요 인간 일반이기 때문입니다.

그리하여 그는 마침내, 한개 무명의 촌여인의 그늘에 가 숨어서 다음과 같이 소곤거립니다.

해 넘어가기 전 한참은
유난히 다정도 할세라
고요히 서서 물모루 모루모루
치마폭 번쩍 펼쳐 들고 반겨 오는 저 달을 보시오.
　　　　　　　　　　　—「해 넘어가기 전 한참은」의 종절

하고 다시 한결같은 정을 보냅니다. 그러고 '물모루 모루모루'란, 달을 맞기 위해 치마폭을 펴는 상相의, 반겨 오는 달의 상相의 음형적音型的 표현입니다. 아마 물체에 비한다면 무엇보다도 흐르는 물에 근사할 것인 정情의, 오고 가는 음향을 표현하는 말로선 현대의 어떠한 신감각파의 시인이라도 이 이상의 말을 고르지는 못할 것입니다. 물모루 모루모루…… 푸른 달밤에 흘려보내고 흘러오는 정이 무한한 구슬처럼 연달아서 구을르며 생동하고 있지 않습니까.

중요한 일은 아니지만, 우연히 뛰어나온—그의 다른 시에선 좀처럼 볼 수 없는 이 고차원의 감각적 표현은, 그가 벌써 제 감각諸感覺의 경지를 졸업한 것을 증명하는 것입니다. 이 음향은 마치 맨 처음의 밤에 땅 위에 서 있던 여인이 맨 처음으로 떠오르는 달을 맞이하는 때의 음향과 같이 신선합니다.

여담이지만 정서란 언제나 찰나의 물건이 아니라 인생의 온갖 마찰을 통하여 긴 세월 속에서 이루어지는 것이므로, 그러한 정서의 직접 책임자였던 소월이 '염불이나 외우지 않으랴'고까지, 인솔한 정서의 중압을 차탄하다가 다시 한 번 원시와 같은 무병한 감각의 모습으로 일어서는 데에는, 그는 역시 상당한 기력의 소유자요, 어떠한 중압에도 절대로 거꾸러질 염려가 없는, 능히 환기할 줄도 아는 사람이라 아니할 수 없습니다. 그러나 그의 책무는 그를 끝까지 태초의 신선新鮮에 두지 않고 사적史積의 이쪽으로 끌고 오는 것입니다.

비단 일본 정부의 중압뿐이 아니라 모든 과거세의 정서의 근원적인 중압 때문에 귀양살이를 간 것도 아니언만 오히려 감금된 의식을 늘 가졌고, 그러나 그곳을 절대로 버리지도 못하는 노래가 「삼수갑산—차안서선생삼수갑산운」이나 「왕십리」 등입니다.

이렇게 사랑하던 사람이 어찌 우리들의 애인이 아니겠습니까.

민족을 위하여는 더도 모르시는 열정의 그 님.

—「제이·엠·에쓰」 중에서

이라는, 조만식 선생을 표현한 절구는 즉 그를 표재表材한 절구이기도 한 것입니다.

김소월.

그는 한 개의 법을 세우지는 못했으나 지켜야 할 것을 제일 잘 지킨 이 땅의 시인입니다.

박두진 시집 『해』에 대하여

　지난 7월의 어느 날 『민성』사 주최의 좌담회에 나갔더니 "해방 이후에 나온 작품 중에서 우수한 걸 말하라" 하여서 나는 서슴지 않고 박두진의 근간 시집 『해』를 들고 "이것은 아마 해방 후뿐만 아니라 이 나라의 신시사상에서도 우수한 시집의 하나일 것이다"라고 말한 일이 있었다. 그런데 동지同誌 8월 호의 그 기사를 읽어 보니 웬일인지 이 시집에 대한 나의 발언은 부당하게 칭찬하는 쪽으로 과장되어 "좋더군요. 신시 있은 후에 아마 처음일 것입니다"로 되어 있다.

　이것은 아마 속기에 숙달하지 못한 기자의 청각 아니면 손끝의 착오이리라고 생각되거니와 혹 이 착오된 기록을 그대로 믿는 독자가 있을까 하여 여기 그를 이야기하게 된 기회에 먼저 한마디 해명해 두는 바이다.

'신시 있은 후에 처음'이라고까지 말해서는 안 되겠지만 박두진은 분명히 좀 더 그 가치를 검토 음미 받아도 좋은 시의 세계를 가지고 있다고 나는 생각한다.

예민한 감각만을 가진 시인은 우리나라에도 있었다. 서러운 정서만을 가진 시인도 있었다. 울분하고 격동적인 감정만을 가진 시인도 있었다. 하나의 종교적 또는 정치적 사상 신앙만으로 시를 쓰는 시인도 있었다. 그러나 그들의 시는 거의 전부가 내용과 형식의 부조화—즉 시상과 언어 사이의 괴리 때문에 유산된 것이거나 아니면 그저 감정을 자극하는 정도의 문자들임에 불과했다.

그것이 박두진에게 오면 단순한 감정에의 자극뿐이 아니라 정신의 독력獨力으로 이해된 듯한 한 세계가 보인다. 시의 '세계'란 무엇인가? 나는 그것을 '한 개 내지 무수의 새 사상성을 추출해 낼 수 있는 발견의 가능성을 가진 신대륙' 같은 것이라고 어데선가 말한 일이 있지만, 두진의 「해」에는 많은 사상성은 모르되 적으나마 한 개의 사상성을 연역해 낼 수 있는 시 세계의 풍모는 갖춰져 있다.

　　해야 솟아라. 해야 솟아라. 말갛게 씻은 얼굴 고운 해야 솟아라. 산 넘어 산 넘어서 어둠을 살라 먹고, 산 넘어서 밤새도록 어둠을 살라 먹고, 이글이글 앳된 얼굴 고운 해야 솟아라.

　　달밤이 싫여, 달밤이 싫여, 눈물 같은 골짜기에 달밤이 싫여, 아무도 없는 뜰에 달밤이 나는 싫여……,

해야, 고운 해야. 늬가 오면 늬가사 오면, 나는 나는 청산이 좋아
라. 훨훨훨 깃을 치는 청산이 좋아라. 청산이 있으면 홀로래도 좋
아라.

사슴을 따라, 사슴을 따라, 양지로 양지로 사슴을 따라 사슴을 만나
면 사슴과 놀고,

칡범을 따라 칡범을 따라 칡범을 만나면 칡범과 놀고……,

해야, 고운 해야. 해야 솟아라. 꿈이 아니래도 너를 만나면, 꽃도 새
도 짐승도 한자리 앉아, 워어이 워어이 모두 불러 한자리 앉아 앳되고
고운 날을 누려 보리라.

이상은 그의 작품 「해」의 전문이어니와, 이 새로 이해된 생생하
고 밝고 조화된 것은 무엇인가? 혹자는 여기에서 건전한 감성의 면
만을 보고 혹자는 여기에서 정리된 자연과의 교감만을 볼 수도 있으
리라. 그러나 나는 여기에서 좀 더 널리 그에 의해 새로 체험되고 이
해된 인간성과 사상성을 내포한 신천지—한 개의 세계로서 이 시를
보려 한다.

이 시의 세계는 저 희랍인들의 풍성 윤택한 세계와 무척 비슷한
듯하면서도 그 고요하고 내성적인 도사림과 운율이 그렇지 않다. 희

랍 것은 이보다는 훨씬 더 격렬하고 분방하기 때문이다. 그렇다고 또 저 온갖 수성獸性과 육신을 거부하는 서구 중세의 것도 아니다. 당 나라의 도교취道教臭나 이백, 두보 등의 대륙적인 자연과의 교감의 세 계가 아님은 물론이다. 그럼 이것은 무엇인가?

이것은 저 신라 향가의 원시적 건전성의 일면을 가지고 있으면서 도 그 정신의 세련 정도가 벌써 소박한 원시성 그대로는 아니다. 그 렇다고 일견 4·4조에 가까운 상대上代 운율의 체제를 갖추고 있으면 서도 고려조의 민요나 이조의 가사류가 가지고 있는바 은둔적이요 퇴영적인 세계와는 스스로 거리가 멀다.

그럼 이것은 무엇인가? 내용적으로는 희랍이나 신라에 비교적 가 까우면서도 그보다는 좀 더 정신적이고, 형식적으로는 「청산별곡」 류나 『송강가사』류의 음수제音數制를 거진 그대로 답습하고 있으면 서도 훨씬 더 그 생태의 모습이 젊어져 있는—이것은 무엇인가?

이것을 나는 바로 박두진이 의식적으로 선택하여 미래 위에 설정 하려는 훌륭한 인간성의 모습이요, 그 호흡의 세계라고 본다. 이 너 무나 잡음과 잡태가 없는 세계는 일견 단순에 지나쳐서 목전의 현실 과는 거리가 먼 듯한 인상을 주지만 사실은 이 단순한 건전성이야말 로 마치 저 전변하는 파도의 밑바닥을 이루는 해저와 같이 우리가 가진바 모든 변덕 많은 인간 성품의 본연의 모습과 또 미래의 모습 을 삼기에 족한 것이기 때문이다.

이것을 나는 위에서 의식적으로 선택되고 설정된 것이라고 하였지만 이런 의욕을 가지고 시 작품을 형상화해 온 시인은 우리의 과거 시단에는 참으로 전무하리만큼 드물었다. 그들은 다만 한낱 민감한 감성인으로서 기성 세계의 생활의 잔재와 음률의 잔재에 종속하는 일종의 운명을 따라가는 사람이 되기만 하면 그만이었다.

그러나 한 편의 시에 시인이 새로 이해한 한 세계를 인류의 미래를 위해 설정하려는 의욕을 가질 때 문제는 달라진다. 여기에는 무의식적인 운명에의 종속 대신에 이것을 정화하고 이끌어 나가려는—쉬임 없는 지성의 판단이 앞을 서고 또 뒤를 서야 하기 때문이다.

그러므로 박두진의 혈맥과 이로理路가 정연한 시집 『해』 속의 몇 편의 작품을 우리는 다만 그 전의 항다반한 시집들을 대하던 습성으로 한 감정을 건드리고 마는 것으로만 보아 버리고 말아서는 안 된다.

그는 적어도 거기에서 과거 우리들의 모든 육체적 정신적 무잡성無雜性을 오랜 내적 체험으로써 극복하고 인류가 미래에 또는 영구히 호흡하기에 알맞은 신세계를 창조하려고 의도했기 때문이다. 그러고 또 그는 이것을 체득하기에 모든 감응의 단계를 껑충껑충 뛰어넘어 버리는 관념 등을 사용해 본 일이 별로 없었다.

거듭 강조하거니와 그의 몇 편의 시를 우리는 마치 신착륙한 한 개의 세계와 같이 대할 의무가 있다. 입명할 만한 여러 개의 성품을 그 속에서 찾아낼 수는 없겠지만 참으로 우리 것을 만들어서 좋은 자양이 될 수 있는 싱싱한 휴머니티와 사상성을 우리는 그 속에서 건질 수가 있기 때문이요 또 이것은 어디 딴 곳에서 연역된 것이 아니라 박두진의 시에서 우리가 새로 연역해 낼 수 있는—바로 그것이기도 하기 때문이다. 박두진에게는 참으로 그만큼 한 형성의 세계가 있다.

시문학원론

『시문학개론』 서문

본저는 최근의 4, 5년간 저자가 대학에서 강의한 것이다. 자세한 것이 아직 못 되어 유감이나, 아직 이 방면의 개척이 전연 없는 우리나라의 실정에 비추어, 이만한 것이라도 시의 개괄적인 요량에 혹 자資하는 바 있을까 하여 미비한 대로나마 이것을 내기로 하였다. 이 저술을 다시금 정서해 준 최권흥 군의 수고에 대해 여기 감사의 뜻을 표해 둔다.

기해(1959년) 정월

『시문학원론』서문

내가 1959년에 내놓은 『시문학개론』에다가 미비했던 것을 증보하여 『시문학원론』이라고 하기로 했다. 그동안 『시문학개론』이란 제목이 마땅치 않다고 내 학우들이 말해 주어 온 것을 생각해서, 이번에 새로 지은 것을 더하면서 제목을 이렇게 하는 것이 맞다고 요량한 때문이다.

이 『시문학원론』은 아직 황야의 일 등─燈도 채 다 못 되는 것을 나는 잘 안다. 그러나 아직 이걸로라도 시문학의 대강의 요량을 하시는 데 일고─考거리라도 되었으면 다행으로 여겨, 감히 이것을 내놓는 바이다.

1969년 2월

시의 개괄적 고찰

제1장 시의 정의

시의 정의 중 가장 유명한 것 몇 개를 예거하면 다음과 같다.

『시경』 3백 편은 한마디로 '생각에 삿됨이 없다' 는 것이다.

—공자(B.C.551~B.C.479)

시(서사시)는 율어에 의한 모방이다.

—아리스토텔레스(B.C.384~B.C.322)

시는 미의 운율적 창조다.

—에드거 앨런 포(1809~1849)

시는 체험이다.

—라이너 마리아 릴케(1875~1926)

위의 정의들을 자세히 설명하면, 공자께서 '사무사思無邪'라 한 것은 생각 즉 사상에 삿됨이 없다는 뜻이니 사상의 정도正道를 말함이요, 아리스토텔레스가 말한 뜻은 예술이 자연을 모방한다는 그의 '자연 모방설'에서 나온 것으로서 즉 자연적 사물을 운율 있는 언어로 표현한다는 뜻이요, 포가 정의한 근본 사상은 심미 중심주의에 있는 것이며, 릴케가 말한 뜻은 인생의 쉬임 없는 취사선택을 통한 체험을 의미한다.

위에 열거한 예들만 보더라도 많은 차이가 있듯이 동서고금의 시의 정의에는 수많은 차이가 있다. 동서양의 차이, 시대의 차이, 각개 사상 유파의 차이 등에 의해서 옛날부터 오늘에 이르도록 시에 대해서는 여러 가지 정의가 내려져 왔다.

그러나 우리는 그 어느 정의에도 완전히 만족할 수가 없다. 그것은 무엇 때문인가. 다름이 아니라 그것은 시가 죽은 것이 아니라 우리들의 정신이 살아 움직이는 거와 같이, 시도 살아 움직이기 때문이다. 생명에 무슨 딱지를 한 가지 붙인들 시원하겠는가. 생명이 규정지을 수 없는—끝없는 애기와 마찬가지로, 시도 역시 규정지을 수 없는—끝 안 나는 애기와 같다.

그렇다고 해서 작건 크건 무슨 정신의 역사를 이룩한다고 자처하는 우리가 '시의 정의라는 것은 으레 이따위의 토막 법규밖에 되지 않는다'고 생각해서 이것을 아주 단념해 버릴 수도 없는 노릇이다. 하여간 우리는 시를 하고 있고, 또 시문학사의 맨 앞에 와 있는 이상 이것에 대해서 과거보다 조금이라도 더 생각을 해야 할 의무는 있다.

그러면 시를 정의하는 데, 어떤 방법이 가장 현명할까? 두말할 것도 없이 그것은 현대 정신의 요청에 의해 동서 시문학사상의 모든 정신들을 종합 음미해서 선택해야 할 것이니, 방법도 자연 그렇게 선택해야 한다.

먼저 시란 무엇인가를 생각해 보자.

원래 동양과 서양은 시를 다른 뜻으로 생각해 왔다. 그리스에서는 시를 기술techne―그중에서도 모방 기술의 일종으로 종교나 철학과는 딴것으로 보았지만, 동양에서는 시를 종교나 철학과도 한통속으로 생각해 왔다. 아리스토텔레스의 정의에도 '모방'이라는 말이 보이듯 그리스에서는 예술을―오늘날 우리가 예술이라 하는 것을 일종의 모방 기술로 보았으며, 플라톤(B.C.428?~B.C.347?)은『법률』제10편에서 자연, 우연, 기술 세 가지를 설명하면서 '지수화풍地水火風은 자연과 우연에 의해서 존재하지만, 기술은 사람에게서 생겨나는 것이다'라고 말하고, 기술을 두 가지로 나누어 '의술, 경작술, 체조술 등과 같은 실제적 기술'과, 따로이 '편견적 모방의 기술'로서 '음악가나 화가의 창작'을 말하고 있다. 아리스토텔레스의 '자연 모방설'도 스승의 의견을 발전시킨 것에 불과한 것으로 그리스에서는 이와 같이 일반적으로 예술을 모방 기술로 생각해 왔다.

동양에서는 공자의 정의와 같이 시를 한 사상의 정도로서 보았을 뿐만 아니라,『서경』에 '시언지詩言志'라 한 것을 보면 시는 한 뜻―즉 의지를 주로 한 정신으로 보기도 했고, 또『시경』「대서大序」에 정에다 중점을 둔 것을 보면 또 시는 감정·정서를 중요시했던 것도 사실이다.

『서경』과『시경』의 정의들을 종합하면 시는 지志·정情·의意 전부를 말함이니, 요컨대 그리스와는 달리 정신 면에 치중해서 시를 생각했고, 또 그것이 정신적 전 업무에 종사할 수 있는 걸로 보아 왔다. 즉 『서경』에서는 주로 이성적 방면을,『시경』에서는 감정적 요소를 중요시해서 표현한 것에 불과하다.

이와 같은 동서양의 시의 견해에 대한 차이는 르네상스 이후 근대에 들어와 서양 사람들의 문학 개념에 변동이 생기면서, 동서양 시의 개념에 우연한 일치가 오게 되었다. 릴케가 시를 체험이라 한 것은 시에 대한 재래의 그리스적인 생각과는 현저한 거리가 있으며, 시를 '모방적 기술'이 아니라 '정신의 길'로 본 동양인의 생각에 접근해 있다. 이것은 다름이 아니라 근대 이후의 서양 학자들이 문학이나 시를 그리스적 분류를 떠나서 철학·종교와 접근시켜 온 데 연원한 것으로, 이렇게 되면 재래 동양인의 문학에 대한 생각과 별 거리가 없게 된 셈이다.

그러나 포의 심미주의적이고 예술주의적인 시의 정의는 아직도 그리스적인 잔재를 다분히 포함하고 있다. 요컨대 청중이나 관객이나 독자의 상상력을 위해 어떠한 미감을 일으키는 걸로 제일의를 삼는 그리스 이래의 이런 기술(예술)주의적 시정신은, 르네상스 이후에도 서양에서는 상당한 세력을 뻗치어 왔던 증거이니, 동양의 시정신과 아울러 아직도 서양에서는 상당한 힘을 이루고 있다.

허나, 동양의 시정신은 자고로 전통에 의존하는 의미에서는 상대_{上代}의 정의에서 별로 달라진 것은 없다.

위에 말한 것을 요약하면, 종교나 철학과 별개의 것이 아닌 것으로 생각했던 동양의 시정신은 그 전통적인 의미로는 아직도 그대로 계속되어 오고 있고, 서양에서는 기교주의적 의미로 생각하던 그리스의 시정신이 르네상스 이후 철학과 기독교와의 동업을 계속하는 동안에 동양과 같은 의미로 개념화되어 오기도 하고, 재래의 기교주의적 처지를 계승·발전시켜 오기도 하고 있는 것이다.

그러면 동서양의 시문학사상의 최첨단에 서서, 우리는 시정신을 어떻게 규정해야 할까?

나는 생각한다. 이 규정은 아무래도 우리 정신 현실 전체의 진로에 적합한 것이라야지 그것과 별개든지 그 일부분만을 기형적으로 조장하는 것이어서는 안 된다고.

이렇게 생각하면 해답은 명백하다. 즉 우리의 지성과 의지와 감정의 전 분야에 들어맞는 동양적 정의가, 우리 정신의 실제적인 요구에 훨씬 더 유리하게 적합하기 때문이다. 물론 기술(예술)주의적 서양의 시정신이 자연 심미적 가치에 치중해 와서, 인류에 공헌한 바를 모르는 것은 아니다. 그러나 오늘날 우리 시 하는 사람들의 철학적·종교적 모든 진리와 구도에의 요청은 어떻게 하는가. 시정신이 우리 정신의 모든 요청에 적합하려면 아무래도 그 정의는 보다 넓게 재래 동양적인 것과 같이 있지 않으면 안 될 것이다.

제2장 시의 시원

시의 시원始原을 무요ballad dance에 두는 것은 오늘날 일반적인 상식이다. 악기를 발명하기 전에 고대 민족이 그들의 흥취를 춤과 노래로써 범벅해 낸 것으로 보는 것이니, 가령 고대 그리스인들의 무요舞謠인 '주신 송가酒神頌歌'가 그 한 예이고, 우리나라 것으로는 일연의 『삼국유사』의 「가락국기」에 보이는 육 가야의 강천降天을 환영한 가무도 그것이다.

후한後漢 세조 광무제 건무 18년 임인 3월 계욕일禊浴日. 그들이 거하는 북쪽 구지봉龜旨峯에서 뭔가를 부르는 이상한 소리가 들렸다. 무리 2, 3백 명이 그곳으로 모여들었다. 사람의 소리 같았다. 형체는 보이지 않고 소리만 났다. "여기에 사람이 있는가?"

구간들이 말했다. "우리가 있습니다."

또 소리가 들렸다. "내가 있는 곳이 어디인가?"

구간들이 대답했다. "구지봉입니다."

또 소리가 들렸다. "이곳에 내려와 새로운 나라를 세워 임금이 되라고 하늘이 나에게 명하셨으니 내가 일부러 온 것이다. 너희들은 봉우리 꼭대기의 흙을 파내며 '거북아, 거북아, 목을 내밀어라. 만약 내밀지 않으면 구워서 먹으리' 이렇게 노래 부르고 춤을 추면, 대왕을 맞이하여 기뻐 춤추게 되리라."

구간들은 그 말대로 하면서 **기쁘게 노래하고 춤추었다.**

—『삼국유사』권2 기이편 제2

즉 이상 인용문 중 강조 부분은 시의 기원을 표현한 것이다.

이 '시가詩歌를 포함한 예술'의 기원에 대해서 아리스토텔레스는 『시학』에서 '사람에게는 본래 모방하는 본능이 있어 예술을 빚어낸다'고 하였고, 또 이마누엘 칸트(1724~1804)는 유희 본능설을 주장하여 '사람에게 본유한 유희 본능이 예술을 빚어낸다'고 하였으며, 또 독일의 에른스트 그로세(1862~1927) 같은 사람은 이들의 주장에 반대하여 '예술은 더 많이 실제적 효용의 필요로 기원한 것이고, 모방 또는 유희 충동의 주관적·심리적 요청이 있다 하여도 그것은 제이의적인 의의밖에는 가지지 못한다'고 주장하여 과학적으로 설명하고 있다.

그러나 위의 세 사람 중, 전 이 자前二者는 그 근원을 심리적으로 설명하고자 하여 우리에게 석연치 않은 바 없지 않으니, 아리스토텔레스가 모방 본능설을 주장하여 우리가 자연 모방자임과 동시에 자연의 전개자인 면을 등한에 붙인 것이 그것이며, 또 칸트는 유희 본능설을 주장했으나 우리의 시의 요청은 유희 본능에 의한 것뿐만 아니라 그보다 더한 도덕적 또는 오도悟道적 정신에 의해서도 요청하여 산출하고 있기 때문이다.

그로세는 단순히 예술의 상대上代에서의 효용 면을 말하고 있을 뿐, 다른 효용물과 다른 주체적 가치에 대해서는 등한히 하고 있다. 다름이 아니라 이 석연치 않음은 결국 전 이 자가 심미적 예술의 일부로서 시까지를 포함하여 의견을 세웠으며, 후자가 그리스에서는 완연히 예술(모방적 기술)과 분류되어 있던 실제 효용적 기술인 과학에다가 다른 가치를 종속시켜 따지려는 데서 온 것이다.

이렇게 일방적으로 치우쳐서 생각할 것이 아니라 좀 넓은 의미로 시의 기원을 생각해도 좋을 것이다. 우선 그리스의 디오니소스제의 주신 송가만 하더라도 표현되어 나온 양상은 실생활상의 현실과 달랐으니 모방이라고 할 수는 있을지언정, 그 정신은 신과 자연을 표현하여 바로 그것에 연접하고 있었으니, 단순한 자연 모방이나 유희 본능 또는 실제 효용적 가치에 의해서만 가지려 한 것이라고 보아서는 안 될 것 같다. 즉 이것이 주신제酒神祭에 쓰였건 어쨌건 간에, 실제 생활의 마당이었건 아니었건 간에, 또 실생활과는 다른 유희적 성분을 띠었건 아니건 간에, 하여간 이것은 인간의 한 흥취, 한 신명의 표현이었던 까닭이다.

우리나라에서는 예부터 정신의 고조·정화된 상태를 '신명神明'이란 말로 표현해 오고 있는데, 이것은 상대의 무요에서 발단한 것으로 보인다. 우리나라뿐만 아니라 모든 상대 인류의 무요를 있게 한 것은, 까다롭고 어렵게 생각할 것이 아니라 정서·정조의 고양과 지혜의 집결과 의지의 분류奔流를 함축한 바로 이 '신명 난 정신'이었던 것이다.

이 무요에 포함되어 있던 시의 요소는, 후세의 악기 발명과 더불어 점차 악기에 맞추어 부르는 노래로 발전하였다. 구약성서의 다윗이나 솔로몬 왕의 시편들은 주로 이것이고, 『시경』의 시편들의 상당수도 이에 속한다.

시의 문헌 중 제일 오랜 것은, 구약성서의 시편들과 중국의 『시경』이다. 다윗 왕의 시편들은 기원전 1천 년에서 977년 사이에 된 것들이고, 『시경』 중 제일 오랜 것도 그만한 나이를 먹은 것이다.

제3장 시의 형식

시의 형식에는 대별해서 정형시와 자유시와 산문시의 세 가지가 있다.

정형시란 일정한 율律의 제한과 일정한 운韻의 제한을 가진 일정한 형식의 시를 말하는 것으로서, 가령

달 지고 까마귀 울고 서리 가득한데,	月落烏啼霜滿天
강가의 단풍 고기잡이 불 시름 속에 졸고 있네	江楓漁火對愁眠
고소성 밖 한산사의 한밤중 종소리,	姑蘇城外寒山寺
나그네의 배에까지 들려오네	夜半鐘聲到客船

—장계, 「풍교야박楓橋夜泊」

이런 절구를 가지는 경우, 1행 7자씩 일정한 자수의 배치와 평측법적 음조 고려에 의한 문자의 배치는 율律이요, 초행과 제2행과 말행의 마지막 글자들—'천天', '면眠', '선船'의 성운聲韻상의 일치는 운韻이 되는 것이다.

그러나 우리 문자의 시에는 부분적인 율은 있어도 일정한 운은 없었다.

동창이 밝았느냐 노고지리 우지진다
소 치는 아희 놈은 상기 아니 일었느냐
재 너머 사래 긴 밭을 언제 갈려 하느니

　　　　　　　　　　　　　　　　—남구만

여기에서 보면 초장 3·4 3(여긴 1자 증增)·4, 중장 3·4 3(여긴 1자 증)·4, 종장 3·5 4·3의 일정한 자수로 말미암은 부분적인 율은 있으나 일정한 운은 따로 규칙적으로 찾아볼 길이 없다.

정형시가 일정한 외형적인 운율을 가지는 데 대해서, 자유시는 일정한 형식은 가지지 않고 내재적 운율성만을 중요시하는 순 서양적 개념에 의한 시의 형식이다. 이것은 17세기 서양에서 시험되었던 것이 19세기에 많은 발전을 보아 오늘에 이르렀다.

허나 17세기의 자유시는 아직도 형식적 구속을 상당히 많이 받고 있었고, 자유시의 길이 열린 것은 19세기 미국의 시인 월트 휘트먼부터다. 이것을 19세기 후반기의 프랑스 상징주의 시인들의 일부에서 또 시험하여 오늘날 우리들이 알고 있는 것과 같은 자유시의 길이 열린 것이다. 프랑스 자유형 상징시의 창시자 귀스타브 칸을 비롯해서, 에밀 베르하렌, 쥘 라포르그, 폴 클로델, 앙드레 지드 등은 다 자유시의 좋은 표현가들이었다.

이 자유시 운동은 물론 정형시의 속박을 벗어나려는 요청에 의해서 일어난 것이었다.

그러나 동양에서—특히 한국과 일본에서 개화 이후 자유시가 번성한 이유는 단순히 형식적인 구속을 벗어나려는 데에만 있지 않았다. 물론 신문화 정신에 대응하는 자유로운 형식으로서 자유시가 생각된 점도 없지는 않았겠지만, 서양의 각종 정형시적 시험을 두고 자유시의 길을 택한 데에는, 우리나라와 일본의 시 형식이 운율에 미비한 전통을 가졌던 데에 큰 원인이 있다.

일본인은 메이지 유신 초 서양적 정형시의 시험으로서 12음철 시를 시험하여 7·5조라는 이름으로 일컫기도 했고 또 우리나라에도 이입된 바 없지 않으나, 이것은 한 조그마한 시도에 그쳤을 뿐 서양 정형시의 각종 형식을 시험하고 참고하여 각자의 정형시를 새로 설정할 만한 시의 형식상의 다채한 전통이 이루어지진 않았다.

그러나 물론 이런 사정을 우리는 조금도 한탄할 필요는 없다. 자유시의 길은 서양에서도 왕양히 발전하였으니, 우리 시의 형식적 전통을 탓할 것 없이 얼마든지 우리의 정신을 이 자유시의 형식 속에 넣어도 무방함은 물론 또 이 길을 꾸준히 이어가는 동안에는 정형화의 필연에 의해 정형의 길을 찾을 수도 있기 때문이다.

정형시와 자유시가 외형적이건 내재적이건 간에 어떠한 운율의 요소를 갖는 데 대해, 산문시는 전연 이런 것엔 관여하지 않는다. 그저 시인의 시정신을 산문의 형식으로 표현하면 되는 것이다. 그러니 시인이 형식적 균제를 찾기 전에 먼저 치열한 시정신을 말해 가야 할 단계에 있는 우리나라의 시단에서는, 이 형식의 시가 1945년의 을유 해방 후 왕성해진 것도 당연한 일이라 하겠다.

시인이 말할 정신의 질량을 너무나 갑자기 또 많이 가진 경우 형식을 일일이 돌볼 겨를이 없는 것도 사실이니, 이렇게 본다면 이 산문시의 형식은 우리나라뿐만 아니라 파란중첩하는 금세기 시인들에게는 두루 필요한 일이기도 하겠다.

19세기 프랑스의 유명한 시인 보들레르의『파리의 우울』은 산문시의 좋은 시집이었고, 19세기 러시아 소설가 투르게네프의『산문시』또한 그러하였다. 또 시성詩聖이라는 타고르의 산문시들도 이 방면의 대표적인 것이다.

제4장 시의 종류

시를 서사시epic와 극시drama와 서정시lyric의 세 종류로 구별하는 것은 물론 서양식 구별법에 의한 것이지만, 동양에서도 신개화 후엔 이 구별법을 그대로 답습하고 있다. 허나 이 세 개의 중국어 표준의 번역어 중 그대로 사리事理가 나타나 있는 서사시敍事詩와 극시劇詩는 무관하지만, '서정시抒情詩'란 번역어에 대해서만은 우리는 늘 주의할 필요가 있다. 이 번역어를 문자 그대로 하면 '정情을 서抒하는 시詩'란 말이나, 그 원어 리릭lyric은 여기에다 지혜로써 추구하는 사상의 뜻도 포함하고 있으니 말이다.

이 세 종류의 시 중 지금 번성하고 있는 것은 서정시 즉 리릭lyric 뿐이다. 극시와 서사시도 아주 안 쓰는 것은 아니나 극시는 산문 형식의 희곡에 동화되고, 서사시 또한 산문 형식의 소설에 많이 동화된 것이 오늘날의 실상이다.

1. 서사시

소설의 원형이었던 서사시는 주지하다시피 그리스에서 시작한다. 기원은 확실치 않으나 아리스토텔레스의 『시학』을 보면 호메로스(B.C.800?~B.C.750) 이전에도 많이 쓰였던 것을 알 수가 있다. 그러나 호메로스 이전 것들은 다 호메로스 작품보다 열등한 것들이었다고 하니, 호메로스의 양대 서사시 『오디세이아』와 『일리아스』는 그리스가 산출한 서사시 중 제일 우수한 작품인 것이다. 아리스토텔레스는 『시학』 23장과 24장을 통해서, 우리가 이미 시의 정의에서도 본 바와 같이 '서사시는 운문으로 된 모방하는 시'임을 밝히고, 다시 아래와 같이 설명하고 있다.

서사시의 이야기는 비극과 같은 법칙 위에 짜여져야 한다. 즉 이야기는 단일한 행동, 그것도 그 자신 완전한 전일全一한 것으로, 처음과 중간과 결말을 가진 행동 위에 구축되어야 한다. 그래서 그 작품은 마치 한 개의 온전한 산 것이 그 자신의 아름다움을 가짐과 같이 한 완전체로서 독특한 즐거움을 낳으리라. 또 우리는 소위 역사를 서사시와 같이 생각해서는 안 된다. 역사는 한 개의 사건이 아니라, 한 시기와 그 사이의 한 사람 또는 보다 많은 사람들에게 일어나는 온갖 사건들을 그리는데, 그 사건들은 서로 아무런 필연적인 연관이 없어도 좋다.

…… 그럼에도 불구하고 우리 서사 시인들의 대부분은 서사시와 역사의 구별을 거의 하지 않는다.

서사시의 종류는 비극의 그것과 동일하지 않으면 안 된다. 즉 단일하거나 복잡한 것이라야 하고, 성격[1] 또는 고민[2]의 이야기라야만 된다. 또 서사시의 구성 요소는 노래와 장면을 제하면 비극과 동일한 것이라야만 된다. 서사시는 비극과 같이 급전[3]과 발견[4] 및 고민의 장면을 필요로 하기 때문이다. 마지막으로 서사시는 우수한 사상과 표현을 가져야 한다.

이 모든 요소를 처음으로, 그러면서도 적절하게 사용한 시인은 호메로스였다. 그의 두 개의 시는 서사시 구성의 모범이다. 『일리아스』는 단일한 이야기로 고민을 그리고, 『오디세이아』는 복잡한 이야기(이 시의 곳곳에 발견된다)로 성격을 그리고 있다. 호메로스의 장점은 이것뿐이 아니다. 이 두 시는 표현과 사상에서도 다른 모든 시보다도 우수하다.

---

1) 우리로 하여금 행동하는 인간에게 어떤 종류의 윤리적 특징을 부여하는 것을 의미한다. —아리스토텔레스, 『시학』 제6장.
2) 파괴 또는 고통을 주는 행위를 말한다. 예컨대 무대 상에서의 살인, 통렬한 육체고, 상해, 기타 유사한 것을 말한다. —『시학』 11장.
3) 희곡에 묘출된 사태가 반대 방향으로, '행복에서 불행으로 혹은 불행에서 행복으로' 변화하여, 그러면서도 그 변화가 …… 개연적 또는 필연적 운행으로 된 경우를 말한다. —『시학』 11장.
4) 행 또는 불행으로 운명이 정해진 인물이 아직까지 모르던 '골육 관계' 등의 일을 처음으로 알고, 그 결과 애정 혹은 증오를 가지게 됨을 말한다. —『시학』 11장.

이로써 우리는 고대 그리스의 서사시가 어떤 것이라는 것을 충분히 상상함과 동시에 호메로스의 우수함도 알 수가 있다.

그러나 그리스 이후 로마로 이어져 번성한 서사시는 중세에 들어서서는 쇠퇴하여, 이것으로 기독교 진리의 선전 도구로 삼으려 해도 실패하기가 예사였던 모양이다. 17세기 프랑스의 유명한 풍자 시인이고, 아리스토텔레스의 『시학』과 아울러 또 하나의 『시학』의 저자인 부알로는 이에 대해 『시학』 제3편 제18장에서 아래와 같이 말하고 있다.

설화를 좋아하는 기독교도여, 아무리 이야기를 좋아하기로서니 만든 이야기의 무더기인 서사시 가운데에 함부로 진리의 신을 집어넣어, 부처님을 공염불의 부처님으로 보이게 하는 따위의 짓을 해서는 안 된다.

이어서 그는 23장과 25장에서 호메로스와 로마의 시인 베르길리우스의 서사시를 극구 칭찬하고 있다.

2. 극시

극시에는 비극과 희극과 비희극悲喜劇의 세 가지가 있다. 상대上代와 고전주의 희곡론은 비극과 희극만을 택하고, 비희극시는 잡종적인 것이라 하여 배척했으나, 낭만주의 시대에 와서는 이것도 환영하게 되었다.

ㄱ. 비극

아리스토텔레스의 『시학』을 보면, 비극은 주신제(디오니소스제)[1]의 주신 송가의 즉흥시에서 발단했다고 한다. 그래 그 뒤에 작가들이 이전 것을 차차로 개량하여 광휘 있는 것이 되었다고 한다. 처음에는 배우를 한 사람만 쓰던 것을, 아이스킬로스가 두 사람으로 하고 코러스(합창단)[2]를 단축하고 대화를 비극의 수뇌부로 하였다. 소포클레스에 이르러 배우는 셋이 되고 배경을 쓰게 되었다. 그리고 적당한 길이를 가지게 되었다. 짤막한 이야기나 어릿광대 말투를 버리게 되어, 종래의 사티로스극satyroi에서 탈출해, 비극은 겨우 품격 있는 것으로 진화한 것이다. 아리스토텔레스는 『시학』 제6장에서 비극을 다음과 같이 정의했다.

비극은 적당한 길이를 가지고, 온전한 한 개의 엄숙한 행동을 모방하며, 아름답게 꾸민 언어로 묘사되어 각종의 장식은 따로따로 각각의 장소에 삽입된다. 비극은 서술이 아니라 배우가 꾸며진 것을 실행하는 형식으로 모방된다. 그래서 비극은 연민과 공포를 일으키는 사건을 통

1) 그리스 신화에 나오는 주신酒神 디오니소스(일명 바쿠스Bacchus)의 제사.
2) 양신극羊神劇. 양신 사티로스는 산양의 뿔과 귀와 꼬리와 발톱을 가진 그리스 신화에 나오는 숲의 남성 정령으로, 디오니소스의 조야한 육감적인 장난꾸러기 수행원이다. 이 사티로스로 가장한 합창대가 삽입된 비극을 '사티로이(양신극)'라고 한다. 그러나 페르낭 로베르에 의하면, 사티로스극에서 산양 가장은 후대의 일이고, 더 고대에는 마형馬形의 가장을 하였다 한다.

해서 이와 같은 정서의 카타르시스[1]를 행한다.

이어서 그는 비극에 대해 구체적으로 설명했다. 즉,

'아름답게 꾸민 언어'란, 율과 화음 즉 선율을 섞은 말을 가리킨다. 또 '각종의 장식은 따로따로 각각의 장소에 삽입된다'라고 한 것은 등장인물이 비극의 어떤 부분은 그저 운문으로, 또 어떤 부분은 노래로 진행하는 것을 의미한다.

그러나 등장인물은 거기에 묘사된 이야기를 실행하는 이상, 먼저 장면(대사, 등장인물, 의상, 기타)이 비극의 필수 요소가 아닐 수가 없다. 다음은 비극의 모방이 행해지는 매재媒材인 선율(노래)과 조사(표현)이다. 표현이라는 것은 (시인 쪽에서 말하자면) 단순한 운문 작성을 의미한다. 노래가 무엇을 의미하는가는 설명할 것까지도 없다.

그리고 **비극은 인간의 행동을 모방하는 것이고,** 행동은 행동하는 사람을 가진다. 행동하는 사람은 필연적으로 성격과 사상에 일정한 특징을 갖지 않으면 안 된다. 왜냐하면 그들의 행동은 그러한 특징에 의해서

---

1) 아리스토텔레스의 『시학』 제6장에 나오는 말이나 『시학』에는 이에 대한 설명이 전연 없고, 다른 저서 『정치학』 8편 6장에 음악의 카타르시스katharsis를 논하는 것이 보인다. "수적警笛은 좋은 윤리적 효과를 가져오는 것이 아니라 오히려 사람을 과도히 흥분시키는 악기이다. 연주자의 목적이 교육이 아닌 카타르시스에 있을 때 쓸 것이다" 하여 이에 대한 해석으로는 '육체상의 적울을 의사에게 배설(카타르시스) 요법을 받듯이, 정서상의 적울을 수적에 의해서 배설한다'는 논과 '종교상의 오예汚穢를 맑히는 카타르시스'라는 논, 두 가지 해석이 있으나 전자가 유력한 편이다.

처음으로 특수한 성질(선악·성공과 실패 등)을 갖게 되기 때문이다. 따라서 성격과 사상이 그들의 행동의 두 가지 원인이 되고, 그들이 성공하거나 실패하는 것도 바로 그들의 행동을 통해서이다.

그래 인간의 행동은 극의 줄거리로 모방된다. 여기서 말하는 줄거리란 몇 개의 사건의 결합을 말한다. 성격은 우리로 하여금 행동하는 인간에게 어떤 종류의 윤리적 특징을 부여하는 것이다. 사상은 그들이 어떤 특수한 점을 논증하려 하거나 또는 보편적 진리를 말할 때, 그들의 말에 나타나는 것을 의미한다.

그러므로 모든 비극은 여섯 개의 요소로 성립하며, 이것의 여하에 따라 작품의 성질이 결정된다. 여섯 개의 요소란 줄거리(스토리), 성격, 표현, 사상, 장면, 노래다. 이상의 것 중 두 개의 요소(표현과 노래)는 모방의 수단, 한 개(장면)는 모방의 형식, 세 개(스토리, 성격, 사상)는 모방의 대상에서 온다. 이 외에는 아무것도 없다. 상당히 많은 극작가가 실제로 이 여섯 개의 요소를 이용했다. 생각건대 어떤 비극도 마찬가지로 장면, 성격, 스토리, 표현, 노래, 사상을 허용하기 때문이다.

위의 인용문 가운데 강조한 부분은 아리스토텔레스의 극시의 정의로, 어느 문학개론 책에서나 볼 수 있는 구절이다.

이 방면의 그리스 극작가로는 아이스킬로스와 소포클레스, 에우리피데스가 대표적이고, 아이스킬로스의 현존하는 작품으로는 『애원하는 여인들』, 『페르시아인』, 『테바이를 공격하는 일곱 사람』, 『묶인 프로메테우스』와 3부작 『오레스테이아』가 있으며, 소포클레스의 작품으로는 『오이디푸스 왕』, 『콜로노스의 오이디푸스』, 『안티고네』, 『아이아스』, 『필록테테스』, 『엘렉트라』, 『트라키스의 여인들』 등이 있고, 에우리피데스의 작품은 비극 18편과 사티로스극 한 편이 있다.

중세에는 역시 걸출한 비극시인도 보이지 아니하였고, 문예부흥 후 재흥하였으니, 영국의 셰익스피어의 『로미오와 줄리엣』, 『햄릿』, 『리어 왕』, 『오셀로』, 『맥베스』 등은 뛰어난 비극시였으며, 17세기 프랑스 고전주의 시인 라신, 코르네유의 비극시들은 다 각각 걸출한 것이었다.

ㄴ. 희극

아리스토텔레스는 희극을 '아직도 우리들의 많은 도시에 관습으로 남아 있는 남근 숭배가崇拜歌의 작가로부터 시작된다'고 하였다. 그에 의하면, 비극이 선량한 사람들의 비참한 운명을 표현한 것임에 반하여 희극은 우스운 것 즉 추한 것, 보통 사람보다 악한 사람들을 모방한 것이었다. 그는 '희극은 보통보다 나쁜 사람들을 모방한 것이다. 그러나 그것은 결코 모든 악보다 나쁘다는 것이 아니라, 다만 어떤 하나의 특수한 악 즉 우스운 것에 대해서만 말하는 것으로, 우스꽝스러운 것은 확실히 일종의 추한 것이다. 우스꽝스러운 것이란 남에게 하등의 고통도 해악도 주지 않는 바의 과실 또는 추한 것이라 할 수가 있다. 예컨대 웃음을 자아내는 탈(가면)이다. 그런 탈은

추하게 비뚤어진 것이지만 아무 고통도 주지 않는다'라고 하였다.

그리하여 그는 비극이 엄숙한 것인 데 반하여 희극은 경비輕卑한 것이라 하여 그 가치를 비극보다 하위에 놓았다.

이와 같이 희극은 웃음을 자아내는 비교적 하급의 가치에만 있었던 것으로, 기타의 모든 구성 요소 등은 비극과 다름이 없는 것으로 아리스토텔레스는 보고 있다.

이러한 희극에 대한 열등적인 가치 부여는 아리스토텔레스뿐만 아니라 그리스인들의 관습이었던 모양이다.

아리스토텔레스가 '비극의 변천과 그 작자에 관해서는 알려져 있지만, 희극은 당시 그것이 아직 중요한 것으로 취급되지 않은 까닭에 거의 아무것도 알려져 있지 않았다. 당국으로부터 희극의 코러스가 공공연히 주어진 것은 희극이 상당히 진보한 뒤의 일이었다. 그때까지 그들은 단순한 지원자들이었다. 그러나 희극시인이라고 불리는 사람들에 관한 기록이 시작된 무렵에는 희극은 이미 일정한 형식에까지 발전해 있었다. 허나 누가 처음으로 희극에다 가면, 서사(프롤로그), 또는 여러 명의 배우 등을 덧붙였는지는 분명치 않다. 희극에 꾸민 이야기—줄거리를 처음으로 도입한 것은 시켈리아의 에피카르모스와 포르미스였다. 아테나이의 시인 중에서는 크라테스가 처음으로 개인 매도의 형식에서 탈피해 보편적인 이야기 즉 꾸민 이야기를 각색하였다'고 희극의 변천을 설명한 것에서 우리는 넉넉히 짐작할 수가 있다.

아리스토파네스는 대표적인 그리스 희극작가로 44편의 희극을 썼는데, 현재 남은 것은『아카르나이의 사람들』,『기사騎士』,『구름』,『말벌』,『평화』, 기타 도합 11편이 있다.

그러나 이와 같이 희극이 푸대접을 받은 것은 상대의 일이고, 문예부흥 이후 근대에 와서는 비극과 동등한 위치에 있었다. 누구도 저 유명한 프랑스의 희극시인 몰리에르의『웃음의 지혜들(우스꽝스러운 프레시외즈들)』을 비극보다 하위로 보지는 않는다.

ㄷ. 비희극悲喜劇

고대와 고전주의 시대에는 비희극이 잡종적 혼합이라 하여 배척을 받았으나, 낭만파 이후 힘을 떨치게 되었다. 낭만극의 선구라고 하는 셰익스피어의 작품『겨울 이야기』도 이 부류에 속하며, 제3막까지는 비극적으로 전개하다가 뒤에 가서는 행복하게 맺어진다.

그러나 반드시 비극적 진행 뒤에 해피엔드의 순서로 맺어지는 것만이 비희극은 아니다.

독일의 미학자 폴켈트는 이에 대해서 대략 다음과 같이 말하고 있다.

비장悲壯과 웃음거리 양자가 혼합해서 일종의 특이한 미를 빚을 때 비희극적이라 하고, 이런 미적 효과를 가진 희곡이나 연극을 비희극이라 한다. 비극의 일부에 희극적 모티브가 혼입해서 도리어 비극적 인상이 강조되는 경우(가령 햄릿의 묘를 파는 장면)도 광의로 비희극적이라 하지만, 본래의 비희극은 비장과 웃음거리와의 완전한 융합, 상호칭투로 성립하는 것으로, 그 효과가 주로 사건이나 상황에 의존하는 경우(객관적 비희극)와 도리어 인물이 주위의 세계를 체험하는 식에 의존하는 경우(주관적 비희극)가 있어, 후자의 경우에는 왕왕 유머(웃음거리)의 참여로 비장미적 유머 또는 유머화된 비장미가 성립한다.

이 밖에 비희극적 효과가 사건의 객관적 정세와 인물의 주관적 성질과의 관계에 의존하는 경우(상대적 비희극)도 있다.

* 삼일치의 법칙

삼일치(혹은 삼통일)의 법칙—즉 '행위의 일치', '때의 일치', '장소의 일치'는 '이야기 줄거리가 한 목적 밑에 통일되어야 할 것', '24시간 내의 일일 것', '동일한 장소의 일일 것' 등의 연극의 규율을 말한다. 이것은 아리스토텔레스가 정한 것으로 알려져 있으나 17세기 프랑스 고전주의 시인들이 아리스토텔레스의 『시학』을 오해해 퍼뜨린 데 연원이 있다고 한다.

아닌 게 아니라 『시학』을 자세히 음미해 보면, 이 설은 근거가 박약한 것을 알 수가 있다. 『시학』 5장에는 '때의 일치'에 대해서 '비극은 가능한 한 태양의 일회전 내지는 이를 과히 초과하지 않는 시간 내의 사건을 요구하는 데 반하여, 서사시는 시간 제한이 없다'라고 나와 있다. 이것은 다만 에우리피데스 사후 70년 동안 비극에서의 사건이 하루 이내여야 함을 말했을 뿐이니 그리스 비극 전체에 해당되는 법칙은 아니다.

'장소의 일치의 법칙'에 대해서 이와 방불한 것은 『시학』 24장에서 '비극에서는 동시에 일어나는 사건을 한꺼번에 재현할 수가 없고, 그 무대에서 일어나 거기에 등장하는 배우가 재현하는 한 사건에 한하지 않을 수 없다'라는 말이 보일 뿐으로, 이것을 가지고 장소 일치의 법칙이라고 하는 것은 견강부회라는 의견들이 상당히 유력하다.

그리스의 비극시인 아이스킬로스의 『에우메니데스』의 경우, 장소가 델포이에서 아테나이로 변하는 것을 보더라도 그리스 극에서 장소 일치의 법칙이 준수되지 않았음을 알 수 있다.

'행위 일치의 법칙'만이 8장부터 11장에 설명되어 있으나, 이것만 가지고서 그를 '삼일치의 법칙'의 비조鼻祖로 삼는 것은 억설이라는 설이 신빙할 만하다.

미국의 비평가 스펑간은, 문예부흥기에 프랑스에서 활약한 이탈리아 학자 스칼리제르와 카스텔베트로 두 사람이 처음으로 삼일치의 법칙을 주창했다고 한다. 스칼리제르는 이탈리아 태생이고, 카스텔베트로는 아리스토텔레스 『시학』의 역자譯者이니, 이것은 당시의 프랑스 고전파가 이탈리아의 선구적 영향하에 있었던 통성通性에 비추어 보아 그럴듯한 주장이겠다.

3. 서정시

서정시lyric가 시 가운데에 제일 오래된 형식이라는 것은 오늘날 일반적으로 공통된 의견이다. 허나 아리스토텔레스의 『시학』에는 이에 대한 다른 정의는 보이지 않고, 『옥스포드 사전』에 의하면 대략 '감정과 사상을 표현한 비교적 짧은 형식의 시'라고 되어 있다. 리릭lyric이란 말은 그리스의 현금絃琴 리라lyra에 이 서정시를 맞추어서 노래 부른 데에서 연원한 것이라 한다.

동양에서는 서정시抒情詩라 번역된 리릭은 정서를 위주로 표현하는 것만은 아니며, 감정과 아울러 주지적·주의적 온갖 정신을 표현할 수 있는 양식이다.

가령 다음과 같은 주정主情의 시

우리는 펴리라 아득한 향기 그윽한 잠자리,
무덤처럼 움푹한 쿠션을.
그래 우리는 보리라, 고운 하늘 밑
우릴 위해 개벽하는 칭칭한 꽃송이들을.

마지막 정은 기껏 키워서
우리 두 가슴은 큰 횃불 같으리라.
우리 두 혼령, 그 쌍석경에
두 빛 어려 울림하는 큰 횃불 같으리라.

밤은 장미와 물빛의 꿈을 빚고
우리는 우리만의 번개를 맞대리라.
이별로 차 솟우는 통곡 같은 번개를.

하여, 이 거울이 끄을고, 이 불이 자질면

빙그레히 문을 열고 천사는 나타나서

고스란히, 또 신명나게

이 거울을 밝히고 이 불을 살리리라.

—보들레르, 「연인들의 죽음」의 졸역

도 리릭이지만, 다음 같은 주지시主知詩의

내키는커서다리는길고왼다리아프고안해키는적어서다리는짧고바른
다리가아프니내바른다리와안해왼다리와성한다리끼리한사람처럼걸
어가면아아이부부는부축할수없는절름발이가되어버린다무사한세상
이병원이고꼭치료를기다리는무병이끝끝내있다

—이상, 「지비紙碑」

이러한 수학적 고려가 많이 있는 것도 리릭이요, 우리 유치환 시
인이

꿈꾸어도 노래하지 않고

두 쪽으로 깨어져도

소리 하지 않는 바위가 되리라

하고, 시집 『생명의 서』의 「바위」라는 시에서 의지를 주로 그 정신을 말할 때에도 리릭이 되는 것이다. 요컨대 정신의 무엇을 표현하건, 서사시와 극시의 제한을 받지 않는 비교적 짧은 양식의 시는 모조리 리릭이 된다.

예로부터 지금에 이르도록 서양에서 쓰여진 리릭의 종류는 참으로 많다. 그 중요한 종류만을 대략 아래에 열거한다.

ㄱ. 오드ode

오드는 그리스의 고대에 생긴 것으로 그리스어로는 오데 즉 노래란 뜻이다. 음악과 같이 노래로 불렀으며 처음에는 읽기 위해서 쓰인 시가 아니었다. 그 형식엔 두 가지가 있으니 장대한 것과 경소한 것으로 나누인다. 장대한 오드는 그 형식이 장대하고, 내용은 기풍이 높고, 개인의 감정보다는 집단적인 감정을 품어 종교적인 또는 국가적인 제전에 노래로 불리어졌다.

그리스에서 이 웅대한 한 편의 오드를 대성한 시인은 핀다로스로 그의 오드는 그리스 서정시의 최고봉이다. 핀다로스의 오드 가운데에서 수가 많고 또 가장 평판이 좋은 것은 공설 경기의 우승자를 축복하는 식전式典에 쓰기 위해서 지은 노래 『에피니키온 아스마』이다. 그러나 이것은 다만 이 부류 오드의 일종으로, 웅대한 오드에는 이 밖에 신을 노래한 것, 영웅 위인을 찬양한 것, 향연의 노래, 축혼의 노래 등이 있다. 이것은 합창으로 불렸다.

경소한 오드는 작은 노래라 할 수 있는 것으로 개인적인 감정을 노래한다. 순 서정적인 노래로 악기의 반주는 있으나 합창이 아니라 독창이다. 내용은 연애의 노래, 축혼의 노래, 연음宴飮의 노래 등등으로 나누어지며 레스보스 섬의 여류 시인 사포와 아나크레온 등이 개척자이다. 뒤에 카툴루스와 호라티우스에 의해 로마에 이식된 것도 오히려 이 경소한 오드로, 그나마 노래 부르기 위한 것이 아니라 읽히기 위한 시로서였다.

프랑스에서는 롱사르 이래 많은 시인에 의해 오드가 시작試作되었고 부알로도 그중 한 사람이다. 그러나 성공한 시인은 그리 많지 않다. 빅토르 위고의 『오드와 발라드』, 기타 시집 중 약간의 시(가령 『황혼의 노래』의 「나폴레옹 2세」)에서 그리스 고대의 장대한 오드의 정신이 근대적인 형식 밑에 부활된 것을 볼 수가 있다.

ㄴ. 소네트sonnet

소네트는 보통 소곡小曲이라고 번역된다. 소곡은 중세기 남유럽 행음 시인行吟詩人들에 의해 창시된 것으로 이탈리아의 단테를 거쳐 페트라르카에 이르러 내용과 형식이 아울러 완성되었고, 문예부흥 운동과 동시에 서양 각국에 수입되었다. 전체는 14행으로 4행 2절, 3행 2절로 나누어지는 정형시이다.

프랑스에서는 멜랭 드 생 즐레와 클레망 마로에 의해 처음 시작試作되어, 조아생 뒤 벨레와 롱사르에 의해 좋은 소곡이 쓰여졌다.

그 후 16, 7 양 세기에는 소네트가 많이 유행되었음에도 불구하고 별로 좋은 작품은 보이지 않다가, 18세기에는 아주 폐절되었으나 낭만주의와 함께 재흥하여 보들레르, 에레디아 등에 이르러 절정에 달했다.

내용을 보면 옛것은 페트라르카풍의 연애시가 많았으나, 근대의 것은 다채하여 서정적인 것도 있고, 서경적·서사적인 것(에레디아의 경우)도 있다.

ㄷ. 발라드ballad

발라드 또한 정형시의 일종으로, 자유로운 형식의 짧은 서사시라고도 할 수 있다. 원시시대에는 무용과 결합해 음악에 맞춰 노래 불렀으나, 중세 말기에는 시의 형식을 갖추어 15, 6세기에 이르러 널리 민간에 유행하였다.

프랑스에서는 15세기에 비용과 같은 명인을 낳았고, 16세기에 와서 롱사르 일파에게 무시당한 뒤 이것을 시험하는 사람도 많지는 않았으나, 17세기에도 부아튀르, 라퐁텐 등이 약간의 발라드를 지었고, 오늘날까지 아주 폐절되지는 않았다.

발라드는 모두 3절의 본가本歌, 1절의 반가返歌로 성립되며, 제1절의 마지막 줄은 각 절의 마지막 줄로써 반복된다. 발라드에는 대소의 2종이 있어, 대형은 전부 10각(10음철)의 시행으로 성립되며 각 절 10행, 반가는 5행이요, 소형의 발라드는 각 행 8각(8음철), 각 절 8행, 반가 4행으로 성립된다.

ㄹ. 엘레지elegy

그리스어로는 엘레게이아elegeia라고 한다. 그리스에서 생긴 서정시 가운데 가장 오래된 것의 일종으로, 어원은 노적蘆笛 엘레고스 elegos에서 왔다. 어원에서 보듯 원래는 피리에 맞추어서 노래 불려진 것이다. 짧고 단조單調한 독특한 형식이 슬픔의 정을 나타내기에 적합하다.

엘레지라면 처음에는 거의 비가悲歌·만가輓歌들이었다. 뒤에 와서 정치·도덕·격언 등등의 여러 가지 성질의 엘레지를 시험하게 되어, 특히 기원전 7세기 말의 밈네르모스는 엘레지로써 청춘을 찬양하고 사랑을 노래하는 데 성공해서, 그 뒤 그를 모방하는 사람들이 상당히 있었던 모양이다.

엘레지는 로마에서는 카툴루스, 티불루스, 프로페르티우스, 오비디우스 등으로 계승되어 슬픔의 정을 나타내거나 연애를 노래했다. 그러므로 『시학』의 저자 부알로가 엘레지를 비애의 시, 사랑의 시로 취급하는 것은 정당하다. 프랑스 19세기 낭만주의 시인 라마르틴의 『명상시집』이나 알프레드 드 뮈세의 『밤』 등은 근대적인 엘레지 시인의 대표적인 작품이라 할 수 있다.

ㅁ. 파스토랄pastoral — 목가

이것은 목인牧人 생활을 표현하는 것이지만, 전원생활의 여러 가지 장면을 표현한 것도 있어, 이 경우에는 전원시라 하는 것이 오히려 적당하다. 이 시에는 서정적인 것, 서사적인 것, 서경적인 것 혹은 극적(대화식)인 것 등 여러 종류가 있다.

파스토랄의 창시자는 그리스의 테오크리토스, 로마의 후계자는 베르길리우스이다. 프랑스에서는 16세기 이후 시작試作되어 17세기에는 라캉이 어느 만큼 성공했고, 18세기에는 셰니에가 얼마만큼의 가작佳作을 남기었다. 현대에 와서는 프랑시스 잠이 그 명수이다.

ㅂ. 새타이어satire—풍자시

이 종류의 시는 그리스 상대부터 내려오던 것으로, 그리스어로는 프소고스psogos 혹은 이암보스iambos라고도 한다. 아리스토텔레스는 시의 성격을 양대별하여 찬가와 풍자시로 나누고, 전자를 엄숙한 시인들이 하는 것, 후자를 경비輕卑한 시인들의 사업이라 말하고 있다. 그러나 새타이어란 이름으로 쓰여지기 시작한 것은 로마 시대부터로, 라틴어로는 사티라satira라고 한다.

풍자시는 사람의 결점을 찌르고, 경쾌히 야유하고, 신랄하게 풍자하고, 도덕적으로 부연하는 극히 웅변적인 시다. 16세기 프랑스에서 크게 유행하여 특히 레니에, 부알로 등 이 방면의 유명한 시인을 낳았다. 풍자적인 시는 프랑스뿐만 아니라 구미 각국에서 오늘날까지 오히려 큰 세력을 가지고 있다. 풍자 시인의 대표자의 한 사람이었던 『시학』의 저자 부알로는 로마에서의 변천 과정을 설명하며, 풍자시의 성격을 『시학』 제2편에서 말하고 있다.

욕을 하고 싶어서가 아니라 진실을 만인에게 보여 주려는 열망에서 풍자시satire가 생겼다. 루킬리우스가 처음으로 이것을 세상에 보이어, 거울에 비치는 자태와 같이 있는 그대로 로마인의 악덕을 그려내 신분이 낮은 유덕자有德者를 높이고, 오만한 부자를 필주筆誅하고, 도보하는 선량한 국민을 높이고, 수레를 타고 다니는 불량도배를 벌했다. 호라티우스는 이 준열함에, 그 독특한 '양기로움'을 더 가하였다. 그래 오만한 사람이나 어리석은 인간은 반드시 조롱거리가 되었고, 비난받아 마땅한 사람들의 이름이란 이름은 시의 격률에 어긋남이 없이 교묘하게 시 속에 넣어 무참히도 읊어지는 것이었다.

ㅅ. 론도rondo

론도에는 두 종류가 있다. 한 가지는 '고형古型 론도' 또는 '론들 rondel'이라는 것으로, 14, 5, 6의 3세기에 걸쳐 유행한 일종의 정형시이다. 흔히 13행으로 되어 있어 4행 2절, 5행 1절로 나누어지며, 제1행과 2행은 7행과 8행에서 반복되고, 1행은 다시 13행에서 반복된다.

다른 하나는 '신형 론도' 또는 그냥 '론도'라고도 불리는 것으로, 15세기 후반기에 나타나 16세기 전반과 17세기 후반에 부아튀르 등의 시인에 의해 특히 성하게 지어진 일종의 정형시이다. '고형 론도'와 같이 전체는 13행으로 5행, 3행, 5행의 3절로 나누어지며, 제

1행 처음의 2어, 3어가 반복 문구로서 2절과 3절의 말미에 첨가된다. 고형, 신형 다 8각(8음철) 내지 10각의 시행들로 성립된다.

ㅇ. 에피그램epigram

에피그램은 그리스에서 시작된 것으로 원래는 운문으로 지어진 일종의 명문銘文 같은 것이었으나, 짧은 시 형식이 신랄한 경구가 섞인 소형의 풍자시로 적합하여 마침내 근대적인 의미의 에피그램(소풍자시)이 된 것이다. 이것은 그리스에서 로마로 전해져 마르티알리스 등의 이 방면의 시인을 낳았고, 다시 16세기에 프랑스에 전해졌다. 17세기 프랑스에서는 부알로, 라퐁텐, 라신 등이 각기 약간의 에피그램을 썼고, 18세기에 와서는 볼테르, 루소, 르브룅 등에 의해서 크게 개척되었다.

ㅈ. 마드리갈madrigal

마드리갈은 따로 정형이 있는 것이 아니고, 에피그램에서 신랄한 맛을 제거하고 그 대신 좀 멋을 집어넣은 것이다. 16, 7, 8세기를 통해 또 그 뒤에도 사교계에서 많이 유행되어 온 단시短詩이다.

ㅊ. 트리올레 triolet

소곡小曲이라 번역된다. 중세기에 시작된 8행시로서, 1행은 3행과 7행에서 되풀이된다.

ㅋ. 페이블 fable

역시 중세에 시작된 시의 일종으로, 우화寓話라고 번역된다. 17세기 프랑스 시인 라퐁텐에 와서 큰 발전을 보았다. 그는 주로 동물이나 자연에 가탁하여 사람의 지혜를 일깨우는 이야기를 시로 썼다. 또한 그리스의 아이소포스의 우화를 창의적으로 개작하고, 거기 운율을 주어 이 방면의 가작佳作을 상당히 남겼다.

이 밖에도 서정시의 종류는 많이 있으나 이것으로 생략한다.

위에 열거한 리릭의 여러 가지 종류에서 우리가 볼 수 있는 것과 같이, 그 정신에서 어떤 것은 주지적이고, 어떤 것은 주정적이고, 또 어떤 것은 주의적이다. 가령 오드나 엘레지 같은 것은 현저하게 주정적이요, 새타이어, 에피그램, 페이블 등은 주지적 기질을 더 많이 갖는다. 그리고 에피그램은 주의적인 성능 또한 포함한다. 거듭 말하거니와, 리릭이란 단순히 감정 정서를 표현하는 것이 아니라 사람의 정신 전체를 포함하는 시의 길인 것이다.

제5장 시의 내용

시의 내용이란 즉 마음(정신)의 내용이다. 그러나 마음은 무엇이나 시가 될 수 있는 것은 아니니 진·선·미 한 마음이라야 비로소 시의 정신이 될 수 있다. 진·선·미의 표준은 성인聖人의 가르침을 빼고는 시대의 추이에 따라 변할 수도 있는 것이니, 시정신 역시 그러하다. 그러나 큰 시인은 성인들과 마찬가지로 시대의 추이에 따라 변하지 않는다. 항구한 시정신을 나타내어 수립하는 것이다.

시정신이 진·선·미에 이르기를 바라는 마음의 각 부문을 포함하고 또 종합해 가지는 이상, '시는 정신의 산물'이라든가 '시는 지혜의 산물'이라든가 또 '시는 의지의 산물'이라든가 하여 일방적으로 그 내용을 규정할 수는 없다. 한 편의 시는 정서를 주로 해 성립할 수도 있고, 지혜 혹은 지향을 주로 해 성립할 수도 있고, 이 세 가지 요소

또는 그중 두 가지 요소를 종합함으로써 성립될 수도 있다. 이것은 그때그때 시인 각자의 정신의 요구의 차가 좌우할 뿐 그 어느 한 부문에 아주 고정적으로 예속되는 것은 아니기 때문이다.

시의 내용을 대별하여

1. 주정적인 내용
2. 주지적인 내용
3. 주의적인 내용

이 세 가지로 나눌 수가 있다.

주정적인 내용이란 시정신에서 감정을 주로 한다는 뜻이요, 주지적인 내용이란 지성을 주로 한다는 뜻이며, 셋째 것은 의지를 주로 한다는 뜻이다.

그러나 주정적인 것을 다시 구분해 본다면

ㄱ. 감각을 주로 한 것
ㄴ. 정서를 주로 한 것
ㄷ. 정조를 주로 한 것

이 세 가지로 나눌 수가 있고, 또 주지적인 것 즉 지성을 주로 한 것은

ㄱ. 기지를 주로 한 것

ㄴ. 지혜를 주로 한 것

ㄷ. 예지를 주로 한 것

이 세 가지로 나누어 볼 수가 있다.

이제부터 이러한 분간 아래 시의 내용의 각 상을 살펴보려 한다.

1. 주정시

주정시主情詩는 감각이나 정서 또는 정조를 주로 하는 시로서, 우리의 감성이 빚어내는 온갖 것을 시의 내용으로 하며, 인류가 여태까지 표현해 온 시 중 제일 많은 분량을 차지한다. 특히 19세기 유럽을 토대로 하는 낭만주의 시는 거의 전부가 이 주정적인 것이다.

ㄱ. 감각의 시

감성이 빚어내는 감정 가운데 제일 기초적이고 초보적인 것이 감각이라고 하는 것은 우리가 이미 잘 아는 바이다. 또 이것이 별로 긴 시간을 필요로 하지 않는—탈토脫兎와 같이 순간적인 것 그러나 빨리빨리 나타났다가 사라지는 것이라고는 할망정 시간 수로 따져 보면 우리 인생의 감정 생활에서 상당히 많은 시간을 점령하고 있다.

아시다시피 오관이 빚어내는 색色·성聲·향香·미味·촉觸의 다섯 가지를 우리는 감각이라고 부른다.

여기 종소리가 들리어, 우리의 귀가 알아듣고 그 아름다움에 감동하면 즉 청각에 의한 감각의 시상詩想이 움직이는 것이요, 여기 한 송이 꽃의 색채 또는 향기에 시각과 후각이 감동적으로 반응해도 감각의 시상이 자리를 잡는다.

그 때문에 비록 재빠르다고는 할망정 누구에게나 늘 없을 수 없는 이것은, 시의 내용으로서도 상당히 많은 면적을 점령하는 것이 아닐 수 없다. 고금 동서양에 감각의 시는 퍽 많지만, 특히 시인의 일생을 놓고 보면 감각이 발랄한 청소년기에 많고, 시대를 위주로 생각해 보자면 늙은 정서의 저기압이 중첩한 다음에, 그 중압력으로부터 인류가 청신하게 환기하기를 바라는 시대에 이 방면의 작품들이 전성全盛한다.

전자의 예로는 프랑스 19세기의 시인 아르튀르 랭보의 시들을 들 수가 있으니, 그가 오직 소년 시기에만 발랄한 감각의 시들을 쓰고 만 것은 그 좋은 표본이요, 후자의 예로는 멀리 갈 것 없이 우리나라 을유 해방 후 일정 치하적 정서의 중압 뒤에 청신한 감각 운동이 일어나고 있는 것 역시 좋은 표본이다.

감각에는 단일 감각과 복합 감각이 있으니 청각이면 청각, 후각이면 후각, 시각이면 시각, 한 개의 감각을 주로 해서 시상을 가지는 시를 단일 감각의 시라 하고, 두 개의 감각 이상을 복합해서 시상으로 가지는 시를 복합 감각의 시라 한다.

방거죽에극한極寒이와닿았다. 극한이방속을넘본다. 방안은견딘다. 나는 독서의뜻과함께힘이든다. 화로를꽉쥐고집의집중을잡아땡기면유리창

이움폭해지면서극한이혹처럼방을누른다.참다못하여화로는식고차겁기때문에나는적당스러운방안에서쩔쩔맨다.어느바다에조수가미나보다.잘다져진방바닥에서어머니가생기고어머니는내아픈데에서화로를떼어가지고부엌으로나가신다.나는겨우폭동을기억하는데내게서는억지로가지가돋는다.두팔을벌리고유리창을가로막으면빨래방맹이가내등의더러운의상을뚜들긴다.극한을걸커미는어머니―기적이다.기침약처럼따끈따끈한화로를한아름담아가지고내체온위에올라서면독서는겁이나서곤두박질을친다.

―이상李箱,「화로」

이 시는 좀 복잡하기는 하나, 추위라는―우리 육체에 와 닿는 한 촉각―단일 감각을 표현한 것이다. 여기에서는 추위라는 한 촉각이 지나친 나머지 커다란 무게로 억누르는 것을 느낄 수가 있다.

하늘에는 만도린만 한 구름이 하나

―김광균

이 시구절은 복합 감각을 표현한 것이다. 흔히 우리가 구름을 볼 때에는 보통 구름의 형상이라는 시각상의 단일한 감각으로 다가오지만, 어느 특수한 경우―가령 천고마비가 비롯하는 첫가을에, 마치 손가락으로 퉁기면 쨍하고 울릴 듯한 맑은 하늘의 뜬 구름을 볼 때에는, 그 구름에도 시각상에 나타나는 형상과 아울러 무슨 소리가 날 듯한 감각이 일기도 한다. 위의 시구절은 즉 그러한 시각상의 형상에 아울러 함축 잠재된 음향에 대한 감각을 표현한 것이다. 만돌린은 울리는 악기라, '만도린만 한 구름'이라는 표현에서 우리는 자연히 첫 가을날의 음향을 느끼게 된다.

그리고 시의 감각은 실제의 사실과 맞지 않는 수도 있다. 가령 한 마리의 말이 달려가는 것을 볼 때 실제 말의 다리는 네 개지만, 우리의 시각에는 마치 그 발이 여덟 개 같기도 하고 또 그 이상 같기도 하다. 그렇기 때문에 시의 감각은, 이러한 경우 꼭 사실의 숫자대로 말의 발을 네 개라고 표현 안 해도 좋은 것이다.

저 재를 넘어가는 저녁 해의 엷은 광선들이 섭섭해합니다

어머니 아직 촛불을 켜지 말으셔요

그리고 나의 작은 명상의 새 새끼들이

지금도 저 푸른 하늘에서 날고 있지 않습니까?

이윽고 하늘이 능금처럼 붉어질 때

그 새 새끼들은 어둠과 함께 돌아온다 합니다

언덕에서는 우리의 어린 양들이 낡은 녹색 침대에 누워서

남은 햇볕을 즐기느라고 돌아오지 않고

조용한 호수 우에는 인제야 저녁안개가 자욱이 나려오기 시작하였습니다

그러나 어머니 아직 촛불을 켤 때가 아닙니다

늙은 산의 고요히 명상하는 얼굴이 멀어가지 않고

머언 숲에서는 밤이 끌고 오는 그 검은 치맛자락이

발길에 스치는 발자욱 소리도 들려오지 않습니다

멀리 있는 기인 뚝을 거쳐서 들려오던 물결 소리도 차츰차츰 멀어갑니다

그것은 늦은 가을부터 우리 전원을 방문하는 까마귀들이

바람을 데리고 멀리 가 버린 까닭이겠습니다

시방 어머니의 등에서는 어머니의 콧노래 섞인

자장가를 듣고 싶어하는 애기의 잠덧이 있습니다

어머니 아직 촛불을 켜지 말으셔요

인제야 저 숲 넘어 하늘에 작은 별이 하나 나오지 않았습니까?

—신석정, 「아직 촛불을 켤 때가 아닙니다」

신석정의 시 중 강조 부분도 그것이니, 까마귀들이 바람을 데리고 멀리 가 버린다고 표현되어 있으나 실제의 사정은 이와는 정반대이다. 즉 바람이 불 때 까마귀 떼가 바람에 몰려가는 것이지, 까마귀 떼가 바람을 데리고 가는 일은 사실엔 없기 때문이다. 그러나 벌판 위에서 수천 수만 마리의 까마귀가 떼를 지어 오고 갈 때, 아닌 게 아니라 우리의 감각은 그 많은 까마귀들이 바람을 데리고 간 것같이 느낀다. 시의 감각도 이와 같이 실제의 사실에 의존하기보다는 실제에 어긋나는 그대로의 감각의 실제에 의존하는 것이다.

나는 현대 시인들이 이 시의 감각을 발랄왕성히 하여 표현에 성공하고 있는 것을 좋은 현상이라고 본다. 이렇게 하여 신화적 감각의 영역에까지 우리의 감각을 순화 향상해야 되겠기 때문이다.

ㄴ. 정서의 시

우리가 감각을 많이 모아 축적하고 선택하고 종합해 가는 동안 정서라는 것을 얻게 된다. 마치 어떤 친구와의 첫 대면이 감각적 종합인 인상이었다가 여러 차례 접촉해 가는 동안 그 친구에 대한 하나의 독특한 정서를 빚어내는 것과 같이, 그런 다음 차분히 또 곰곰이 꽤 오랜 시간을 두고 우정의 정서를 지속해 가는 것과 같이.

그러므로 감각이 순간적인 데 비해 정서라는 것은 상당히 긴 시간 우리 속에 지속되는, 대상에 대한 주관적인 감정이다. 이것은 개인적인 것은 물론 범위를 넓혀 한 가정, 한 고을, 한 민족 또는 한 지역, 한 시대의 한계 안에서도 성립한다. 개인적인 한계 안에서 성립하는 정서를 개인 정서, 한 가정이나 한 고을, 한 민족의 한계 안에서 성립하는 정서를 그 가정의 정서, 고을의 정서, 민족의 정서라고 할 수 있고, 또 한 지역, 한 시대의 한계 안에서 성립하는 정서는 그 지역이 동양이면 동양의 정서, 서양이면 서양의 정서, 19세기면 19세기의 정서, 20세기면 20세기의 정서라고 할 수 있을 것이다.

그러나 정서는 감각보다는 오래가지만 아주 불변하는 것은 아니다. 가령 우리가 애인과 서로 사랑하여 즐거움을 누리다가 한쪽이 배반하면 사랑에 변화가 오는 것은 정서이다. 괴테의 『젊은 베르테르의 슬픔』에서 베르테르가 남의 약혼녀 로테를 연연해 하다가 실패하자 비애로 전락하여 마침내 목숨을 스스로 끊고 마는 것도 정서요, 19세기 낭만주의 시들에 수두룩한 걷잡을 수 없이 기복하는 속절없이 변화하기 마련인 온갖 감정들은 모두 정서다. 저 유명한,

19세기 후반기 데카당티슴의 시인 폴 베를렌이 도취 향락 시절에

하이얀 달빛
수풀을 비쳐
얼크러진 잎사귀 아래
가지 가지
소리를 한다

오오 그리운 이야

못물은 비친다
깊은 거울에
바람 우짖는
검은 버들
그림자

꿈꾸자, 시방은 그때라

크고도 정다운
위안이
별무지개 수놓은
하늘에서

내려오는 기척……

시방이 그때라, 말 말고 취할 때.

―폴 베를렌, 「하이얀 달」의 졸역

하고 노래할 때 이것은 도취 열락의 정서지만, 이보다 좀 앞서 도취
적이고 심미적인 정서와는 딴판으로 아래와 같이 삭막히 읊조린 것
또한 정서이다.

가을날 바이올린의
긴 목울음
외마디 사랑의 헐리는 소리
낡고 병든 가슴에 금을 그시고

종소리 울릴 때
먼 날은
되살아
눈물 아운다.

그래 난 간다.
에제로 날 모는
으스스한 바람에

떨린 잎같이

　　―폴 베를렌, 「가을 노래」의 졸역

　이와 같이 정서란 변화무쌍한 것이다. 엊그제까지도 도취와 즐거움의 절정에 섰던 정서가 오늘은 한탄과 통곡의 심연에서 허덕이는 것을 우리는 정서 세계의 도처에서 보아 왔다.

　그렇기 때문에 20세기 영국의 시인 T. S.엘리엇이 정서의 과잉을 경계한 것은 지당한 일이었다. 특히 19세기 낭만주의가 펴 놓은 주정 정신이 영국의 오스카 와일드류의 유미주의적 이단으로 빠졌거나 프랑스의 데카당과 같이 과잉에 혼미해 간 뒤의 일이니만큼, 더구나 그 주장은 적소適所를 얻었던 것이라 할 수 있다. 그러나 경계할 것은 그야말로 정서의 과잉, 고갈, 노쇠이지 결코 정서 그 자체는 아니다. 사람 사람이 다 성인聖人이 아니라 항구불변하는 감정을 만들어 갖지 못하고, 뿔뿔이 제각기 변전무쌍變轉無雙한 정서 생활을 해 왔고 또 지금도 하고들 있음을 어찌하리오. 우리는 정서를 바로 하기에 노력할 일이요, 이것이 변한다 하여 무시해 넘볼 수는 없는 것이다.

　ㄷ. 정조의 시

　축적하는 정서를 잘 종합하고 선택하면 정조가 되는 것이라고 생각한다. 감각과 정서가 시간상의 장단은 있을지언정 둘 다 변하는 것인데 정조는 변하지 않는 감정 즉 항정을 일컫는다. 성춘향의 이도령을 향한 일편단심, 여말 정몽주의 한결같은 우국지정, 이조 시인 정송강의 불변하는 사군 감정事君感情—이런 것들은 모두 다 정조에 속한다.

이야기를 하나 할까. 옛날 어떤 남아가 결혼을 하는데, 첫날밤에 신랑이 바쁘게 뒷간엘 가다가 옷자락이 돌쩌귀에 걸렸다고 한다. 그것을 신랑은 신부가 음탕하여 뒤에서 옷자락을 잡아당기는 것으로 오해하여 그길로 나가서는 30년인가 40년인가를 돌아오지 않았다. 그러다가 긴 세월이 지나간 어느 날 신랑이 우연히 이 집을 지나가게 되어, 그 신방 문을 열어 보니 신부는 녹의홍상에 첫날밤 그대로 앉아 있어 손을 들어 매만지니 비로소 폭삭 한 줌의 재가 되어 버리더라는 이야기다.

이 이야기에 나오는 신부의 감정이 바로 우리 과거 동양 사람의 흔한 정조 그것이다. 정조니, 열녀니, 선비의 지조니 하면 말이 쉽지 사실상 그 심도를 실제로 측정하는 것은, 우리 같은 변화하는 감정 세계에서만 길든 사람들에게는 거의 불가능한 일이 아닐까 생각한다. 그렇지 않겠는가? 정조도 그렇게 파란중첩하는 것이거늘 하물며 그 많은 축적을 선택하고 종합함으로써 변하지 않는 기질을 갖추게 되는 정조의 깊이에 있어서랴.

흔히 정조라고 하면 요즘 사람들은 대단히 까다로운 것, 우리와는 인연이 먼 것, 진부한 권위 같은 것으로 생각해서 경이원지敬而遠之하는 경향이 많으나, 이것은 큰 손해다. 이렇게 해서 우리는 감정의 제일 잘된 것의 맛을 문학사에서 볼 수 있는 기능을 차차 상실해 가고 있기 때문이다.

감정은 변덕꾸러기라는 신념으로 우리는 우리 정신을 위해 무슨 이익을 보는가. 과거세의 정신의 부피 속에는 이 정조의 층들이 면면히 싸여 있음에도 불구하고 우리들이 눈 뜨고 사는 시대의 주장에만 한정하여 감정을 가변적인 것으로 제한하고 말까, 여러 가지 왜곡된 감정생활 전통 때문에 오는 불가피한 정서적 제한도 억울하거늘 하물며 여기다 덧붙여서 제한론자까지 될 필요야 있겠는가.

지혜 가운데 가장 다듬어진 예지처럼 감정 가운데 제일 다듬어진 정조라야 사물을 친구로 만들더라도 제일 가깝게 만들 것이요, 사물을 따라가더라도 제일 멀리까지 갈 수 있을 것이다.

원래 정조는 서양에서보다는 동양에서 더 많았다. 아니 많았다기보다 동양은 정조를 이상으로 감정을 훈련해 왔다. 유교나 불교나 도교의 시편들에서 보는 감정은 모두가 이것들이다. (물론 서양 것으론 기독교의 시편들이 그렇지만) 그리스적 전통에 입각한 감정의 인식이 플라톤이 말한 것처럼 변화무쌍한 것인 데 반하여 이쪽 것은 불변하는 기질로 보아 왔고 또 훈련해 온 데 연유하는 것이다.

이러한 정조적 전통은 비단 우리나라에서는 재래적 유가나 도가나 승니에게만 그런 게 아니라 개화 후의 신시인新詩人의 일부에게도 전승되어 왔다. 가령 김소월 시의 감정은 그러한 기질에 의한다.

산산히 부서진 이름이어!

허공중에 헤어진 이름이어!

불러도 주인 없는 이름이어!

부르다가 내가 죽을 이름이어!

심중에 남아 있는 말 한마디는
끝끝내 마자 하지 못하였구나.
사랑하던 그 사람이어!
사랑하던 그 사람이어!

붉은 해는 서산마루에 걸리었다.
사슴의 무리도 슬피 운다.
떨어져 나가 앉은 산 우에서
나는 그대의 이름을 부르노라.

설음에 겹도록 부르노라.
설음에 겹도록 부르노라.
부르는 소리는 비껴 가지만
하늘과 땅 사이가 너무 넓구나.

선 채로 이 자리에 돌이 되어도
부르다가 내가 죽을 이름이어!
사랑하던 그 사람이어!
사랑하던 그 사람이어!

우리가 김소월의 「초혼」에서 보는 것은 바로 그것이다. 한 사람에 대한 사랑은 그 대상에 생명을 일관하다가 사후의 유계로까지 뒤따라 뻗쳐 가고 있다. 목전에 보이는 사물들을 모두 그 사랑의 온도의 영토 안에 담고 영지를 넓혀 눈에 보이지 않는 곳으로 확장해 가는 경개인 것이다. 이렇게 하여 우리는 잘하면 눈에 안 보이는 인류의 과거사를 지식으로써가 아니라 가족의 일같이 현실로써 개척해 가질 수 있지 않을까. 사물이란 이성적인 요량과 아울러 한결같은 항정을 줌으로써만 정말로 파악할 수 있기 때문이다.

2. 주지적인 시

주정적인 시가 감각을 주로 하는 것, 정서를 주로 하는 것, 정조를 주로 하는 것 세 가지로 나누어지듯이, 주지적인 시는 기지를 주로 하는 것, 지혜를 주로 하는 것, 예지를 주로 하는 것의 세 가지로 나뉘짐은 본 장의 서두에서 말한 바와 같다.

ㄱ. 기지의 시

감각이 감정 가운데 가장 기본적인 것이요 또 순간적인 것과 같이, 기지는 우리의 지성 가운데 가장 기본적인 것이요 또 순간적인 것이다. 우리가 다섯 가지의 감각을 가지듯이 또 우리는 다섯 가지의 순간적인 임기응변의 지각을 가진다. 흔히 '눈치 빠르다' 할 때의 그 '눈치'라든지, '귀가늠은 빠르다' 할 때의 '귀가늠'이라든지, '눈치

코치' 할 때의 '코치'라든지, '맛을 안다' 할 때의 그 '맛'을 느끼는 것
과 아울러 그 '맛'을 아는 것 같은 것은 모두 기지이다.

가령 추석날 달밤, 우리나라 시골이나 바닷가의 처녀들이 〈강강
수월래〉나 〈기와넘기놀이〉를 하고 낭자히 놀다가도, 건달패에게 쫓
기면 마치 산골짜기를 흘러내리는 물이 활등 진 언덕을 재빠르게 돌
아가듯 민첩하게 도피하여 달아나곤 하거니와, 수절을 위한 그 번개
같은 지혜의 움직임은 역시 기지에 속한다.

우리가 잘 아는 이조 말기의 풍자 시인 김립金笠이 해 질 무렵 개성
의 어떤 집에 들러 하룻밤 유숙하기를 청하다가 주인에게 퇴짜를 맞
자 지어 보였다는

골 이름은 개성인데 어찌 문을 닫으며	邑號開城何閉門
산 이름은 송악인데 나무 없다 하는고	山名松嶽豈無薪
황혼에 손 쫓음은 사람이 아니어늘	黃昏逐客非人事
예의 좋은 나라에 너만 혼자 진시황이로구나	禮儀東方子獨秦

라는 한시에서 '골 이름은 개성인데 어찌 문을 닫으며'라든지 '산 이
름은 송악인데 나무 없다 하는고' 등은 기지의 표현이고, 고려가요
「청산별곡」의

가다가 가다가 드로라
에정지 가다가 드로라

사스미 짒대예 올아셔
히금을 혀거를 드로라
얄리 얄리 얄라셩 얄라리 얄라

하는 노래에 보이는 것도 기지에 속한다. 이것은 양주동 박사의 설명처럼 여대麗代 여인의 조세嘲世의 풍자시로서, 짒대에 오를 수 없는 순후한 인간과 사슴의 비유, 사슴이나 사슴 같은 사람에게는 영 어울리지 않는 해금에 대한 요량 등은 기지인 것이다.

　서양에서는 그리스 이래 시에서 기지가 상당히 중요한 부분을 차지했으니, 그리스의 풍자시 이암보스나 로마의 풍자시 사티라에서 기지는 대단히 중요한 것이었다. 17세기 유럽에 풍미한 고전주의 시절에도 기지는 중요한 내용 중의 하나로, 가령 17세기 프랑스 고전주의 시인 라퐁텐의 우화시들에는 기지가 제일 요소를 이루고 있다. 그의 작품 중 아무것이나 하나 골라 보면

가마귀 생원이 나무 위에 앉아
치즈 한 조각을 입에 물고 있었것다.
여우 씨가 코에 쌍긋한 냄새에
잔사설 빼고 언사를 부리기를
"댁내 모두 안녕하시오. 대감 망건 테가 환하시오.
거짓말 아니라 그 활갯빛에 한 가락 뽑으시는 날은
이 산속 날짐승들 중엔 불로초 자신 신선이겠소."

그 말씀에 가마귀 생원이 어리벙벙 그만 그런가 하여

한 가락 넌지시 뽑을 양으로 뒤뒤한 주둥일 여는 바람에

모이가 그만 떨어져 버렸것다.

여우 씨가 냉큼 채어 다시 말씀키를

"여보소 가마귀 서방. 아첨꾼이 이걸 잘 먹는 사람 덕에

생활하는 이치나 좀 배우소.

보소 이 금구金句 덕에 치즈 한 덩이를 잘 얻어 가지지 않았겠나."

가마귀는 발끈 달아올라 맹세했다.

"좀 늦었으나 다시는 네 꾀에 안 걸리겠다."

　　　　　　　　　　　　—라퐁텐,「가마귀와 여우」의 졸역

이와 같으니, 아이소포스의 우화를 시로 다시 쓴 것들 중의 하나인 이 작품에 보이는 것도 기지이다.

서구의 시에서 기지는 17세기 고전주의의 이성 만능의 시대에 왕성히 표현되다가, 20세기에 엘리엇 등 주지주의 시인들에 이르러 다시 각광을 받게 되었다.

엘리엇의 『황무지』에서도 번개와 같이 순간적으로 명멸하는 기민한 기지의 움직임을 볼 수가 있다.

우리나라에서도 1934년경부터 한 5, 6년간 주지주의파 시인들이 기지의 시들을 시작試作하였고, 해방 후에도 이 방면의 시인들은 활동을 계속해 오고 있다. 가령 신진 시인(1958년 현재) 김선현의 시

다리야는
시월로 향하여 흐르는 강물.

빠알간 정열이 피로 멎은
심장의 한복판에서
가을을 숨 머금어 부는
평화의 나팔이여.

만져서 터지고 만
이상한 옥이었기에
하늬바람 이는 꽃결은
신의 입김을 도돈다.

꽃을 찾으려 꿀벌이 나간 뒤

다리야는
아롱진 꿈속에서
요요히
배를 저었다.

「다리야」(달리아)의 메타포(비유)들은 기지의 아름다움을 주로
표현한다.

이탈리아의 미학자 크로체는 "프랑스 고전주의 문학 이래 '총명한 기지들beaux-esprits'이라고 불려진 기지는 발랄하고 민첩한 것이 특징인 남유럽인에게 많았던 것으로, 여기에서 프랑스로 이입한 것"이라고 주장한다. 아닌 게 아니라 남유럽에서 차츰 전 유럽으로 번져 각국의 토착적인 세력과 아울러 성립한 것이라 보는 것은 대단히 유력한 생각인 듯하다. 원래 그리스·로마인의 문학에 상당히 세력을 떨쳤던 이 기지는, 문예부흥기의 그리스 부흥의 조류와 아울러 이탈리아가 맨 먼저 답습했기 때문이다.

ㄴ. 지혜의 시

많은 감각을 선택하고 종합한 결과가 정서이듯이, 순간적인 요량인 기지를 선택하고 종합하면 지혜가 성립하는 것으로 보여진다.

허나 지혜는 기지처럼 순간적인 것은 아니니 그 길이는 정서의 길이와 대등하다. 정서와 같이 지혜도 불변의 것은 아니나 그래도 상당한 시간을 두고 우리의 지성적인 생활을 영도한다. 우리는 흔히 "자네 어제까지는 지혜가 상당하더니 오늘은 어째 지혜가 꽉 맥혔나" 이런 식으로 지혜를 말하거니와, 이것은 지혜 역시 순간적은 아니나마 가변적임을 표현한 것이다.

지혜도 구체적으로 성찰해 보면 여러 가지 특징으로 나타남을 알수가 있다. 사물에 대한 이해나 인식도 일종의 지혜의 특징이다. 우리가 시골에 가면 마음 좋은 할머니가 있어 유난히도 남 사정을 잘 이해해 주는 것을 목격하게 되고, 어떤 산골이나 바닷가에 가면 제일 좋은 산나물·산꽃들이 있는 곳, 제일 좋은 조개들이 묻혀 있는 곳을 잘 알고 있는(인식하고 있는) 반가운 사람들과 가끔 만나는 일이 있거니와, 이때 그들이 우리에게 주는 감동은 시적 이해와 인식이 주는 감동과 일치한다.

독일어와 프랑스어로 좋은 시편들을 많이 남긴 체코 출생의 시인 릴케는 인생에 대한 이해를 주로 상징으로 표현하기에 노력했던 시인이요, 20세기 프랑스 상징주의 시의 거인 폴 발레리는 인식의 시인이라고 할 수가 있다.

가령 릴케가

알 수 없는 바이올린이여, 너는 나의 뒤를 쫓는다.
몇 개의 먼 도시에서 너의 고적한 밤이
나의 밤에 속삭였던가.
너를 켜는 사람은 많은 사람인가 또는 한 사람인가.

모든 큰 도시에는
너 없이는 흐름 속에 사라질 듯한
그런 사람들이 살고 있는가.
그리고 왜 언제나 나와 만나게 되는가?

왜 나는 언제나
생활은 모든 것의 무게보다 무겁다고

겁쟁이의 너를 억지로 노래 불리며 말하게 하는

사람들의 이웃이 되는가.

—릴케, 「이웃」(김춘수 역)

이렇게 표현했을 때 이것은 사람들에 대한 철저하고도 빈틈없는 이
해에서 오는 것이고, 또 발레리가

나 어느 날이런고 대서양 바다에

(어느 하늘 밑이던가는 잊었네만)

뿌렸노라 '허무에의 헌주獻酒 셈치고

잘된 포도주 아주 죄끔……

오 술이여, 누가 너를 잃고자 했겠느냐?

무당 넋두리나 따른 셈인가?

아마도 술 따르며 '피'의 일 생각하는

내 마음의 시름 때문이었나?

장밋빛 그을음 뒤

그 한결같은 청명淸明은

역시 또 순수의 바다로 돌아갔다.

잃은 술! 취한 물결!

나는 보았다 짜거운 공기 속에

가장 깊은 형상이 도약하는 걸.

　　　　　　　　　—폴 발레리, 「잃어버린 술」의 졸역

이렇게 표현했을 때, 우리를 감동시키는 것은 그 막다른 인식상의
황홀이다. 다른 시편들에서도 발레리는 이러한 인식상의 황홀을 많
이 표현 하고 있거니와, 이 시에서도 우리는 충분히 그것을 규찰할
수가 있다. 그는 예수 그리스도가 흘린 핏방울을 통해 그 정신이 후
세의 인류에게 침투·용해하여 들어가는 거와 같이, 어떠한 흥취로
바다에 뿌린 몇 방울의 술이 마지막 불그레한 핏빛 흔적으로 잠깐
울먹거리다가 맑고 무한한 대양에 동화된 후, 이미 빛도 없어진 이
술의 성분과 더불어 춤추는 파도 위의 공간에 무형의 형상의 너울거
림을 인식해 표현하고 있는 것이다.

　두 시인 가운데 특히 릴케의 인생에 대한 이해는 우리 동양 사람
의 지성에 매우 가깝다.

　장원莊園에 사는 어느 부유한 부부에게 딸이 하나 있었다. 점심 식사
가 끝나면 부부는 사립문으로 통하는 정자에서 쉬면서, 딸이 그곳으
로 개를 뒤에 데리고 날라 오는 그날의 우편물들을 받아서 읽는 것이
습관이었다. 그런데 어느 날 딸은 불행히도 이승을 뜨고, 그 후엔 점심
뒤의 휴식 시간에 어느 누구도 정자로 우편물을 날라 오지 않았다. 다
만 그 집 개만이 딸이 우편물을 들고 올 시간이 되면 그 사립문가에 나

타나 딸이 걸어오던 공간을 에워싸고 난무하였다. 그러나 전후 사정을 잘 아는 주인 부부밖에는 아무도 이 시간의 사립문 근처의 개의 난무를 이해하는 사람은 없다. 오직 딸에 대한 사랑과 이해로 지내 온 부부만이 이 개의 난무를 이해할 수가 있는 것이다.

이상은 릴케의 『말테의 수기』에 나오는 어떤 얘기의 줄거리만을 필자가 적당히 적은 것이어니와, 이러한 인간 생활에 대한 가족적인 이해는 동양인의 현실의 도처에서 보는 게 아닌가.

ㄷ. 예지의 시

많은 정서가 선택되고 종합되어 정조를 이루듯이 많은 지혜의 선택과 종합의 결과가 예지를 빚는다.

정조가 동양에 많듯이 예지 역시 동양인의 지성 생활에 표준이 되어 왔다. 그러나 서양인이라고 예지가 전무한 것은 아니니, 기독교의 시편들에서 보는 것도 바로 예지다. 이것은 시간적으로 영원을, 공간적으로 무한에 투철한 지성이고자 해 왔다. 『구약성서』 「시편」 제133편 다윗의 시

보라. 형제가 연합하여 동거함이 어찌 그리 선하고 아름다운고. 머리에 있는 보배로운 기름이 수염 곧 아론의 수염에 흘러서 그 옷깃까지 내림 같고 헐몬의 이슬이 시온의 산들에 내림 같도다. 거기서 **여호와께서 복을 명하셨나니 곧 영생이로다.**

중에 강조 부분은 이스라엘 고대 민족의 **영원인이고자 하여 영원인으로 있었던** 예지를 표현한 것이요, 같은 「시편」의 마지막 편인 150편의 노래 중 강조 부분은 무소부지한 예지의 무한함을 표현한 것이다.

할렐루야. 그의 성소에서 하나님을 찬양하며 그의 권능의 궁창에서 그를 찬양할지어다. 그의 능하신 행동을 찬양하며 **그의 지극히 위대하심을 따라 찬양할지어다.** 나팔 소리로 찬양하며 비파와 수금으로 찬양할지어다. 소고 치며 춤추어 찬양하며 현악과 퉁소로 찬양할지어다. 큰 소리 나는 제금으로 찬양하며 높은 소리 나는 제금으로 찬양할지어다. 호흡이 있는 자마다 여호와를 찬양할지어다. 할렐루야.

이러한 영원인·무한인으로서의 자각 아래 이루어진 예지의 표현은 중국과 우리나라의 재래의 시가에서도 규찰할 수가 있다. 저 당나라의 시선詩禪 왕유의

대숲 속 홀로 앉아	獨坐幽篁裏
거문고 타 읊조리니	彈琴復長嘯
수풀 깊어 남모르는 곳	深林人不知
밝은 달만 나와 서로 비춰라	明月來相照

에서 보는 것은 무한한 우주의 가장 정淨한 면과 자아 합일의 예지

요, 신라 향가에서 융천 스님이

옛 동햇가 신기루[1]에
놀은 성城을랑 바래고
왜군도 왔다
수燧 사룬 가邊 있어라
삼화三花의 오름보심을 듣고
달두 바즐이 혀렬바에
길 쓸 별 바라고
혜성이여! 사뢰온 사람이 있다
아으, 달 아래 떠 갔드라
어즈버 무슴 혜성이 있을고

—융천, 「혜성가」(양주동 역)의 의미적 졸역

하고 노래했을 때의 '길 쓸 별 바라고' 운운한 것은 무한대하고 황홀
찬란한 우주적 질서에 참가하여 영원히 어긋남이 없고자 한 왕년 신
라의 빛나는 예지의 기록이다. 「혜성가」는 진평왕 때의 거열랑, 실
처랑, 보동랑 등의 화랑도가 풍악楓嶽에 오르고자 할 즈음, 혜성이 딴
별을 범함을 보고 미신迷信하여 길 뜨는 걸 작파하려 하니 융천이란

---

1) 수평선상에 바다 기운으로 어리는 공중누각으로, 여기에는 대안對岸의 경치가 어른거린다.
  신기루의 원어가 된 '건달바乾達婆'는 『능가경楞伽經』에 '용의 성'의 의미로 나와 있는데, 이것
  은 요새 우리말로 하면 신기루이다.

스님이 지어 노래해 그들을 출발케 하고, 또 마침 침입했던 일본병까지도 철환시키는 데 힘이 되었다는 유서由緖가 붙은 것이지만, 여기에서는 별은 사람의 발밑에 놓여 여행 갈 길을 쓰는 것으로 되어있다. 공간적인 무한과 시간적인 영원 속에서 빛나고 변화 없기는 별들만 한 게 이 천지간에는 또 없는 것인데, 여기에 나오는 사람들은 별들과 한 항렬에 서는 것보다는 한층 더 높게 자리 잡고 있다. 이렇게 신라인의 예지는 그들의 위치를 영원과 무한 속에 빛나는 것으로 헤아려 가졌던 것이다.

3. 주의의 시

의지란 두말할 것도 없이 지향하는 마음이고, 마음의 지향을 주로 해서 쓰여진 시를 주의시主意詩라고 한다. 그러나 의지는 물론 순수의지만으로서 의지 노릇을 하는 일은 전연 없다. 주정시가 얼마만큼의 지성의 요소와 지향을 대동하고, 주지시 또한 지성과 감성을 대동하기 마련인 것이다. 그러므로 주의의 시라 함은 다만 그 뜻하는 바를 중요시하여 말함에 불과하다.

『서경』에 '시언지詩言志'라고 한 것도 이런 의미에서이다.

시의 의지를 대략 두 가지로 나눌 수가 있다.

첫째는 항거하는 의지요, 둘째는 긍정하고 창조하는 의지다. 전자는 사회와 문화가 진부하거나 타락하거나 악독하여 시인의 항거를 필요로 하는 때에 발현되는 것이고, 후자는 이와 반대로 시인의 앞이 긍정 개척해야 할 요소들로 충만해 있을 때 나타나는 것이다. 물론 한 시인에게 항거와 긍정의 양면이 모두 나타날 수도 있다. 가령 의지의 시인이라 일컫는 니체의 『짜라투스트라는 이렇게 말했다』를 보면 주인공 짜라투스트라의 의지의 양면이 아울러서 표현되어 있다. 일면은 속악하고 진부하고 허위로 충만한 근대 문화의 잘못된 것에 대한 항거 의지의 발현으로 되어 있고, 다른 한 면은 그리스적인 신성에 대한 긍정의 의지로 차 있다.

우리나라의 일정 치하 중압 시대에 시인의 의지가 항거로써 발현된 것 중 대표적인 것 하나를 들면 청마 유치환의 시이다. 그는 시집 『생명의 서』의 대부분의 작품을 이 항거의 정신으로 채우고 있거니와, 그중 「바위」는 주의적인 성격을 대표하는 시이다.

꿈꾸어도 노래하지 않고
두 쪽으로 깨뜨려져도
소리 하지 않는 바위가 되리라

이것은 첫째 일제의 온갖 중압력에 극단으로 항거하고 있다. 그러나 이러한 항거의 의지를 앞세운 반면에 어쩔 수 없는 환경이었다고는 할망정 긍정적인 창조로 향하는 의지의 발현이 우리 시에 적었던 것은 참으로 유감이 아닐 수 없다. 인생은 거부해야 할 것의 거부와 아울러 긍정해야 할 것의 긍정을 또한 성히 요청하고 있기 때문이다.

4. 지·정·의 제합의 시

시를 주지적이나 주정적 또는 주의적으로 어떠한 한 정신의 특징을 주로 해서 쓰지 않고, 지·정·의를 균제하게 종합하여서도 쓸 수가 있다. 재래 동양 시의 대부분이 지·정·의 제합齊合의 시이니, 동양에서는 시의 정서니, 지혜니, 의지니 하는 것을 시에서 따로따로 고양하느니보다는 이것의 제합인 '시심詩心'으로써 시정신을 생각해 온 데 연유한다.

그렇기 때문에 서양식 분간에 길든 우리로서는 동양의 시에서 늘 지·정·의 어느 한편으로도 규정짓기 어려운 난관에 봉착한다. 주정 시인가 하여 자세히 보면, 지성적인 흐름이 또 이와 세력을 같이하고 있다. 이것은 다름이 아니라 지·정·의의 제합적인 '마음'으로 동양의 시들이 쓰이고 있는 데에 곡절이 있는 것이다.

운다 운다 징경이   關關雎鳩
섬가에서 징경이.   在河之洲
아리따운 아가씨   窈窕淑女
사나이의 좋은 짝.   君子好逑

『시경』에 나오는 이 시편은, 주지적인 헤아림 같기도 하고, 또 주정적인 느낌 같기도 하지 않는가.

그러나 이것은 시에만 한한 것도 아니다. 시의 경전 아닌 동양의 다른 경전에서도, 서양의 철학적 논술같이 주지적도 아니요, 또 서양의 주정적인 시에서 보는 것과 같이 주정적도 아닌 지·정·의 종합으로서의 마음의 기록을 보게 되기 때문이다.

『논어』 서두의

공자가 말씀하시기를 '배운 것을 때때로 복습하면 어찌 기쁘지 않으며, 벗들이 먼 곳에서 스스로 찾아오면 어찌 또 즐겁지 않으며, 사람들이 몰라주어도 노여워하지 않으면 이 어찌 군자가 아니겠느냐.'

하는 것도 그렇지마는, 불경의 어떤 장구章句를 펼쳐 보아도 마찬가지다.

요컨대 동양인의 정신이란 시든 종교든 철학이든 이치가 서면 반드시 거기에 밋밋하게 대등한 정이 따라가길 원했고, 또 정이 움직이면 반드시 또 이치가 뒤따르길 원했던 것이다. 또 기독교의 성경에 나오는 '영혼'―흔히 '소울'이란 말도, 즉 딴것이 아니라 지·정·의 제합으로써 이루어진 마음을 일컫는 것으로 보여진다.

그렇기 때문에 지·정·의 제합의 시정신은, 어느 한쪽으로 치우쳐서 생각해 오기 일쑤였던 희랍주의적 전통에 의해선 이해하기가 곤란하다. 르네상스 이후 고전주의의 주지적 시절을 거쳐 낭만주의의 주정적 시절이 오고, 그다음에는 또 20세기 주지적 시절이 오고 하여, 정신을 일방적 특징에 의해서만 움직이고 있을 뿐 서양의 시가 지·정·의 제합의 정신 기풍을 이루지 못하고 있는 것도, 희랍주의적 전통에 입각하고 있는 데 원인한다.

제6장 시의 대상

시의 대상이라고 하여 문학이나 정신생활 일반의 대상과 다른 것은 아니다. 생사를 가진 우리 인간이, 인간과 자연과 유계 즉 저승을 대상으로 하듯이 시도 그럴 수밖에 없다. 이 밖에 미래를 생각할 수도 있으나, 이것은 결국 과거와 현재의 토대 위에 이루어지는 추상밖에 안 되는 이상 별개의 대상이 적어도 별개의 질량을 주로 해 성립하는 것이라면 따로이 대상의 한 부분으로 설정할 이유는 없겠다. 인생과 마찬가지로 시는 사람과 자연과 유계의 길―이 세 개의 영지의 어느 하나를 순례하거나 또는 동시 병존하는 데에서 정신을 경영할밖에 없다.

김소월이 「진달래꽃」에서 대상으로 하는 것은 인간이다.

나 보기가 역겨워

가실 때에는

말없이 고이 보내 드리우리다

영변에 약산

진달래꽃

아름 따다 가실 길에 뿌리우리다

가시는 걸음걸음

놓인 그 꽃을

사뿐히 즈려밟고 가시옵소서

나 보기가 역겨워

가실 때에는

죽어도 아니 눈물 흘리우리다

　　소월은 이 시에서 주로 사람의 일을 대상으로 하고 있다. 자기를
보기 싫어서 임이 배반하고 가는 경우에도 진달래꽃을 가는 길에 흩
뿌려 오히려 축하하겠다는—우리나라 재래 여성 세계에 흔한, 소박
맞은 여인네의 한결같은 변하지 않는 갸륵한 대인 정조對人情操를 표
현해, 재래적 한국 여인의 애정의 위치와 그 특질을 전형화하고 있
는 것이다.

그러나 소월의 「산유화」라는 작품은 그 대상을 인간이 아니라 자연으로 정하고 있다.

산에는 꽃 피네
꽃이 피네
갈 봄 여름 없이
꽃이 피네

산에
산에
피는 꽃은
저만치 혼자서 피어 있네

산에서 우는 적은 새요
꽃이 좋아
산에서
사노라네

산에는 꽃 지네
꽃이 지네
갈 봄 여름 없이
꽃이 지네

여기에 나타나는 것은 끊임없이 피었다가는 지는—뭐라 형용할 수 없이 아름다운 산꽃과 그것을 에워싸고 좋아서 떠나지 못하고 거기 사는 새를 내용으로 한 것으로서, 두말할 것도 없이 그 대상은 인사人事가 아니라 자연사自然事이다.

그러나 소월의 어떤 시에 가면, 인간이나 자연이 아니라 유계를 대상으로 하고 있음을 본다.

산산히 부서진 이름이어!
허공중에 헤어진 이름이어!
불러도 주인 없는 이름이어!
부르다가 내가 죽을 이름이어!

심중에 남아 있는 말 한마디는
끝끝내 마자 하지 못하였구나.
사랑하던 그 사람이어!
사랑하던 그 사람이어!

붉은 해는 서산마루에 걸리었다.
사슴의 무리도 슬피 운다.
떨어져 나가 앉은 산 우에서
나는 그대의 이름을 부르노라.

설음에 겹도록 부르노라.
설음에 겹도록 부르노라.
부르는 소리는 비껴 가지만
하늘과 땅 사이가 너무 넓구나.

선 채로 이 자리에 돌이 되어도
부르다가 내가 죽을 이름이어!
사랑하던 그 사람이어!
사랑하던 그 사람이어!

　　　　　　—「초혼招魂」

　이 시에서 그는 이미 유계의 사람이 된 무형화한 애인을 향해 간절한 정을 쏟고 있는데, 이것은 물론 유계의 무엇을 대상으로 하고 있다.

　이상은 모두 인간사나 자연사 또는 유계의 어느 하나를 대상으로 하는 것들이지만, 어떤 경우 우리는 세 가지 대상 또는 그중 두 가지만을 아울러 대상으로 하는 때도 있다. 아래 보이는 신진 시인 허연의 「산난초」는 대상의 동시 병존적인 표현의 한 예이다.

　어려서 맑던 날을 개울물 건너 건너
　산에 올라 하늘 아래
　성을 싸 올린 이 잔등은

행주치마에 물 묻은 손 씻으며 씻으며
삼월을 내 앞에서 웃음 웃던 오복이가
호올로 슬어져 가 묻힌 그 잔등

황토 묻은 돌담불 사이 사이
돋은 산난초山蘭草 —
다소곳이 안고 싶어 다가앉았노니……

얼부퍼 오르던 새뜻한 맨도리며
드리운 머리채에 가리운 가슴
한 가닥 한 가닥을 고히 혜쳐
긴 밤을 '나'라고 일깨워 보랴

쉬어서 넘는 이도 없는 호젓한 잔등
어린 성터 변두리로 노을이 지면
싱싱히 싱싱히 너울거리는
나도 새로운 산난초마냥
첫 귀 잊힌 임 노래나 드뇌이리야.

즉 이 시에서 허연은 죽어 간 옛 소녀 친구 오복이의 모습을 그리
워한 나머지 황토 묻은 돌담불 사이에 돋아난 산난초의 모습에서 그

를 느낌으로써, 유계와 자연이 어울리는 내용을 동시 병존적으로 취급하고 있는 것이다.

상대의 시에는 동서양 간에 대상의 동시 병존적인 취급이 상당히 많았으니, 그리스 시의 자연과 인사의 범벅, 『시경』의 주대周代 가요의 인사와 자연과의 범벅 등은 모두가 그것이다.

밋밋한 나뭇가지　　桃之夭夭
복사꽃 활짝 폈네　　灼灼其華
이 색시 시집가면　　之子于歸
그 집의 복덩이　　　宜其室家

밋밋한 나뭇가지　　桃之夭夭
복숭아 알이 찼네　　有蕡有實
이 색시 시집가면　　之子于歸
그 집안의 복덩이　　宜其家室

밋밋한 나뭇가지　　桃之夭夭
잎사귀 싱싱하네　　其葉蓁蓁
이 색시 시집가면　　之子于歸
그 가정의 복덩이　　宜其家人

—「밋밋한 복숭아나무桃夭」(이원섭 역)

이상은 『시경』에서 일례만을 든 것이어니와, 『시경』은 두루 이와 같은 자연과 인사의 범벅으로 충만해 있다. 그러나 물론 상대만이 그런 것은 아니니 상대 이래 동서양의 각 시대를 통해서도 이러한 시는 많다. 또 자연과 인사만이 아니라 위에 든 세 대상의 두 개나 혹은 세 개로써 이루어지는 동시 병존적 내용은 처처에서 볼 수 있다.

그렇다고는 하지만 시의 대상으로 자연과 유계를 많이 상실한 것이 현대시의 일반적 특징임은 숨길 수 없는 사실이다.

이것은 언뜻 보기에는 인생에선 아무래도 인사가 제일의인 만큼 당연한 일 같기도 하나, 우리는 자연을 상실함으로써 인생의 진미를 잃어버린 것이요, 유계를 상실함으로써 인생의 함축력을 잃는 것이니, 이것의 회복 또한 우리의 숙제가 아닐 수 없다. 특히 근자의 시에서 거의 볼 수가 없는 유계적 요소를 회복하는 것이 우리에게는 더욱 요청된다. 유계란 결국 우리에게 오래, 많이, 가까이 있었던 무형화한 과거사의 의미이니, 우리는 소월같이 한 사람의 죽어 간 애인을 통해 그 관문을 열고 들어가서라도 이 영역을 가까이 해 앎으로써 개척하여 나타내야 할 일이 아닌가 생각한다.

제7장 근대시

근대시라고 하면 보통 17세기 고전주의 시로부터 19세기 말까지 의 시를 말한다. 그러니까 이러한 한계 안에서 나는 이 제목에 대하 여 말하게 되는 것이다.

1. 고전주의 시

고전주의 시라 하면 문자 그대로 고전古典을 주의主義로 하는 시라 는 뜻으로, 르네상스의 기운과 아울러 일어난 그리스 고전 부흥의 정신에 의해서 그리스의 고전 작품들을 표준으로 하여 제작된 시들 을 일컫는다. 이 움직임은 이탈리아에 와 있던 그리스 학자들의 영 향을 받아 17세기 프랑스에서 시작되어 18세기에 영국과 독일로 파급·전개되었다. 고전주의는 이성주의로서, 그들이 무엇보다도 이성을 존중했던 것은 프랑스 고전주의의 대표적 평론가요 우수한 시인이었던 부알로의 『시학』 제1장 4절을 보면 알 수가 있다.

대부분의 시인들은 분별없는 혈기에 이끌려서 언제나 마음의 정도正道에서 먼 저편에서 시상詩想을 구하려고 한다. 그 기괴한 시에 포함된 사상思想이 만일 다른 사람도 생각할 수 있는 것이라면 그들은 창피라고 생각한다. 이와 같은 극단의 외도에 빠지지 않도록 할 일이다. …… 모든 것은 양식良識을 목표로 나아갈 일이다. 그러나 거기에 도달하기에도 길은 미끄러워 그 정도를 지키기도 쉽지 않다. 만일 한 걸음 헛디디는 경우 몸은 순식간에 물에 빠져 버린다. 이성에는 걷는 길이 하나밖에 없는 일이 왕왕 있다.

여기에서 우리는 고전주의의 이성 숭상이 가지는 그 적당한 절제와 양식이 무엇인가를 이해할 수가 있다.

프랑스에서는 라신, 코르네유의 비극시들과 아울러 몰리에르의 희극시들, 라퐁텐의 우화시들이 고전주의의 대표적인 것들이었고, 또 부알로의 풍자시도 특색 있는 것이었다. 프랑스의 고전주의 시인들은 주로 아리스토텔레스 『시학』의 자연 모방설에 의거했고, 로마의 시인 호라티우스의 『시학』을 통해 예술적·도덕적·공리적 성질과 기교의 중요성, 종류의 분별 등을 배웠으며, 자연의 존중, 진실성은 프랑스 고전주의 작품의 특징을 이루고 있다.

그 뒤 18세기에 이르러 의고전주의擬古典主義 시 운동이라는 것이 생겨 볼테르 등이 중심이 되어 작품 활동을 했으니, 프랑스 의고전주의의 의의는 17세기 고전주의 시인들을 계승하는 데에 있었으며, 또 19세기에 들어 신의고전주의 운동이 샤를 모라스, 장 모레아스 등에 의해서 일어났으니, 이들 로마 시파들은 19세기에 와서도 다시 복고의 이상을 실천한 데에 그 의의가 있었다.

영국에서는 엘리자베스조에 벤 존슨 등에 의해 시작되어, 드라이든을 거쳐 18세기에 포프와 애디슨 등에 이르러 프랑스의 영향하에 황금시대를 이루었으며, 독일에서는 프랑스와는 사정을 좀 달리해서 의고전주의(일명 계몽주의) 시절과 '슈투름 운트 드랑Sturm und Drang—질풍노도' 시대를 거쳐 고전주의 시절로 들어가게 되었다.

독일 문학사에서 말하는 의고전주의의 의미는 프랑스와는 다르다. 독일은 고전주의를 양별하여 그리스 고전의 순 수용적인 답습의 시기를 의고전주의, 수용적 답습에서 벗어나 이 정신을 적극적으로 살려 나간 시대를 고전주의 시대로 생각했다. 이렇게 의고전주의를 후반적 의의로서가 아니라 전구적全編的으로 거친 것은 독일 고전주의의 강점이 된다. 더구나 이 의고전의 훈련에 바로 뒤이어, 이의 한 과도적 반성의 의미로서의 '슈투름 운트 드랑'의 개성과 감정과 반합리주의의 비등의 시기를 겸해 가졌던 것은 독일의 고전주의를 산 것으로 만들기에 큰 힘이 되었다. 그러기에 여기에 괴테와 같은 서구 고전주의의 한 전형이 서게 된 것이다.

18세기 후반에 일어난 의고전주의의 대표적 지도자는, 빙켈만의

『고대미술사』의 영향 밑에 『라오콘』이라는 책을 쓴 레싱이었으며, 클로프슈토크와 빌란트 등의 작품은 또 이 시기의 기운을 대표하는 것들이었다. 그다음에 '슈투름 운트 드랑'을 거친 독일 고전주의 시의 시대는 보통 괴테의 이탈리아 여행이 이루어진 1786년에서 실러가 사망한 1805년까지로 본다. 이 시기 괴테의 활동은 거의 그 대동맥이라 할 만한 것이었으며, 괴테의 모든 작품과 아울러 실러의 작품은 뛰어난 소득이었다. 20세기에 와서 그 진가가 높이 평가되는 휠덜린도 고전주의가 산출한 시인이다.

2. 낭만주의 시

낭만주의romanticism는 로만roman 즉 중세 기사의 무용 연애담에서 온 말로서, 로만어(고라틴어에서 파생된 중세 각국어—즉 이탈리아어·프랑스어·에스파냐어 등)로 쓰였던 것들이었는데, 뒤에 고전주의에 대한 반대로 등장한 문예 조류의 명칭에 적용되었다.

영국의 비평가 칼라일은 낭만주의 정신을 기사도 정신knightship과 주정주의sentimentalism로 나누어, 전자의 예로 괴테의 『괴츠 폰 베를리힝겐』을, 후자의 예로는 또 괴테의 『젊은 베르테르의 슬픔』을 들었다. 즉 기사는 중세의 정의의 수호자로서 불의를 보고서는 한칼 뽑았던 것이니, 이러한 무용담과 그에 따르는 연애담이 로만으로 불려졌고, 이 기사도 정신이야말로 서구 낭만주의 작품 세계의 반세력半勢力을 이루고 있다.

예를 들면 빅토르 위고의 『에르나니』는 이 부류에 해당하는 것이고, 주정주의는 '사랑에 실패하여 자살로 결말 짓는 베르테르'의 기질과 정을 같이하는―19세기 낭만주의 작품에 참으로 많이 쓰였던 감상적 정신을 말하는 것이니, 셸리나 바이런 시에 보이는 걷잡을 수 없는 정서성, 감상성은 다 이에 속한다.

낭만주의 운동은 독일에서 발단하여 전 유럽에 파급한 것으로 보는 것이 상식이다.

독일의 낭만주의 운동은 전후 2기로 나뉘어, 전기는 1796년에서 1805년까지 10년 동안 전개되었고, 피히테 철학의 영향을 받아 자아와 감정의 자유를 주장하여, 계몽주의와 고전주의에 반대하여 일어났다.

그러나 독일의 전기 낭만주의 운동은 이론에 중점을 두어 작품 활동은 활발하지 못했고, 노발리스와 바켄로더 등이 대표적인 시인이었다. 후기는 1806년부터 1813년까지 8년간으로 이 시기는 독일 낭만주의의 창작기로서, 긴 민요풍의 작품들이 많이 산출되었다. 그리고 기억해야 할 것은 이 시기의 작품들이 애국심을 그 정신으로 한 점이다. 아르님, 푸케, 아이헨도르프, 뮐러와 울란트, 슈바프, 케르너 등의 슈바벤 시파가 그중 작품 활동을 활발히 하였다.

프랑스 낭만주의를 낳은 원동력은 프랑스대혁명이지만 그 원천은 이미 루소에 있었다. 루소의 자아 해방 정신과 감정주의는 프랑스 낭만주의에 커다란 영향을 주었다.

프랑스 낭만주의도 전후기로 나누이니, 전기에는 스탈 부인, 샤토

브리앙, 세낭쿠르, 콩스탕 등의 소설가들이 주로 활동하였고, 시 작품 활동은 후기에 와서 왕성해졌다. 즉 1830년에 일어난 빅토르 위고의 '에르나니 사건'[1]을 정점으로, 라마르틴, 비니, 위고, 뮈세 등이 이 시기의 대표적 시인이다. 프랑스의 낭만주의 운동은 19세기 중반에 실증주의적이고 과학적인 문학 사조가 왕성해짐과 더불어 쇠퇴하게 되었다.

영국 낭만주의의 기초를 닦은 사람들은 블레이크, 워턴 형제, 콜린스, 맥퍼슨, 채터턴 등이다. 이들에 의해서 돋아난 싹은 마침내 워즈워스와 콜리지 공저인 『서정가요집』(1798)에 이르러 개화기에 들어섰다. 이들과 아울러 바이런, 셸리, 키츠 등이 영국 낭만주의 시의 대표적인 인물이다.

3. 예술지상주의 시

예술지상주의파의 형성은 프랑스에서 시작된다. 흔히 고티에가 소설 『모팽 양』(1835)에 붙인 서문과 비니의 철학 소설 『스텔로』(1832)에서 처음 표명된 것으로 본다. 그러나 이 파에 예술지상주의l'art pour l'art라는 명칭을 붙인 것은 철학자 빅토르 쿠쟁이다.

예술지상주의파의 정신은 미를 위한 예술 활동을 제일의로 하는

---

1) 1830년 2월 25일 코메디프랑세즈에서 『에르나니』를 상연할 때, 낭만극에 반대하는 고전파와의 싸움에 폭력까지 쓰게 되었고 마침내 낭만파가 승리한 사건.

데에 있다. 말하자면 유미주의적 예술지상주의로 프랑스를 중심으로 하여 서구 각국에 큰 세력을 이루었다. 프랑스 시인 르콩트 드 릴, 보들레르 등이 이 파에 속하며, 영국에서는 유미주의 시인 오스카 와일드도 이 유파에 해당한다.

4. 고답파 시

이 유파의 이름이 생긴 것은 1866년 프랑스에서 제1차 발행을 하고, 1871년과 1876년에 2, 3차 간행을 한 『현대고답시집Le parnasse contemporain』의 명칭에 의거한다. 파르나스parnasse는 그리스 신화에 나오는 시신詩神들이 사는 산 이름으로, 이 명칭을 붙인 것은 세속으로부터 초연하여 시신의 근거지에 의존한다는 데 그 의의가 있다. 루이 나폴레옹 제정 시대에 실망한 이들이 반사회적·고답적인 기풍을 가지려 하는 데서 생긴 것이다. 그는 당시 천박에 흘렀던 부르주아(소시민사회)의 도덕에 대하여는 오히려 무도덕이고자 했고, 낭만주의의 주관적인 데 대해서는 객관적이고자 했다.

프랑스의 제1차 『현대고답시집』에는 고티에, 방빌, 르콩트 드 릴, 보들레르, 에레디아, 코페, 쉴리 프뤼돔, 말라르메, 베를렌 등의 이름이 보이나, 제2차 시집에는 널리 시인들의 시를 게재했기 때문에 고답파적 성격이 박약해졌고, 제3차 시집에 이르러서는 맹주 릴의 문하 시인들의 전횡이 눈에 띈다. 제2차 간행 때 장시 「에로디아드」의 일부를 발표했던 말라르메도 3차에 와서는 릴과의 의견 차이로 시를 신지 않았으며, 베를렌도 역시 그들에게 거부되어 싣지 못했다.

5. 상징주의 시

상징symbole이란 말의 원어는 그리스어 쉼볼론symbolon으로, 두 개로 분리된 부분이 합해지는 곳의 인지표 또는 서로 객이 돼서 가는 경우 후한 대접을 약속하는 표의 뜻이었다. 여기에서 유래하여 부호나 표징으로써 어떠한 내용을 표현하는 형상의 뜻으로 쓰여지고 있다. 가령 백합으로 순결을 상징한다든지 하는 것이 그것이다. 다시 말하면 형상화되지 않은 사상이나 감정에 형상을 준다는 뜻으로서, 무형의 것을 유형화하는 의미가 된다.

오스몽 부인은 '낭만주의와 자연주의의 반동으로 생겨나 사실이나 감정, 사상의 기술에 힘쓰지 않고, 영상이나 음악에 의해 암시를 구하는 창작이다'라고 하였다. 이로써 상징주의는 이미지image — 영상과 아울러 음악적 성격을 중요시함을 알 수가 있다.

상징주의 시 운동도 프랑스를 발판으로 구미 각국과 세계에 전파되었다. 낭만파, 예술지상주의파, 고답파의 뒤를 이어 1870년대에 이 운동이 프랑스에서 시작되었고, 대표자는 『현대고답시집』에 이름이 보이는 베를렌, 말라르메와 아울러 아르튀르 랭보이다. 그러나 이 시기에는 환영을 받지 못하다가 20세기 초엽에 와서 비로소 세계적 개화기에 이르렀다. 이 파의 비조는 이들보다는 앞서는 보들레르이고 특히 그의 시 「교감」은 상징시의 원류로 치는 작품이다. 이

밖에 미국 시인 에드거 앨런 포와 독일의 음악가 바그너도 상징주의에 영향을 많이 주었다.

독일에서도 프랑스의 영향으로 이 운동이 일어났으나, 처음에는 주로 자연주의에 반대하여 나타났다. 독일 상징주의의 대표적인 시인은 데멜, 모르겐슈테른, 숄츠, 샤우칼, 릴케, 게오르게, 호프만슈탈 등이다.

영국의 상징시 운동 역시 프랑스의 영향을 받아 시먼스, 예이츠 등의 세기말 시인에 의해 시작되었다. 이 운동은 20세기 영상주의자imagist들에게 크게 영향했고, 또 그 뒤의 시인들에게도 적지 않은 힘이 되었으니, 엘리엇 같은 시인도 여기에서 득력한 바 적지 않다.

여기서 한마디 해 둘 것은 19세기 후반기의 상징주의가 주로 주정적으로 흐른 점이다. 물론 말라르메의 시에는 주지적인 성분이 다분히 보이나, 이것은 뒤에 올 20세기 주지적 상징주의를 예고하는—19세기에는 희한한 것이고, 베를렌, 랭보, 기타 다수의 세기말의 이 유파의 시인들은 주정적인 세력에 의존했던 것이다. 이 점, 19세기 후반 상징파 시인의 대부분은 오히려 낭만주의의 아들이었던 것이다.

6. 자연주의 시

먼저 말해 둘 것은 자연주의에는 서구 근대문학사상 대범 두 가지의 개념이 있다는 것이다. 하나는 장자크 루소나 워즈워스의 네

이처nature 중심의 자연주의요, 다른 하나는 19세기 후반 프랑스 소설가 에밀 졸라에 의해 주창된 자연과학주의natural scientism의 의미를 가진 자연주의이다. 전자는 낭만주의와 연관되는 것이고, 후자는 자연과학적 사상에서 발생한 것이다. 이 후자의 의미의 자연주의 naturalisme는 에밀 졸라가 미술 평론에서 처음 사용했던 명칭으로서, 뒤에 그 소설들을 명명하는 데 습용했다고 한다.

내가 여기에서 말하는 의미는 후자의 개념이다.

자연주의 즉 자연과학주의 운동은 주로 소설에서 성행되었고, 시에서는 세력이 희박했으나 그래도 독일에서는 이 방면의 표현도 상당히 있었다.

독일의 자연주의 시 운동은 비평·소설상의 운동과 아울러 1880년 경부터 약 20년간에 걸쳐 전개되었으니, 헤르만 콘라디와 카를 헨켈, 아르노 홀츠 등은 그 대표적 시인이다. 특히 홀츠는『시대의 서書』(1886)와『판타소스』(1898~1899)에서 자유시의 운율에 의한 무운시無韻詩를 시험하고, 평론『서정시의 혁명』(1899)에서는 이론을 전개한 바 있다.

7. 인상주의 시

인상주의의 발생은 19세기 후반 프랑스 회화에 이 이름이 등장하면서부터였다. 화가 에두아르 마네에 의해서 시작된 이 화풍은 각국에 파급되었고, 독일에서는 시에까지 영향을 받았다.

인상주의 시의 특징은 회화에서와 마찬가지로 외계의 감각적인 인상을 감관에 비치는 대로 표현하는 것이다. 릴리엔크론은 이 파의 특색 있는 시인으로서, 「황야를 가는 자」(1890)와 「싸움과 놀음」(1897)에서 이러한 풍조를 표현했다.

제8장 현대시

20세기에 일어나 우리와 대를 같이 하는 구미의 시의 움직임에 대하여 개괄적으로 살펴보려 한다.

1. 표현주의 시

이 운동도 시나 문학을 주로 하여 독일을 중심으로 발단하였다.

외계의 인상을 주동적으로 묘사하는 인상주의에 반대하여 19세기 말에서 20세기 초엽에 걸쳐 일어난 표현주의는, 자아의 내면적 표현을 예술의 생명으로 하여, 능동적으로 주관에 의해서 내재된 세계를 형성하려는 데에 있었다.

먼저 회화 방면에서 반 고흐를 선구로 시작했으나, 독일에 와서는 문학에도 불을 붙여 시문학 세계에서도 이에 호응하는 사람이 적지 않았다. 그들은 자아 감정의 앙양을 무엇보다도 중요시했으며, 인상주의와 아울러 자연주의에 대해서도 맹렬히 반대하였다. 자연주의의 현실 묘사를 싫어했던 것이다. 게오르크 하임, 테오도어 도이블러, 프란츠 베르펠 등이 대표적 시인들이다.

2. 주지적 상징주의 시

상징주의에 주지적인 경향이 나타나기 비롯한 것은 말라르메부터이나 이것이 힘을 부리기는 발레리, 릴케 등에 이르러서이다.

발레리의 권위는 그가 근대과학적 인식의 핵심을 통과한 지성인인 데에 있다. 시인 대개가 각자의 문학주의적 주관에 의해서 근대과학의 기구機構 옆을 그냥 스쳐 지나가는 속에, 발레리 하나만이 자세한 섭렵가였던 것이다.

그래서 그는 이러한 과학적 인식의 정점에 시의 황홀한 인식을 더한다. 가령 '바다'를 두고 말하자면, '바다에 뿌린 포도주 몇 방울이 바닷물에 융화되어 무색투명으로 돌아가 잠세潛勢하는 물리적 작용'에 대한 인식은, 예수 그리스도의 흘린 피처럼 흔히 유혈 잠세하기 일쑤인 고도의 문화 의식에 은연중 견주어져, 독특한 시적 인식(「잃어버린 술」)을 빚어낸다.

이와 아울러 주지적 상징주의의 또 다른 대표는 릴케다. 그러나 그가 이룩한 지성상의 개척은 발레리와는 좀 달라 『기도시집』

(1905)이나 산문『말테의 수기』(1910) 등에서 그는 마치 할아버지 할머니가 손자 손녀를 돌보아 알듯하는 동양 정신에 가까운 이해를 보인다.

3. 위나니미슴unanimisme ― 일체주의

이 시의 운동은 쥘 로맹의 주창에 의한다. 1903년 가을 로맹이 길거리의 군중 속에서 다수 인간의 융합 즉 일체의 생명을 느끼고 거기에서 '위마니테humanité'의 신을 발견한 데서 유래한다.

그 무렵 파리 교외 크레테유 수도원에서 르네 아르코스, 조르주 뒤아멜 등이 1년 남짓 공동생활을 하고 있었는데, 이 집단의 이름을 시인 샤를 빌드라크의 시『아베이Abbay』를 따 '아베이'라고 했다. 그 뒤 아르코스, 뒤아멜, 로맹, 빌드라크, 셴비에르, 피에르 장 주브, 뤼크 뒤르탱 등이 모여 살면서 로맹의 주창으로 위나니미슴을 받아들이게 되었으므로 이 파를 위나니미슴파, 일명 아베이파라고 부르게 되었다. 그러나 이 파는 일시적인 운동에 그쳤을 뿐 별다른 시적 결실을 맺지 못했다.

4. 이미지즘imagism ― 사상주의寫象主義

이 시적 주창은 1909년경부터 1917년까지 주로 영국과 미국에서 번성하였다. 프랑스 상징주의의 영향을 받은 이들의 주장은 명확한 이미지(영상)를 표현하는 것이었다. 상징주의 시에서 중요시하는 영상 중시의 경향이 여기에도 주입된 것이다. 영국에서는 로런스, 플린트, 앨딩턴 등이, 미국에서는 에즈라 파운드, 에이미 로웰, 플레처 등이 이 조류에 속한다.

이 시의 운동은 멀리 동양에도 뻗치어, 우리나라에서도 김광균 등이 1930년대에 이에 의해서 시 활동을 하였다.

5. 미래파

이탈리아의 밀라노에서 마리네티가 창도한 전위예술운동으로 문학 방법론적으로 의음擬音, 원형 동사, 수학數學 등의 현실적 율동성을 나타내는 자유어를 사용했으며, 사상적으로는 국수주의적 정신으로서 '현실에 무력한 것 일체의 거부'라는 표어하에 과거주의를 배척하였다. 파올로 부치가 1913년에 발표한 『자유시』가 대표적 작품이다. 이들은 1919년 이래 무솔리니의 파시즘과 손을 잡았다.

6. 다다이즘dadaism

1916년 스위스의 취리히에서 루마니아 태생의 트리스탄 차라 등을 중심으로 하여 일어난 운동으로, 1919년 파리에서 차라 외에 앙드레 브르통, 루이 아라공, 필리프 수포 등의 시인이 가담함으로써 한 시적 경향을 이루게 되었다.

다다dada라는 말에는 별 의미가 없으니, 바로 이 점 때문에 그들은 채용했던 것이다. 그들의 주장은 형식적으로는 일체의 어법의 구속으로부터, 내용적으로는 일체의 질서 밖으로 개인을 해방하는 데 있었다. 그들은 전후의 기질을 반영하여 혼돈과 무질서를 그 정신으로 하였다.

파리에서는 『리테라튀르』(1919)라는 잡지를 창간했다. 차라의 『25편의 시』(1918)와 수포의 『수족관』(1917)은 다다이즘 시의 대표적인 수확이다.

7. 쉬르레알리슴surréalisme

쉬르레알리슴은 다다이즘에서 진전한 것이다. 1924년 앙드레 브르통이 「초현실주의 선언」에서 '시의 사상에 자유를 주어야 한다'고 제창한 것이 이 운동의 도화선이 되었고, 아라공, 엘뤼아르, 수포 등이 동인이다. 그들은 '세계는 우리들의 정신 속에만 존재하여 인간 해방을 위해서는 선악, 미추, 종교, 국가, 가정 등의 모든 기성의 가치와 교의敎義를 파괴하지 않으면 안 된다'고 주장하였다. 프로이트의 영향하에 잠재의식을 표현하기에 애쓰고, 이지와 논리를 배척하였으며, 형식상으로는 작시법을 무시하였다.

폴 엘뤼아르의 『펼쳐진 책』(1941), 『독일군의 주둔지에서』(1944), 루이 아라공의 『우랄 만세』(1934), 수포와 앙드레 브르통이 합작한 『자장磁場』(1920) 등은 프랑스의 쉬르레알리슴 시의 대표적인 것들이다.

이 운동은 점차 유럽 각국에 영향했으며, 동양에도 파급되었고, 우리나라에서는 이상李箱 등이 이 파의 영향으로 시작詩作을 하였다.

8. 순수시 운동

1925년경부터 프랑스 시단에는 발레리의 영향하에 순수시 운동이 일어났다. 발레리가 주장한 '말(언어)의 두 가지 효용—즉 의미와 감동 중 순수하게 감동을 주는 작용만을 살려 시를 구성한다'는 정신하에 일어난 운동이다. 그러나 1886년 말라르메가 르네 길의 『어론語論』에 부친 서언序言에서 이와 방불한 말의 이중의 성격을 이미 제시한 바 있었다.

순수시 운동에는 시인 앙리 브레몽과 수자, 그 밖에 비평가 티보데 등이 참가하였다. 브레몽은 아카데미프랑세즈 연설(1925)에서 순수시의 문제를 제창하여 프랑스 시단에 큰 파문을 일으켰다.

9. 신즉물주의 시

제1차 대전 후 나치스의 출현까지 표현주의에 대한 반발로 일어나 약 10년간 독일 문단을 지배한 문학 조류로 신사실주의新寫實主義 혹은 신비적 사실주의라고도 부른다. 표현주의가 갖는 순 주관적 경향을 물리치고 사물을 객관적으로 정확하게 파악해 그 본질을 냉정히 묘사한 이 경향의 대표적 소설 작품은 레마르크의 『서부전선 이상 없다』이고, 시단에서는 링겔나츠, 주프 등이 활동하였다.

10. 주지주의 시

19세기 주정주의에 반해 정서의 과잉을 덜기 위해서 지성의 등장을 요청한 주의로서, 이것을 처음으로 실천한 사람들은 미국에서 태어나 영국으로 귀화한 시인 엘리엇과 허버트 리드이다.

엘리엇은 1922년에 잡지 『크라이티어리언』을 주관하여 창간호에 「황무지」를 발표했는데, 이것은 그 당시 지성의 중요 특질인 기지와 풍자를 많이 담은 것이었다. 그러나 여기까지도 그는 오히려 한 사람의 헬레니스트였던 것이, 1928년에 발행한 평론집 『랜슬롯 앤드루스를 위하여』 서문에서 '문학에서는 고전주의, 정치에서는 왕당파, 종교에서는 영국 성공회'라고 주장한 이후 기독교적 관심을 현저히 보이게 되었다. 『재의 수요일』(1930)이나 『네 개의 사중주』(1944) 등에 이르러서는 기독교적 신앙의 여러 가지 실제 상황이 표현되어 있다.

그러나 그때까지도 역시 헬레니즘의 잔재를 많이 띠고 있던 것으로 보인다. 요컨대 그가 19세기 주정주의적 세력에 반발한 나머지 의존했던 17세기 주정주의적 기질을 아직도 거세하지 못한 것만은 숨길 수 없는 사실이다. 그가 기독교적 지성을 완비한 것은 좀 더 뒤의 일이었다.

이 일파인 스펜더와 오든 등은 처음에는 공산주의에 의존했다. 스펜더는 뒤에 사회와 개인과의 대립을 극복하려는 내면적 반성으로 흘렀고, 오든은 2차 대전 전후를 통해서 실존적 · 종교적 방면으로 흘러갔다.

제9장 한국 시정신의 전통

1

한국 시정신의 전통을 양 대별하면, 하나는 상대로부터 이조 말기에 이르는 재래적 시정신의 전통이요, 다른 하나는 갑오경장 후 서양 문예 조류의 이입 후에 이루어진 서양류의 시정신의 전통이다. 물론 이 두 가지의 전통은 우리 안에서 밀접하게 조화, 종합이 되어 있는 수도 있겠으나, 이것 역시 양분할 수도 있겠다.

전자의 일면은 삼국시대 특히 신라 시대에 아무래도 정신의 주도적 입장에 있었던 도교와 불교 정신이요, 또 다른 일면은 고려 시대 송학宋學의 이입과 아울러 왕성해지기 비롯한 유교적 정신이다. 후자의 중요한 일면은 개화 후 낭만시의 영향과 더불어 큰 세력을 이룬 주정주의적 세력이며, 다른 중요한 한 개는 1933년경부터 옮겨져 온 주지적 시정신의 세력이다.

그러면 재래적인 것과 개화 이후적인 것의 두 가지 구분 아래 생
각한 것을 전개해 보고자 한다.

우리 시정신의 재래적 전통의 중요한 일면인 도교적·불교적 정신
에 대해서는 신라의 향가를 통해서 관찰할 수가 있다. 가령 융천의
「혜성가」나 처용의 「처용가」, 월명의 「도솔가」나 「제망매가」 등에서
도 도교·불교적 정신을 볼 수가 있다.

옛 동햇가 신기루에

놀은 성城을랑 바래고

왜군도 왔다

수燧 사룬 가[邊] 있어라

삼화三花의 오름보심을 듣고

달두 바즐이 혀렬바에

길 쓸 별 바라고

혜성이여! 사뢰온 사람이 있다

아으, 달 아래 떠 갔더라

어즈버 무슴 혜성이 있을고

　　　　　　　　　　—융천, 「혜성가」(양주동 역)의 의미적 졸역

동경東京 밝은 달에

밤들도록 노니다가

들어 자리 보니

가랄[脚]이 넷이어라

둘은 내해어니와

둘은 뉘해언고

본대 내해다만은

빼앗은 걸 어찌하릿고

         —처용,「처용가」(양주동 역)의 의미적 졸역

오늘 이에 산화散花 불러

삐운 꽃아 너는

곧은 마음의 명을 심부름키

미륵좌주 뫼시여라

         —월명,「도솔가」(양주동 역)의 의미적 졸역

생사로生死路는

예 있으매 저히[畏]이고

'나는 간다' 말도

못다 이르고 가나이꼬

어느 가을 이른 바람에

이에 저에 떠[浮]질 잎다히

한 가지에 나고

가는 곳 모를망정

아으, 미타찰에 만날 나

도 닦아 기다리겠다.

—월명, 「제망매가」(양동주 역)의 의미적 졸역

위의 향가 중 융천의 「혜성가」는 제5장에서 이미 이것의 유서由緖
와 그 내용에 대해서 자세한 설명을 했으므로 여기에서는 생략하거
니와, 그의 정신은 인간적 질서의 것이 아니라 별과 같은 위치이거
나 그보다는 한 항렬 윗계단—우주적 질서 위에 서는 정신이다. 이
것은 쉽게 말하면 인간주의가 아니라 우주주의적 정신의 표현이요,
현생적 현실주의가 아니라 사람을 영생해야 할 것으로 생각한 데서
온 영원주의 정신의 표현인 것이다.

이 영원주의적 정신이 제일 잘 나타난 것으로 우리는 월명의 「제
망매가」를 들 수가 있다. 「제망매가」는 월명이 누이의 제일祭日에 지
은 작품으로 고난과 육신 있는 현생적 생명의 온갖 수도를 통해 도
달할 미타적 세계에 중점을 두고 있음을 알 수 있다. 그러니만큼 그
들에게는 육신과 인륜적 관계로 엉클어진 현생이 제일의인 것이 아
니라 영원한 생명으로 이것을 정화하기 위한, 체념하기 위한 매개체
에 불과하다.

또 위에 인용한 「처용가」에서 우리가 볼 수 있는 것도 바로 이 육
신과 현생적 인륜 관계에 대한 체념의 정신이다. 밤에 밖에서 놀다
가 집에 돌아와 보니 아내가 간음하고 있는 것이 보이어, 오히려 춤
을 추며 노래를 불렀다는 것이 이 노래가 생긴 내력이거니와, '빼앗
은 걸 어찌하릿고'라는 체념은 무엇을 위한 것인가? 이것은 육신 있

는 현생의 주어진 조건을 다하기 위해서가 아니다. 이것은 바로 영생을 위해 현생이 가진 많은 체념 중의 하나일 따름이다.

그리하여 그들은 체념을 통해 현생 인격 위에 또 다른 한 개의 인격 즉 영생을 위한 인격을 빚어, 영생과 무한의 질서에 참가하였다. 우리가 월명의 「도솔가」에서 보는 것은 우주적 질서를 자각하여 참가하는 황홀 삼매의 경지이다.

여기에서는 꽃은 사람 사이에서만 거래되는 즐거운 일일뿐더러 사람에게서 해에게까지라도 전해진다. 이러한 거래와 교역은 유교적 휴머니즘의 정신으로는 이해할 수 없는 도·불교적 우주주의, 영원주의 정신의 표현인 것이다.

말하자면 자연주의, 영원주의가 우리 시정신의 대동맥으로서 상대로부터 우리에게 전래해 온 것이다. 이러한 경향은 문자로 표현된 세력을 본다면 여조麗朝 이래 많이 침체해 있으나, 그렇다고 해서 우리의 정신 전통에서 완전히 거세되었거나 없어진 것은 아니다. 정신의 전통이란 문헌 속 아닌 실생활상의 언어 행위를 통해서도 면면히 전승되는 것이니, 여조 이래 성행한 유교적 저술들의 세력과 병행해서 그야말로 면면병존綿綿竝存하여 전해 내려와서 오늘날 우리에게도 은연중 도입된 것이라 봄이 타당하다.

이 정신을 우리는 흔히 풍류도·풍월도라고 한다. 그러나 이것은 최치원이 말한 풍류도와는 좀 차이가 있을 것이다.

『삼국사기』에 보면 최치원은 그가 지은 「난랑비서鸞郎碑序」에서,

우리나라에는 현묘한 도가 있으니 이를 '풍류'라 한다. ……이는 실로
삼교를 포함한 것으로

라고 말했다 하여, 신라의 풍월도 즉 화랑도 즉 풍류도를 유불선儒佛仙
삼교의 종합으로 본 것으로 기록되어 있지마는, 이것은 불교와 유교
이입 이후의 화랑도를 말한 것이요, 그 이전의 신라의 '현묘지도玄妙
之道'를 말함은 아닐 것이다. 즉 우리는 신라의 근간 정신이고 또 그
시대의 시정신이었던 풍류 정신이 성립하기 전에, 현묘지도라는 한
정신의 걸어온 길을 살필 수가 있다.

이것은 무엇일까? 현묘지도라는 말은 선교仙敎의 말투와 흡사하
다. 그렇다면 유·불교의 이입 이전에 중국에서 선교가 먼저 이입되
었거나, 또는 도교와 방불한 시조 박혁거세의 어머니가 신선수행을
한 기록이 『삼국사기』, 『삼국유사』에 각각 보이거니와, 전래에 의해
서였거나 고유한 것에 의해서였거나 간에 신라에는 삼교의 종합으
로서의 화랑도가 성립하기 전에 일종의 신선 수행이라고 하는 것이
먼저 있었던 것 아닐까? 그래서 일종의 신선적 정신이 뒤에 유·불교
의 이입과 아울러 종합되어 나간 것 아닐까? 그래 뒤의 유교적 현실
주의에 계승되어서, 불교적 세력과 아울러 또 다른 하나의 영생주의
적 인격을 계속해서 이루어 온 것이라고 생각된다.

요컨대 우주적 무한과 시간적 영원을 근거로 하는—영생주의와
동시에 자연주의라고 할 수 있는 이것은 신라 통일 전후를 통해 신
라 정신의 가장 중요한 것이었음을 알 수 있다. 그리고 위에 든 향가

들이 지금도 전해짐과 같이, 그것이 여·이조의 유교적 현실주의의 방대한 문헌의 배면을 흘러 우리에게로 이어진 것이다.

2

허나 여·이조에 오게 되면, 영생주의적·우주자연주의적 세력은 시에서의 주도권을 갖지 못하고, 그 대신 유교적 휴머니즘이 힘을 얻었다.

영생주의 대신 현생에 중점을 두는 유교적 인륜주의가 주도 정신이 된 것이다.

그래서 시가는 자연히 피 있고 살 있는 인간 세상의 가한적可限的이요, 가한적可恨的인 정신의 길이 되지 않을 수 없게 되었다.

유교의 신神·천天 그것이 『중용』에도 보이는 바와 같이 '천명天命' 하는 것으로서, 역시 인간보다는 높은 위치에 있다. 공자 자신도 애제자의 불치의 병 앞에서 "모를 일이다"라고 한탄했던 것처럼, 인륜 있는 자로서의 현생적 경향에만 골몰한 나머지 영원과 무한을 현실로서 숙친히 갖지 못했던 것이다.

그래 본고장인 중국에서도 『시경』의 반半자연주의적 쇄락성은 상대上代 민족의 반半자연주의적 기질에서 오는 것일 따름이요, 유교 성립 이후의 시가들은 유교적 인륜 중심주의가 불가피하게 갖지 않을 수 없는―생사生死하는 자의 한을 다분히 담고 있어, 가령 유교의 시의 성인이라고 일컫는 두자미杜子美의 시정신의 제일 중요한 성격을 이루는 것도 이것이어니와, 이런 유교적 가한적可限的·가한적可恨的 정신이 우리나라에도 재래된 것이다. 생사거래하는 인간사를 대할 때마다 면면히 솟아나는 두보 시의 한은 우주와 영원 중심주의가 아니라 바로 가한적可限的 인류 생활에 근거하는 데에서 오는 것이니,

봄이 왔어도 만 리 밖 나그네 신세　　　　　春來萬里客
난이 그치거든 어느 해 돌아가려느뇨　　　　亂定幾年歸
강성의 기러기 애를 끊누나　　　　　　　　腸斷江城雁
높이높이 북으로 곧장 날아가나니　　　　　高高正北飛

—「귀안歸雁」

이것은 이별하여 향리를 떠난 이의 고향에 못 가는 한을 골자로 하였거니와, 요컨대 인륜인人倫人 노릇을 하기에 어쩔 수 없이 일어나는, 생이별 사이별을 통한 이런 유의 한은 우리나라에서도 큰 세력을 이루게 되었다.

그러므로 우리가 여·이조의 시가에서 흔히 상대하게 되는 이른바 '시름'이니 '설움'이 많아진 근본적 이유는 유교의 주세적主勢的 홍통 거기에 있는 것이다. 물론 사람들이 흔히 말하는 것과 같이, 고려의 몽고 침략 이래 빈번했던 외구의 침입에 의한 국민 생활의 파괴와 이산이 우리 시가의 설움을 빚어낸 외적 이유가 되는 것도 사실이다. 그러나 역시 인생을 가한可恨으로 만든 근본 원인은 여·이조의 지도 정신이었던 유교의 인류주의의 가한성可限性에 있는 것이다.

호미도 늘히언 마르는
낟구티 들리도 업스니이다

아바님도 어이어신 마르는
위 덩더둥셩
어마님 구티 괴시리 업세라
아소 님하
어머님 구티 괴시리 업세라.

—「사모곡思母曲」

이것은 모자간의 인륜 관계의 절실함을 표현한 것이어니와 이러한 인륜주의는 많은 설움과 시름의 정신 세계들을 빚어내고 있음을 보게 된다.

가시리 가시리 잇고 나는
ㅂ리고 가시리 잇고 나는
위 증즐가 태평성대

날러는 엇디 살라 ㅎ고
ㅂ리고 가시리 잇고 나는
위 증즐가 태평성대

잡ᄉ와 두어리 마ᄂᆞᆫ

선ᄒᆞ면 아니 올셰라

위 증즐가 태평성대

셜온 님 보내ᄋᆞᆸ노니 나ᄂᆞᆫ

가시ᄂᆞᆫ듯 도셔 오쇼셔 나ᄂᆞᆫ

위 증즐가 태평성대

—「가시리」

이별하는 노래에서도 이별의 설움, 불여의한 세상에 대한 시름과 설움은 여·이조 시가의 어쩔 수 없는 주세력이 되는 것이다. 이러한 유교적인 인생관은, 외구의 침입 등의 역경에서 오는 설움과 아울러 특히 조선 시가의 그 많은 비조悲調들을 빚어낸 것이라고 생각한다.

버젓한 유가요 또 고관이었던 송강 정철이 표현해 놓은, 심히 여성에 가까운 청승맞은 가락들도 결국 이런 데서 온 것이다.

이 몸 삼기실 제 님을 조차 삼기시니, 한생 연분이며 하늘 모를 일이런가. 나 하나 졈어 잇고 님 하나 날 괴시니, 이 마음 이 사랑 견졸 ᄃᆡ 노여 업다.

평생애 원하요ᄃᆡ 한ᄃᆡ 녜쟈 하얏더니, 늙거야 므사 일로 외오 두고 글이는고. 엇그제 님을 뫼셔 광한전廣寒殿의 올낫더니, 그 더ᄃᆡ 엇디하야 하계예 나려오니, 올 적의 비슨 머리 얼킈연 디 삼 년이라. 연지분

잇내마는 눌 위하야 고이 할고. 마음의 매친 실음 첩첩이 싸혀 이셔, 짓나니 한숨이오 디나니 눈물이라. 인생은 유한한대 시름도 그지업다. 무심한 세월은 물 흐르듯 하는고야. 염량이 때를 아라 가는 듯 고텨 오니, 듯거니 보거니 늣길 일도 하도 할샤.

　동풍이 건듯 부러 적설을 헤텨 내니 창 밧긔 심근 매화 두세 가지 피여셰라. 갓득 냉담한대 암향暗香은 무사 일고. 황혼의 달이 조차 벼마디 빗최니, 늣기는 듯 반기는 듯 님이신가 아니신가. 뎌 매화 겻거 내여 님 겨신 대 보내오져. 님이 너를 보고 엇더타 너기실고.

　이상은 그의 작「사미인곡」의 일부분이어니와, 어떤가? 임금 그려 쓴 것이라는 이 만단사설은 마치 『춘향전』의 성춘향이 안 오는 임 그리는 사설과도 마찬가지로 많은 인륜상의 한을 포함하고 있다.

　여·이조에도 물론 도불적道佛的 정신 세력이 시단에 완전히 없어졌던 것은 아니나, 그것들은 인생의 골수에 전폭적으로 사무쳐 들지를 못하고 부분적이거나 혹은 피상적으로 젖어 오기가 일쑤였고, 역시 유교적인 한계가 압도적으로 우리를 에워쌌던 것이다.

　나물 먹고 물 마시니 대장부 살림살이 이만하면 족하도다

하는 따위들은 이미 입 거드름이 되어 버렸을 뿐인 자연주의의 퇴세적 표현일 뿐 역시 핏줄을 타고 도는 인륜상의 단란주의와 불여의한 한이 시정신의 중요 요소가 되어 있었던 것이다.

이상에서 우리 시 전통의 재래적인 것의 두 갈래에 대해 약술하였다. 그럼 아래에 개화 이후의 새것—즉 서양을 연원으로 하는 새것의 중요한 두 갈래의 길에 대하여 간단한 설명을 붙이려 한다.

본 장의 서두에서도 말한 바와 같이, 개화 이후 이루어진 시정신 전통의 제일 중요한 것 중 하나는 낭만주의적 주정정신主情精神이다. 이 생각에 대해서는 아무도 반대가 없을 줄 안다. 이조 최말기와 한일합병 초기의 일본 유학생을 통해 우리나라에 이입된 이 정신은 을유 해방에 이르는 동안 양적으로도 우리 시를 제일 많이 점령했을 뿐만 아니라, 해방 후 현재까지도 우리 시정신에 큰 세력을 가지고 있기 때문이다.

이 낭만주의의 주정정신을 통해 우리는 적지 않게 이익을 보아 왔다. 부모에 의한 정혼을 거부하고 자유연애를 당당히 주장한다든지 그 밖에 여러 부면에 뻗치는 개성의 신장, 감정 기질의 활발한 개조, 그리스적 제신 세계諸神世界와의 친교 등 이것으로써 정히 신기원적 훈련을 해 왔다고 해도 과언은 아닐 것이다.

이 조류를 주로 해서 이상화, 김소월, 주요한, 김동환, 변영로, 박종화, 김영랑 등 우리 신문학사상의 대표적 시인이 많이 나왔음은 물론, 우리 민족정신을 전반적으로 개조하는 데도 크게 기여해 온 것을 우리는 잘 알고 있다. 뿐만 아니라 우리는 이미 이것을 새로운 정신의 고향같이 만들어 놓고 있는 것이다.

지금은 남의 땅—빼앗긴 들에도 봄은 오는가?

나는 온몸에 햇살을 받고
푸른 하늘 푸른 들이 맞붙은 곳으로
가르마 같은 논길을 따라 꿈속을 가듯 걸어만 간다.

입술을 다문 하늘아 들아
내 맘에는 나 혼자 온 것 같지를 않구나
네가 끌었느냐 누가 부르더냐 답답워라 말을 해 다오.

바람은 내 귀에 속삭이며
한 자국도 섰지 마라 옷자락을 흔들고
종다리는 울타리 너머에 아가씨같이 구름 뒤에서 반갑다 웃네.

고맙게 잘 자란 보리밭아
간밤 자정이 넘어 내리던 고운 비로
너는 삼단 같은 머리를 감았구나 내 머리조차 가뿐하다.

혼자라도 가쁘하게나 가자
마른 논을 안고 도는 착한 도랑이
젖먹이 달래는 노래를 하고 제 혼자 어깨춤만 추고 가네.

나비 제비야 깝치지 마라

맨드라미 들마꽃에도 인사를 해야지

아주까리 기름을 바른 이가 지심매던 그들이라 다 보고 싶다.

내 손에 호미를 쥐어 다오

살찐 젖가슴과 같은 부드러운 이 흙을

발목이 시도록 밟아도 보고 좋은 땀조차 흘리고 싶다.

강가에 나온 아이와 같이

짬도 모르고 끝도 없이 닫는 내 혼아

무엇을 찾느냐 어디로 가느냐 우스웁다 답을 하려무나.

나는 온몸에 풋내를 띠고

푸른 웃음 푸른 설움이 어우러진 사이로

다리를 절며 하루를 걷는다 아마도 봄 신령이 지폈나 보다.

그러나 지금은—들을 빼앗겨 봄조차 빼앗기겠네.

—이상화, 「빼앗긴 들에도 봄은 오는가」

    이것은 누구보다도 서양적 낭만주의의 주정적 성격을 다분히 닮
았던 이상화의 낭만주의적 주정시의 하나이거니와, 이러한 서양류

의 격정의 매력은 재래의 동양적인 정서의 기질과는 상당히 다른, 템포가 빠르고 거센 것이지만, 오늘날 우리에게는 이미 기질화해 있는 것으로 보아서도, 이것이 새 전통이 된 것을 알 수가 있다.

그러나 일부 평론가들이 흔히 말하듯 서양의 로맨티시즘과 우리나라의 낭만적 주정시를 혼동해서는 안 될 것이다. 칼라일도 말한 바와 같이 서구에서 일어난 로맨티시즘은 기사도 정신을 주로 한 이상·연애·꿈·정의 수호의 의미들에 주정주의의 의미를 겸한 것으로서, 다시 말하면 기독교 정신의 이상주의적 요소와 그리스 문학의 주정적 숙명주의적 요소를 겸하고 있는 것이니, 우리나라에서 과거 반세기 동안 표현해 온 세칭 낭만적 주정시와는 차이가 있다.

우리나라의 주정적 낭만시가 서구의 로맨티시즘과 일치하는 점은 기사도 정신 즉 기독교적 이상이 아니라 단순히 서구 로맨티시즘의 일면인 주정주의에만 한할 따름이니, 같다면 서구의 로맨티시즘이 주정주의를 통해 전개한, 개성의 자유를 주로 하는, 르네상스에서 온 인본주의가 같을 따름이다.

그래서 한국의 낭만주의는 서구 낭만주의의 주정주의적 휴머니즘만을 주로 도입함으로써, 서구의 인본주의적 감정이 그 근원을 그리스 문예의 세계에 두는 것과 마찬가지로 그리스 문예의 세계를 고향으로 하고 있음은 물론이다. 서구의 휴머니즘과 그리스의 문학 정신이 그랬던 것처럼 빅토르 위고가 『레 미제라블』에서 장 발장으로 하여금 운명을 천국의 이상으로써 극복할 수 있는 것으로 만든 것과는 달리, 인력으로는 어쩔 수 없는 운명의 도가니 속에 기복하는 감정으로서 아직도 있는 것이다.

4

이와 아울러 신문화 후의 한국 시정신의 또 다른 전통이 되고 있는 것은 서구류의 주지주의intellectualism이다. 이것의 이입과 활동은 1930년대부터 시작되었으니, 벌써 30년 가까운 과정을 거쳤다. 주지주의적 시정신의 세력에는 대략 두 갈래가 있어, 하나는 영국의 엘리엇과 그 일파의 영향에서 온 것이요, 또 다른 하나는 주로 프랑스를 중심으로 한 후기 상징주의의 주지적인 정신에서 온 영향이다.

전자는 1933~1934년경 최재서의 소개와 김기림의 평론과 시, 이상의 시 등을 그 처음으로 하여 오늘에 이른 것이요, 후자는 누구라고 대표적으로 그 이입자와 최초의 실천자를 지시할 나위는 없으나, 을유 해방 전후로부터 은연중 여러 사람에 의해 도입되고 시험되어 지금에 이른 것이니, 이 방면에는 특히 폴 발레리적인 영향과 라이너 마리아 릴케적인 영향이 컸다. 릴케와 발레리의 영향을 합쳐서 받은 사람으로는 김춘수를, 릴케의 영향이 큰 사람으로는 윤동주를 들 수 있지 않을까 한다.

이들은 엘리엇과 그 일파들을 통해서는, 엘리엇과 20세기 영국 주지주의자들 자신이 17세기 고전주의로부터 계승하고 있는 기지적 특질을, 폴 발레리 등으로부터는 주로 인식상의 황홀 등을, 릴케 등으로부터는 동양적 지성의 성격과도 일맥상통하는 사랑과 병행하는 이해의 기질 등을 본받아 시작화詩作化를 해 오고 있다. 물론 위에 든 시인들 외에도 많은 시인들이 주지주의라 할 때 본 거점은 상거한 바에 두고 활동해 오고 있는 것이다.

그리하여 이 주지정신의 경향은 이제 와선 이미 제거할 수 없는 세력이 되어 있는 것만은 숨길 수 없는 사실이다.

이상에서 나는 한국 시정신의 전통의 중요한 대략을 말하였다.

그러면 우리는 이제 이러한 전통을 디디고 서서, 이것들을 어떻게 취사선택하고 또 필요에 따라서는 종합할 것인가?―이것이 지금 우리에게 주어진 문제이다. 거두절미하고, 먼저 이것들의 장점을 모조리 종합할 것을 제창한다.

신라적 영생주의, 자연주의만으로는 아무래도 지상적·현실적 토대가 뜨기 쉬우니, 유·불·선교 소화 후의 신라를 본받아서 유교적 휴머니즘의 현실주의적인 모든 강점을 겸하는 것이 좋은 일이라고 생각하며, 낭만적 주정주의의 맛도 우리에게는 소중하지마는 이것을 방임하면 유럽에서 봤듯이 고삐 풀린 우마처럼 낭떠러지에서 전락할 염려도 없지 않으니, 적당한 주지주의의 지혜를 거부 말고 겸함이 좋다는 말이다.

다만 감정에 치중하건 이지에 치중하건 외곬으로 나가 편협하게 만들지 말고, 지성과 감성의 전 기능을 발현하기에 노력해야 한다.

그러기 위해서는 우리는 무엇보다도 먼저 동양의 전통을 자세히 알고 또 소화할 필요가 있다.

시의 원론적 고찰

제1장 시의 현실

　'객관적'이란 말과 항용 함께 써먹어 온 '현실'이란 말이 1894년 갑오경장의 신개화 정책 후 언제부터 우리나라에서 쓰기 비롯했는지 자세한 연대는 알 수 없지만, 문학에서 역연한 한 세력으로 쓰이기 비롯한 것은 김동인 등의 리얼리즘 소설의 시험 이후의 일로, 시에서가 아니라 주로 소설과 평론에서였다.

　서구에서처럼 우리나라에서도 시에서는 '현실'이란 말이 그리 중요한 지위를 차지하지는 못했었다. 해방 전에는 1924년경부터 1934년경에 이르는 사회주의 시단에서, 그리고 그 뒤를 바로 이은 리얼리즘 표명의 약간의 시인들 사이에서 중요하게 생각되었을 뿐이었고, 해방 후에는 미 군정기에 좌익 문학가 동맹 소속의 시인들과 평론가, 작가들에 의해서 격앙된 어성과 함께 다시 용을 쓰다가,

대한민국 수립 이후 별로 잘 안 보이던 것이 최근 사회참여 문학의 새로운 움직임과 함께 일부에서 다시 세력을 이루고 있을 따름이다.

그러니 자세히 돌이켜 보자면, 요즘 일부 비평가나 작가들이 마치 그들의 수호신처럼 재사용하기 시작한 이 단어도 사실은 우리 신시 문학사에서 차지하는 비중이 그리 큰 것은 아니다.

그것을 요즘의 일부 비평가들은 이 말이 우리나라 신시문학사에 깊은 뿌리나 박고 있는 듯이 다시 추켜들고 나와서 '이 시는 회고적 이니까 현실 유리여서 못 쓴다'느니 '이 시는 신비적이니까 현실 도 피적이어서 작품 값이 안 된다'느니 하고 있지만, 우리 신시문학사 에 비추어서도 또 서양 각국의 시문학사와 대조해 보아서도 근거가 있는 일은 되지 못한다.

우리가 서양 문학사에서 보아 알기론, 낭만주의 이후 에드몽 뒤랑 티가 창간한 『레알리즘』이라는 잡지 제목에서 비롯한 '리얼리즘'이 란 말과 함께 문학에서 많이 쓰게 된 이 '현실'이란 말도, 소설에서는 중요했지만 시에서는 비중이 대단치 않은 것이었다.

우리는 낭만주의를 떠나면서 시와 소설이 작별하여, 소설은 리얼 리즘을 본류로 해 오늘에 이른 것은 알지만, 시는 그 뒤 예술지상파, 고답파, 상징주의, 이미지즘, 초현실주의, 미래파, 주지주의 등의 수 많은 모색의 길을 밟아 오면서도 사회주의를 제외한 어느 시문학에 서도 '리얼리즘'이란 말이 빛나는 딱지로서 사용된 것을 본 일이 없 으니 말이다.

플로베르 이후 지금까지 모든 리얼리즘을 고향으로 하는 소설들의 '현실성'이란 것도 많은 차이점을 갖고 있다. 가령 플로베르에게서는 셰익스피어에도 견줄 만한 상당한 무게의 '숙명감'이 그의 소설의 '현실성'이 되어 있고, 에밀 졸라에게서는 처절한 현실 분석과 아울러 따분하기 짝이 없는 니힐리티를, 도스토옙스키에게서는 끈덕지고도 구석에 닿는 현실이자 동시에 기독교적 신에 접근하는 현실을, 또 마르셀 프루스트에게서는 예쁘고 솜씨 좋은 처녀가 비단 짜내는 듯한 섬세하고도 서정적인 시의 누누한 연속의 모색을, D. H. 로런스에게서는 성의 절대 신성화를 보는 것 등은 역연한 차이가 있다.

이와 같이 '숙명'이라든지 '허무', '구신求神하는 정신', '서정성', '성의 절대 신성화' 등은 현실과 별개의 것으로 생각되는 일 없이 리얼리즘 소설들에서도 잘 추구되어 왔던 것이다. 리얼리스트 투르게네프의 소설의 어떤 것들은 많이 몽상적이고 신비하다. 제임스 조이스의 의식의 밑바닥의 냉혹한 제시 속에도 신비와 환상은 상당히 많이 공서하고 있다. 마르셀 프루스트는 일생 동안 회고적인 소설 한 편만 써서 그 속에 많은 꿈과 동경과 애수를 회고하고 있다. 헤밍웨이의 「킬리만자로의 눈」도 매우 신비하다. 19세기 후반기 이후 오늘에 이르기까지 서구의 상당수의 소설은 여전히 회고적 내용을 다루어 오고 있다.

그러나 이들이 '신비적이니까 현실이 아니어서 못쓰겠다'느니, '회상적 또는 회고적이어서 현실 도피'라느니 '구신을 하고 있으니까 현실에서의 유리'라느니 하는 비난을 받지는 않았다.

그러니 더구나 리얼리즘을 발상發祥으로 하고 있지 않은 시문학에서는 더 말할 나위도 없는 것이다.

20세기의 오늘에 와서 다시 우리 시를 두고 '회고하니 현실 도피다', '구신하니 현실 유리다', '신비하고 환상적이니 현실의 무엇의 위반'이라든가 하여, 마치 19세기 자연주의 소설이 등장할 무렵 낭만주의의 결점을 보고 나무라던 수작을 답습하여, 비평이라고 퍼부어 대는 것은 참으로 딱한 일이 아닐 수 없다.

아무리 독서는 이 세상에서 한국 시인만이 않는 것이라 에누리해 준다 하더라도, 협소한 현실파악자 제군들이 그 협소한 현실관을 파악하도록까지에 읽은 서양 문학보다는 아마 몇 배 혹은 몇십 배 더 읽은 것으로 안다. 그러나 시인들은 그래도 다채한 문학적 현실들을 두루 다루고 있지만, 제군들은 이것들이 현실의 어느 구석들에 숨어 있는가조차도 식별할 문학적 기본 교양마저 없는 것이다.

여기에서 불가불 아주 익살맞은 사변事變 하나 소개해 두지 않을 수 없다. 우리나라에서 굴지의 비평가라는 이가 쓴 방대한 양의 어떤 대논저를 보면 염상섭의 자연주의 소설을 논하는 항목에서 가라사대 '염상섭 씨의 자연주의로 말하면 장자크 루소의 자연과 친밀한 관계가 있다'는 대의大意이다. 이 자연주의야말로 그들이 폭용暴用해 온 '현실'이란 말과는 친밀한 관계가 아니라고 아무도 주장할 수 있는 이가 없겠기에 말하거니와, 대체 이 정도 식견으로 그 '현실'이란 말의 온상인 '리얼리즘'이란 말 한마디나 어디 바로 안 것이라고 볼 수 있는가? 과학 정신에서 비롯한 리얼리즘이 에밀 졸라에 가서 '자연주의'란 이름 밑에 발전되었고, 그래 염상섭에게도 영향한 것이니, 낭만주의의 한 요인이 되었던 장자크 루소의 자연 숭배주의와는 친밀한 사이가 될 수 없다는 것쯤, 문과대학 제1학년을 딴 일로 결강해 버리지 않은 학생이라면 누구라도 알 수 있는 일이기 때문이다.

적어도 문학 같은 전문적인 분야에서는 비평가가 내세워 쓰는 낱말들은 그걸 두고 써 온 문학사의 전 개념을 종합해서 써야 하지 않을까?

생각건대 '회고적이고 신비적이고 몽상적이 아닌 것이라야 현실이다'라는 개념이 우리 비평가들에게 답습된 것은, 1925년부터 1930년대 전반기까지 일본의 좌익문학가들이 유물 사관적 현실관을 떠들어 댈 때의 영향에서 비롯된 것으로, 그 뒤 좌익 사상은 버렸으나 어떤 개념들만은 잠재하여 남아 있다가 뒤에 종전의 경영 관습 그대로 자꾸 표출해 낸 데서 연유한 것이 아닐까? 이러한 개념의 일방면 파악자들은 그 수가 적지 않게 추산되는 것이니, 그 뒤 지면이나 구술을 통해서 후진들에게 이것을 주입하여 막대한 수의 일방적 개념 파악자들이 만들어진 것 아닐까?

이 원만치 못한 일방적 개념 파악자들은 문학계뿐만 아니라 각계에 그 수가 적지 않을 것임을 생각할 때 모골이 써늘해짐을 금할 길이 없다.

참으로 신중히 할 것은 바로 낱말들인 것이다.

문학 용어로서 'real'이란 말에서 유래된 이 '현실'이란 말은, 본산지 서구에서의 사용례에 의하면 '있는 사실에 자세하고 진실한'이라는 뜻 이외의 또 다른 것은 아니다. 낭만주의의 확장과 거짓말에서 '사실로 돌아와야겠다'는 자각이 이 말을 중용하게 된 이유일 따름이다. 그렇기 때문에 이 '현실'이란 말은 꿈이나 신비나 운명이나 회고나 구신이나 그런 일이 현실에 없다는 뜻을 가질 수는 없고, 꿈도 신비도 운명도 회고도 구신도 다 포함하는 현실의 각 상에 사실대로 깊이 정통하라는 것뿐이다.

위에서 열거한 바와 같이 리얼리즘을 연원으로 하는 서양의 소설들은 그렇게 많이 꿈과 신비와 회고와 구신의 내용을 담으면서도 다만 낭만주의에서와 같이 확장되거나 그 실제에 어긋나지 않았을 뿐이었던 것이다.

서양까지 갈 것 없이 우리나라 소설로 이상의 「날개」를 예로 들어도 좋다.

이상이 이 소설을 발표했을 때 많은 비평가들이 몽유병적이고 기괴한 현실 유리의 작품이라고 했다. 다만 서양의 소설 문학과 소설 문학사에서의 현실의 의미를 바로 알고 있던 최재서 같은 사람만이 「날개」의 현실성이 종전의 작가들보다 한 걸음 더 깊이 자세히 탐구된 것임을 말했었다. 그리고 이 두 부류의 비평 중 몽유병적 내용까지도 현실성이 있다고 한 최재서의 문학 감식안이 물론 맞은 것이었다.

리얼리즘을 연원으로 하는 소설에서는 중요한 특질을 대표하는 말로, '현실'이란 말을 쓰는 것은 그 뜻을 일방적으로만 파악하지 않는 것이라면, 물론 적합한 일이다.

　그러나 소설이 낭만주의에서 리얼리즘으로 넘어갈 무렵, 라르 푸르 라르l'art pour l'art(예술지상파)의 보들레르를 시발점으로 해서 다른 딱지들을 달고 출발한 19세기 후반기나 20세기 시의 흐름의 주 성격을 통칭할 말로는 '현실'이란 말이 적합치는 않아 보인다. 흔히 프랑스의 현대시라 하면 어느 앤솔로지에서나 보들레르를 아직도 맨 앞에 놓고, 보들레르 이후 오늘에 이르기까지의 작품을 수록하고 있지만, 이 한 세기에 걸친 시의 전과 다른 특성을 '현실적'이란 말로 표현하는 것은 리얼리즘을 연원으로 하는 소설과는 달라서 적합지 않다. 왜냐하면 소설은 아무래도 우산을 펴듯 전개해 나가기 때문에 현실을 전개해 보이면 되지만, 시는 우산을 펴서 체험한 모든 것들을 다시 우산을 접듯 요약하고 집중하는 노릇이기 때문에, 여기에는 '현실'이란 말이 적합지 않고 다른 표현이 필요한 것이다.

　이 특성을 파악하려면, 우리는 당연히 보들레르 이후 오늘까지의 서양시의 주성격을 파악해야 한다. 그래서 시가 해 온 노릇이 시인들의 전통적 자존에 의해서 소설보다는 언제나 한술 더 뜨려는 일이었음을 이해해야 하고, 현실의 객관적 전개가 아니라 그것을 체득한 뒤의 주관적 공격들이었음을 알아야 한다. 소설가들의 대다수가 창작 태도상에서라도 리얼리즘의 객관주의를 버리지는 못했던 데 반해서, 보들레르 이후의 시문학사가 그렇게도 많은 명칭의 유파를 형성하고 분산하면서 이어져 오고 있는 것은 전통적인 시의 자존에 의한 고독한 공격에 그 이유가 있는 것이다.

말하자면 소설은 아무래도 수다한 사건을 전개해야 하니, 이념 아닌 창작 태도상에서라도 19세기 후반기 이후 발흥한 사회 일반의 자연과학적 객관주의에 보조를 맞추어야 했지만, 문장에 산문적 전개가 꼭 필요치가 않은 시는 그럴 것 없이 영국의 체임벌린 수상처럼 접은 현실의 우산을 짚고 서서 공격하거나 답안만을 내거나 해도 되었던 것이다.

이 불순不順한 천후天候의 현대에 두루 우산을 펴 받고 가는 소설가들 틈에, 비를 알몸으로 맞고 지내 온 것은 시인들이다. 그렇기 때문에 이 노릇은 고집 세다고 말할 수는 있어도, 소설가처럼 현실적인 일이었다고는 할 수 없다. 소설가들의 치부致富에 비해 시인들의 여전히 세례 요한인 양한 꼬락서니들도 간단히 말해서 여기에 이유가 있는 것이다. 그들은 비 오는 날에 그냥 우산을 접어 들고 가는 체임벌린 수상과 같았을 뿐이었다.

그렇기 때문에 시를 가지고는 현대라고 해도 '현실적'이란 말로 그 성격을 표시하는 것은 맞지가 않다.

이를 표현하려면 우리는 아무래도 딴 말을 찾아야겠는데, 그것은 가령 폴 발레리가 스승 말라르메의 시정신을 표현하기 위해서 가차 용한 '정밀 적확' 같은 말이 가깝지 않을까 생각된다.

발레리는 말라르메의 시 전달을 위한 의도와 노력을 과학자의 면밀함과 비교하면서 그의 표현들이 그렇게 정밀 적확한 전달을 기함으로써 천공의 성군星群의 질서처럼 간추려져 놓인 것임을 지시하였다.

이것은 현대시가 낭만적·윤곽적·개괄적 정서의 표현을 지양하고, 시정신의 표현이 현미경적으로 면밀해져 내려오고 있는 것을 거의 가깝게 표현한 말 같아 보인다.

그러나 발레리는 이와 아울러 보들레르가 처음으로 현대시에 선사한 또 다른 중요한 것 하나를 같이 지시했더라면 좋았을 것이다.

그것은 다름이 아니라 이미 빅토르 위고가 보들레르의 시에 대해 말한 그것—'시의 하늘에 전율을 가져왔다'는 바로 그 '전율'에 해당하는 의미인 것이다.

위고야말로 현대시의 가장 중요한 특질을 미리 예언한 예언자이다.

그렇다. 과학문명의 온갖 복잡한 발전으로 현대인의 독서력과 가감력과 이해력이 많이 분산되고, 마비되고, 피곤하고, 불안정한 속에서 시는 이미 전격적 쇼크가 아니고서는 안 먹혀들어 현대 시인들은 무엇보다도 먼저 정서의 전격적 고도화에 애를 쓰지 않으면 안 되게 되었다. 이 전류적인 것은 보들레르가 누구보다도 먼저 시련해 보였으니 말이다.

현대시를 위한 이 최초의 번제양燔祭羊이 먼저 몸서리쳐 보인 전율하는 전류적 자극 아니면 현대의 시멘트 심장들을 꿰뚫고 들어갈 수는 도저히 없다는 것을 우리는 두루 잘 알고 있다.

위에 말한 '정밀 적확하려는 정신', '전율'과 아울러 현대시의 또 하나의 중요한 성격은, 현실의 직접적 표현보다도 비유와 상징의 주목을 끌 만한 간접적 복식服飾을 해야만 하게 되었다는 점이다.

이것은 점점 고도하고 복잡해져 가는 자연과학 중심의 물질문명

속에서 소설한테 빼앗긴 시의 언어의 지도권을 유지하기 위해서다. 소설은 무한정한 언어와 현실의 디테일한 묘사의 기능과 자연과학주의를 가지고 물질문명에 영합되어 갔지만, 시는 원래가 얼마 안되는 제한된 문자만 가지고 사는 일이라서, 상징과 비유를 대폭적으로 동원하여 말하지 않고 마는 너무나 많은 것을 암시의 힘 속에 담을밖에는 다른 수가 없었다. 소설이 막대하게 말하는 것을 시는 단몇 마디로 말하고 암시한다는 것—이것은 또 현실 표현에 있어서의 시의 아주 다른 독자적인 길을 말하는 것이다.

낭만시를 지나 예술지상주의나 고답파 때까지도 시는 시골뜨기의 소박하고 수수한 표현의 일상복을 입고도 그대로 거래가 되었다. 이것은 아마 독자들이 아직도 목기·석기시대적 감응상의 시골뜨기의 자격을 잃지 않았던 데에 그 원인이 있었던 것이 아닌가 한다. 그러나 웬만한 것에는 잘 주목도 하지 않는 이 복잡한 철기문명의 난숙기에 들어서면서부터는 먼저 주목시킬 만한 자극적인 간접적 복장으로 독자를 주목게 하는 것이 선행 조건이 되었다.

귀신 뺨이라도 쳐 먹을 만큼 적중률이 높아야 하며, 제단에 불태워지는 양 같은 전율이 보내는 감전력으로써 작용해 가야 하며, 동시에 주목을 요할 만한 이미지들의 간접적 비유와 상징의 구성이 필요하게 된 것이다.

그야 이것도 땅 위에서 이루어지는 일이니까 현실 아닌 바는 아닐테지만, 이러한 일은 다른 전문적인 분업인 것이다. 그런데 덮어놓고 소설도 치고 시도 치는 곤봉으로 이 현실이란 말을 사용하는 것은 시를 위해서는 참 폐로운 일이 아닐 수 없다.

　이상에서 말한 바와 같이 시는 19세기 후반 이후 소설과는 많이 다른 모색을 해 왔기 때문이다. 리얼리즘이 생긴 이후에도 소설이 투구 벗은 데에 반해 시는 아직 투구 못 벗고 있음을 알아야 한다. 예부터 시는 '현실로써'가 아니라 현실을 쉬임 없이 혁명하여 그 가치 인상을 해야 견디는 것이기 때문이다.

제2장 시의 체험

신인들에게보다도 더 오래 시를 써 온 사람들에게 천편일률적임을 비난하면서 비평가들이 쓰는 말로 매너리즘이 있다.

시인들이 시에 별 진경進境을 보이지 않고, 답보만 되풀이 되풀이 계속해 온 일이 너무나 많았던 이 나라의 신시사新詩史에 비추어 볼 때, 비평가들의 업적 중에서도 '매너리즘 하지 마라'고 가끔 주의해 온 그 업적만은 의의가 없지 않았다고 생각한다.

그러나 우리 시의 매너리즘에 대해 그 생기生起의 원인들을 자세히 구명해 시인들의 반성의 자료가 되게 하고, 극복의 활로를 타개케 하는 이론까지도 비평가는 보여 주어야 하지만, 거기까지는 또 비평가들이 시 창작의 실제의 세계에 자세하지 못하기에 그만 늘 접어 두어 왔던 것으로 기억한다.

어떤 부족한 일의 반성과 극복이란 그 자체에 대한 자세한 성찰의 전개 없이는 불가능한 것임을 우리는 알고 있다. '매너리즘 못쓰겠다. 하지 마라' 정도의 구호식 비평쯤으론 매너리즘 타개의 여하한 활로를 여는 방편도 설 수는 없었던 것이다.

그래 이에 대한 시인 측의 깊은 성찰을 바라면서 아래 얼마큼의 여기에 관한 내 생각을 적어 볼까 한다.

첫째, 우리나라 시인들의 시야의 좁음이 우리 시의 매너리즘을 이루어 온 가장 큰 원인이었다고 본다. 무슨 말이냐 하면, 우리의 정신 현실 전체가 바로 고르기만 하면 무엇이든지 다 시가 될 수 있다고 생각해 오지 않고, 특별한 정서나 지적 이해만이 시가 되는 걸로 신시사 이후 잘못 습관 들여 왔기 때문이란 말이다.

1909년 한일합병 후 1945년 해방에 이르는 동안의 우리 시는 그 '특별한 시적 정서'라는 것을 주로 해서 쓰여 왔기 때문에, 이것 아닌 정신 현실의 넓은 영역은 불고에 부쳐지고 말았다. 해방 후에는 새로 나온 사람들이 '모더니티'를 추구하면서, 이것을 서양인적 생태를 가진 기지나 풍자 또는 프로이트류의 내심의 고백 등에만 국한한 나머지, 그 밖의 것은 또 영 돌보지 않으려는 움직임을 보여 오고 있다. 그래 이렇게 시의 시야가 정신의 어떤 일면만을 중요시하고 남은 영역을 불고에 부치는 결과는, 아이가 과일을 꼭 한두 가지만 되풀이해 먹을수록 처음 먹던 맛과는 달리 싫증만 내듯이 시인도 매너리즘을 빚어내지 않을 수는 없는 것이다.

일정 치하에는 시가 대다수 꼭 '특별한 시적 정서'라야만 했기 때문에, 이것이 맛이 없는 날이나 계속적으로 맛이 잘 안 나는 사십대 이후가 오면 괜히 맛있는 체 헛시늉만 해서 써낸 시들로 매너리즘은 많았고, 해방 후에는 영국제 위트나 새타이어의 모조나 혹은 프로이트가 주장한 바의 내면 의식 전시회만 열고 있어, '아이고 저 애들 또 저거야' 하는 느낌만 주고 있다.

이와 같이 시의 협소한 시야와 이에 수반하는 매너리즘을 되풀이해 온 까닭은 동서양 시의 사적 연구에 우리가 자세치 못하고 일본인의 소개에 무턱대고 근거를 두어 온 때문이기도 하다.

가령 일정 치하 36년간 시는 꼭 정서라야 한다는 신념을 우리에게 갖게 한 원인은 일본인이 '리릭lyric'의 번역어로 채택해 두루 전파한 '서정시'란 말에 대한 인상이라고 기억되는데, 이런 인식의 근거란 참으로 편협하고도 애매하기 짝이 없다.

일본인이 메이지 유신 후 서양 문학을 이입한 지 오래지 않아 리릭lyric의 의역어로 만들어 낸 서정시는 '감정을 말하는 시'라는 뜻이어서, 독자들은 시는 '감정을 쓰는 것'이로구나 생각하게 되었지만, 서양에서는 리릭이 오직 '감정만의 시'라는 통념으로는 사용되어 오지 않았기 때문이다.

서양 어느 나라의 사전이나 다시 한 번 찾아보고 그들이 이 말을 어떤 통념으로 써 왔는가를 살핌이 필요하다. 그들은 '감정과 사상을 표현하는 비교적 짧은 형식의 시'라고 이에 대한 전통적 통념을 밝혀, 리릭이 단순히 감정만을 다루는 것이 아니라 지성으로 이해한 사상도 표현해 왔음을 알 수 있다. 이것은 리릭의 여러 종류들의 실례를 보면 쉽게 이해할 수 있다. 엘레지나 오드는 그리스에서 처음 생길 때 감정을 표현하기 위한 것이었지만, 같은 리릭 중에도 그리스에서 발단한 에피그램이나 고대 로마에서 시작된 사티라, 장 드 라퐁텐에서 대성한 우화시 같은 것은 본래부터 독자의 지적 각성을 위해서 쓰여 온 그야말로 '사상을 위한 것'이니 말이다.

그것을, 일본의 신개화 직후 일본인들은, 그때가 서양의 19세기 말이었던 만큼 당시 서양시의 주류는 낭만주의 이후 사뭇 센티멘털리즘(주정주의)이라, '서양의 리릭이란 감정적인 것이구나' 하는 인상을 받음으로써 이 '서정시'란 의역어를 만들어 우리에게도 두루 전파했다. 앞에서 말했듯이 리릭의 어원은 그리스의 악기 리라에 맞추어 부른 노래로서 '서정시'라 번역될 근거는 일본인의 오인을 빼고는 아무 데도 없으니 말이다.

이따위 일본인적 근거에 의해서 1945년 이전 수십 년간의 우리 리릭은 꼭 '감정'을 위한 것이라야만 했다.

해방 후 일본이 물러간 지 20년이 넘었지만, 그동안 우리가 사뭇 해 온 '지성의 시'라는 것들에도 일본인들의 설정 이상의 별 신개지가 열려 있는 것같이는 보이지 않는다. 범문사 같은 양서점洋書店이 몇 개 새로 생긴 것만큼의 변화나 있다면 있다 할는지, 1930년대 일본에서 하루야마 유키오 일파가 하던 『시와 시론』 시절의 영국 주지주의 영향의 위트와 새타이어, 프랑스 초현실파 영향의 프로이트의 내면 의식을 김기림이나 이상이 본받아 하던 때와 별로 달라진 것도 보이지 않는다.

송욱이 근년 작품에서 보이고 있는 주지주의적 절제나 체념의 지혜는 이 나라에선 새로운 정신 부면의 노력이기는 하다. 불교를 가까이하려는 모색도 수월찮은 일이라고 생각한다. 그러나 그의 지성의 생태 역시 아직도 외국품 놀음임은 숨길 수 없는 사실이다.

이제까지의 이야기를 다시 한 번 되풀이하면, 일본인들이 일정 때 '리릭은 감정만 하는 거다'라고 잘못 알고 일러 주어서 그런 감정이 잘 안 나는 때, 또 그런 연배에는 매너리즘만 수두룩이 만들고 지내다가, 해방이 되어 이제는 주지주의나 내면 의식 탐구가 서양에 많다 하는 바람에 그것을(그것도 일본인이 1930년대에 이미 입어 본 걸 기초로 해서) 또 해 보고는 있으나 아직도 그저 몇 가지의 입내에서 멎어 있는 형편인 것이다.

시정신의 일방적 협소화와 거기 저절로 따르기 마련인 매너리즘을 우리가 이다지도 오래 스스로 고집하는 것은 아무래도 인류사 경영자로서 정상 상태라고는 생각되지 않는다. 이것은 아무래도 당황하기 잘하는 촌사람이 읍내 대갓집에 끌려가 당하는 옹색한 일만 같고, 능동적인 의미로 특수 허영이라 봐 주어도 참으로 너무나 무기력하기 짝이 없다. 이것은 의학에서 말하는 협심증의 일종이 아닐까?

주인은 우리 외에 외국에 따로 있다고 정함으로써 생긴 협심증적 시의 감정이나 시의 지성, 나는 이것도 신문화한 일본인의 유산으로 계산한다. 그들이 19세기 최말기 서양의 기계문명에 '야!⋯⋯' 하고 겁낸 나머지 얻은 이 증세가, '우리는 일본만도 못 발전했어' 하는 세속적 자기 비하와 함께 우리에게로도 옮아 왔다고 보는데, 이제 우리는 이런 것에서 완전히 탈피해 버림이 좋지 않을까?

다시 말하면 리릭이 원래 가졌던 감정과 지성을 위한 전 기능을 우리도 회복해 가질 필요가 있단 말이다.

서양의 리릭은 고전주의 시절엔 많이 주지적으로, 그다음 낭만주의 시절엔 많이 주정적으로, 20세기에 와서 주지주의적 세력이 세어지자 다시 많이 주지적으로 상대적 전개를 해 온 것은 사실이다. 그러나 이것은 시대를 따라 전개하는 유파 운동에 불과하고, 리릭이 감정이나 지혜의 정신 전부를 담을 수 있는 용기라는 그들의 통념에는 변화가 없다. 그러나 우리는 아직도 감정과 지혜의 정신 전반을 담을 수 있는 것으로서 리릭을 통념화시키는 데에는 길들어 있지 못하다. 그러므로 먼저 이것에 정신 전반을 담는 훈련을 쌓아 그 통념을 이루는 것이 시급한 일이라고 생각된다.

지성이 빚어내는 내용으로도 꼭 영불제英佛製의 위트뿐 아니라 어느 나라에나 고유하게 전통적으로 내려오는 기지도 있는 것이고, 지혜 가운데 이해, 인식 등의 특성도 동서의 차이는 물론 종교별·민족별 등으로도 각기 그 특장이 다른 것이요, 예지라는 오래 매장되

어 온 지혜의 층—정말 대인大人의 수련을 쌓지 않고는 그 덮개의 소
재도 알 수 없는 층도 있다.

감정이 빚어내는 내용으로도 비단 희로애락의 정서만이 만능은
아니다. 정서는 문화적이지만 정서 이전의 타고난 기본 감정—감각
의 경영은 우리에게 더 중요하다. 한 개의 사과를 어떻게 하면 늘 맛
있게 미각하고 사느냐 하는 문제는 사과를 에워싸고 빚어내는 온갖
정서만 못지않게 중요하다. 뿐만 아니라 감정 세계에도 이조 말기
이래 우리가 오래 발걸음을 하지 않고 내버려 둔 몇 만 길이 될지 모
르는 한정 없는 웅덩이—항정恒情이란 것의 계층도 있으니, 아마 이
것은 우리가 들은 풍월로만 알고 있어서 그렇지, 그 정체에 빠져 들
어간다면 메두사의 머리를 보고 돌이 된 사람처럼 화석하는 꼴이 될
는지도 모른다.

그러나 물론 나는 정신의 아주 큰 조목들만을 말하고 있는 데 지
나지 않는다. 정신 현실이란 과거와 현재와 미래에 걸쳐 뻗치고 있
는 소조목小條目과 길들이 한정이 없는 것이다.

신비니 뭐니 접어 두고 넘보는 수작들 말고, 감정과 지혜와 의지
가 사람들에게서 사람들에게로 또 짐승들에게로 또 꽃이나 나무에
게로 또 모든 것에로 끊임없이 그 조목들을 다해 이어 뻗어 나가고
있는 것을 생각해 볼 일이다.

나는 위에서 시정신이 근본적으론 감정이나 지혜 등의 부분적 정
신이 아니라 인간 정신의 전반을 영역으로 해야 함을 말했다. 그리
고 그것은 대강의 조목으로서가 아니라 세목 중의 세목들을 탐색해

야 하는 일임을 말했다.

그럼 어떻게 해야 할까?

시는 감정주의자들처럼 느끼면 되는 일일까, 아니면 헤아려 알면 되는 일일까? 나는 이 양자가 똑같이 일체가 되어 가장 절실히 느끼며 동시에 제일 밝은 눈으로 알 때 이것을 시적 체득이라고 생각한다.

릴케는 『말테의 수기』에서 '시는 감정이 아니라 체험이다. 시가 만일 감정이라면 어린아이도 시를 쓸 것이다'라는 뜻의 말을 했다. 그는 감정 아닌 체험이 시라고 하였고, 이 시적 체험이 어떤 성분으로 이루어진다는 말은 하지 않았으나, 이것을 요량해 보면 울음이나 환희의 마지막 것인 동시에 제일로 잠 잘 깨인 밝은 눈의 이해임에 틀림없다. 100퍼센트의 감동과 100퍼센트의 앎이 합해진 상태—이것이 시의 체득임엔 틀림없다.

종래의 철학이라면 플라톤이 이미 예시한 바와 같이, 이성의 밝은 눈으로의 이해만으로 되었다. 그러나 시는 철학보다도 한술 더 떠야 하는 제물祭物이어서 기막히게 울거나 기막히게 환희하는 감동의 불 순갈을 하나 더 갖는다. 이 두 순갈을 한 순갈처럼 놀리는 일을 뭐라 말해야 할까?

이것은 철학의 인식과는 다르고, 바른 종교의 좋은 교주들의 마음 씀과는 비교적 많이 같다. 그러나 행동이 아니라 말을 위한 것이 종교의 교주와 다르다. 그러니 이것은 철학이 하는 것을 포함하면서도 철학과는 또 다른 한술 더 뜨는 체득인 것이다. 종교와 같이 인류의 실천을 많이 동원하는 것도 아닌, 사람들의 감추어진 긴긴 마음의 연결사連結史 속에 살면 그만인 것이긴 하지만, 이것은 제일 잘된 정과 지혜를 혼합한 정교한 혓바닥을 가졌기 때문에 사람들이 그의 정부를 안고 누웠을 때에도 귀는 시의 편으로 더 기울어지게 할 수 있는 것이다. 시가 특수한 체득이라면 이런 의미에서는 특수한 체득의 길이다.

시를 만일 이와 같은 지혜와 감정 즉 전 정신의 체험의 길로 정하고 나간다면 감정이 쉴 때는 지혜를 가지고 겪고, 지혜보다도 감정이 더 움직일 때는 또 그것을 가지고 겪고, 둘이 합해서 나타날 때는 또 그걸로 치러 나가고 해서 시정신의 탐구엔 공백이 없을 것이고, 공백이 없는 곳에 매너리즘도 깃들 여지가 없을 것이다.

그러나 요즘의 유행하는 시정신들을 보면, 감정을 위주하는 자는 제 마음속에 감정이 활발하게 안 움직이고 지혜가 움직이면 이건 시가 아니라 하여 차라리 매너리즘으로라도 감정의 전일담前日談을 쓰거나, 또 지성을 위주로 하는 자는 제 마음속의 감정의 움직임은 얕보고 매너리즘의 지성 전일담이라도 되풀이하는 심히 이롭지 못한 정신 경영법을 가지고 있다. 이것은 감정과 지혜를 구유하는 자로서는 너무나 무자각한 소위라 아니할 수 없다. 이런 견강부회를 가지고는 정신의 어떠한 필연적 체득도 불가능할 것이요, 기형과 허세와 매너리즘만이 누누할 뿐이다.

제3장 시의 상상과 감동

시가 무엇으로 오늘날까지 동서양에서 써 내려져 왔던가를 짐작하는 사람이라면 누구나 '시는 상상의 전통을 포기할 수 없다'는 명제에 대해 반대할 사람은 없을 것이다. 그러나 이상하게도 근년의 우리 시단의 일부에서는 너무나 자명한 시의 이 초보 지식을 깡그리 포기해 버렸다는 사실은 유감이지만 지적하지 않을 수 없다.

상상의 관문을 통해서 시를 독자에게 전달해 온 동서 시문학사의 오랜 전통을 완전히 무시하고(무시가 아니라 혹 무자각일는지도 모르겠지만), 그 대신 서양철학적, 심리학적 추상 개념들을 조립해 내놓는 실로 해괴한 상황이 전개되고 있다.

생각건대 이런 일은 우리 시정신이 이조 말기의 개화 이래 너무나 철학적 사유의 빈곤을 겪은 데서 그를 보충하기 위해 일어나는 일인지도 모르겠다. 혹은 최근 주지주의니 지성을 존중하는 경향이 널리 유행하면서, '시는 느낌만이 아니라 지성으로 이해한 의미도 쓸 수 있단 말이야' 하는 정도의 시 안목을 마련하여 이걸 바로 서양철학의 개념적 '사유'와 마찬가지로 성격화해 내고 있는 것인지도 모르겠다. 또는 시의 상상력이나 감동력이 이미 고갈되었거나 소질 없는 사람들이 시적 감동 없이도 얼마든지 쓰기 쉬운 철학적·심리학적 단구 짓기 놀음을 성행시켜 이걸로나마 한몫 보고자 하는 일인지도 모르겠다. 그리하여 시 창작의 실제에 전연 무지한 평론가들의 평론적 '사유'라는 것하고 맞장단을 치면서 번식되어 가는 노릇인지도 모르겠다.

그러나 그것은 그냥 한 흥행으로서의 값은 있을는지 모르겠지만 시와는 무연한 별도의 일일밖에 없는 것이다.

동양은 물론 서양에서도 시라는 것은 고대 그리스 이래 철학의 개념 종합에 의한 사유와는 완전히 길을 달리해서 '감동한 내용을 독자에게 상상시키는 것'으로 경영해 오고 있는 것만은 누구나 거부할 수 없는 사실이다.

시인이 주지적인 각도에서 시를 쓴다 하여도, 그것은 철학이 개념적 사유를 전개하는 것 같은 그런 개념적 의미를 시로써 해 온 것이 아니라, '감동된 지각의 체험'을 독자에게 잘 상상시킬 수 있는 예술품으로서 다루어 왔을 뿐이다.

고대 그리스나 로마의 리릭에도 주지적인 내용을 주로 다루는 에피그램이나 사티라 같은 것은 있었고, 17, 8세기 고전주의 시가 더 많이 주지적이었던 것, 금세기에 주지적 지성 존중이 구미의 시에서 많이 성행되고 있는 것을 우리는 잘 안다. 그러나 그 지성 존중이라는 것은 고대 그리스 이래 오늘날까지의 어느 경우에도 철학적·개념적 사유가 빚어내는 의미와 같은 그런 '의미'로서는 시에서 전개되어 온 일이 없다.

서양에서는 시의 지성을 두 가지 각도에서 다루어 왔다. 하나는 '지성이 빚어내는 내용'이고, 또 하나는 '감정에 대한 견제의 직능자'로서의 그것이었다. 우리가 고대 그리스나 로마의 에피그램과 사티라, 17, 8세기 고전주의나 금세기의 주지주의 시에서 많이 볼 수 있는 기지는 바로 '지성이 빚어내는 내용' 그것이고, 고전주의 시나 20세기 주지주의 시에서 많이 접하게 되는 '중용'이나 '절제', '체념'은 '지성에 의해 견제된 감정'들인 것이다.

그러나 이것들은 어느 것이나 '시적 감동'과 '상상시킬 수 있는 전달'이라는 서양시의 전통적 성격을 무시하고도 성립할 수 있는 '철학적 개념 종합'과 같은 것으로서 성립해 온 것은 아니었다.

17세기 고전주의 시절의 '기지'의 시인 라퐁텐이나 몰리에르의 작품을 읽어 보기 바란다. 몰리에르의 희극시들에 넘쳐흐르는 '이빨 좋은 예쁜 새악시 시원한 배 먹듯' 하는 감동적이고 상상력 풍부한 기지들이나, 아이소포스에게서 계승한 라퐁텐의 슬기롭고도 감동적인 우화적 상상들은 철학적 개념의 사유와는 그 성격이 판이한 것 아닌가?

가까운 예로 김기림 시집 『기상도』 속의 「시민 행렬」의 한 구절을 보자.

필경 양복 입는 법을 배워 낸 송미령 여사……

1930년대에 김기림이 영국의 20세기 주지주의 시의 최초의 영향을 이렇게 풍자와 아울러 기지를 시에 담아낸 경우에도, 가령 데카르트 같은 철학자가 그의 철학 개념을 엮어

나는 생각한다. 그러므로 생각하는 자 나는 존재한다.

하는 식으로 전개한 추리적 사유와는 아주 그 성격이 다름을 알 수 있다.

'지성 자체가 빚는 내용'을 중심으로 할 때뿐만이 아니라, 감정을 견제하여 중용이나 절제나 체념 등을 만들어 내는 경우에도 그것은 철학적 사유와는 아주 다른 것이다.

우리는 구멍 난 사람
우리는 그 구멍에 짚을 넌 사람
서로 기대어서
골통 속은 짚으로 차 있다 아하……
우리 쉰 목소리가

같이 소곤거리는 때는

적막하고 우미하구나

마른 들녘 바람처럼

혹은 우리 빈 창고 속에

깨진 유리잔 위 쥐의 발소리처럼……

　　　　　—T. S. 엘리엇, 「구멍 난 사람」의 졸역

　이 시에서 현대적 인간성 파산을 이렇게 통렬히 체념하고 있을 때에도 그것은 철학의 순리적 개념들의 전개와는 판이한 것임을 우리는 본다.

　밤은 장미와 물빛의 꿈을 빚고

　우리는 우리만의 번개를 맞대리라.

　이별로 차 솟우는 통곡 같은 번개를.

　이것은 보들레르의 금단 시편禁斷詩篇 중의 하나인 「연인들의 죽음」의 제3절이다. 죽어서 사랑의 천국에 단둘이만 얽히어 파묻힌 순간의 표현이다.

　그러나 이 사랑의 시적 체험자에게는 사랑이란 단순히 즐거운 것만이 아니라 극단의 통곡 같은 어떤 것이기도 하다. 그런 시의 체험을 직유하여 그는,

이별로 차 솟우는 통곡 같은

것이라고 표현해서 상상시키고 있다.

그가 보여주는 '이별 마당의 막다른 통곡'을 상상해 보고 독자인 우리는 사랑의 간절성 속에는 큰 환희만이 아니라 큰 슬픔도 함께 있었던 것을 기억해 내고 시인과 함께 감동한다.

그러나 이 비유가 구상적인 이미지로 우리에게 사랑의 특질을 상상시켜 주니까 망정이지 만일 그렇지 못했다면 우리는 그것을 상상하는 재주도 감동하는 재주도 가질 길이 없다. 이 비유가 구상적 이미지가 아닌 추상만으로 시종하고 말았다면 우리는 도저히 상상할 수가 없을 것이다. 이것이 중요하다. 철학이나 근자의 우리 일부의 시 같으면,

　　모든 사람은 나면서부터 알고 싶어 한다. 그 증거는 다양한 감각에서 오는 희열이다.

　　　　　　　　　　　　—아리스토텔레스, 『형이상학』 제1권 1장

이런 식으로 표현하여, 개념적 의미만을 전하면 될 것이다. 그러나 이와 같은 구상적 상상을 주지 않는 개념 종합 앞에서는 철학적·개념적 인식은 가능해도 상상을 통해서 작자 자신의 체험을 독자가 방불하게 겪어 감동하기 마련인 시의 전달은 일어나지 않는다.

누가 어디 가서 미인을 보고 돌아온 사람더러

"거 어떻게 생겼습디까?"

궁금해 묻는 것은 못 본 사람의 당연이다. 그런데

"점잖아."

"존재 중 제일이야."

"존재 중 가장 미묘한 존재 같다 할까."

어쩌고저쩌고 말해 봤자, 못 본 사람에게는 도저히 그 미를 상상시킬 수는 없는 것이다.

예부터 단순한 대로나마 '화용월태花容月態'니 해 온 이유가 있다. '얼굴은 꽃 같고 맵시는 달이야' 하면 그만만 해도 억만 개의 추상을 포갠 것보다는 그래도 초벌이나마 상상은 시켜 주니까 말이다. 물론 19세기 후반 이후 시의 상상을 위한 이미지군의 제시는 복잡한 정신생활과 더불어 오늘에 이르게 된 건 사실이다. 그러나 현대라고 하여 시가 상상을 위한 구상적 이미지 제시를 알맹이로 하지 않고 성립할 길은 없다. 오히려 현대인의 복잡한 정신 체험일수록 그것을 독자에게 상상시키려면 초점이 뚜렷한 이미지군의 알맹이가 더 필요한 것이다.

그러므로 시상이 시인의 마음속에서 일렁이면 불성실과 나태와 간편만을 위주로 하여 시상의 가복장假服裝밖에 안 되는 기성 개념어군의 권위와 유행만을 따라서 성급하게 해치우지 말고, 언어의 최미最美·최적最適한 새 질서를 탐구하기에 애써야 하며, 시인의 언어 탐구의 부절한 노력 속에서만이 언제나 새로운 탄생의 운명에 놓인 창생劇生을 기해야 할 것이다.

비유해 말하자면 이것은 저 오랜 파도의 끊임없는 파동의 염원 속에 한 점씩 한 점씩 살과 골절이 불어 마침내 비너스로 해상에 솟아, 뒤집어썼던 조개껍질을 가르고 탄생하는 〈비너스 탄생〉의 신화와도 같은 것이다. 시인이라면 시상의 간절성 때문에 어떠한 언어의 기성복도 걸치기를 거부하고 영원히 맞닿을 곳 없는 파도처럼 서성거리며 부절히 소원하고 모색함으로써만 시의 이미지들이 비로소 알은체를 하고 가까이 오던 기억을 얼마든지 가지고 있을 것이다. 우리는 단 한 마디의 직유의 형용어를 찾기 위해서 밥 먹을 때도, 뒷간에 가서도, 길을 걸을 때도 그 많은 언어들을 골랐다간 버리고 골랐다간 버리고 하는 짓을 언제까지나 되풀이하고 사는 자 아닌가.

이것은 추상을 위해서가 아니다. 철학이 하는 것과 같은 개념의 종합적 전달을 위해서도 아니다. 우리가 간절히 체험한 시상에 언어의 살을 주어 상화像化하여 독자에게 상상시킴으로써 작자 자신의 체험과 방불하게 독자를 체험시키려는 노력에 불과한 것이다.

초현실주의의 잠재의식의 시들일수록 구상적인 이미지의 제시가 풍부했던 것을 우리는 다시 한 번 상기할 필요가 있다. 그들은 복잡다단한 잠재의식을 전달하기 위해서는 독자를 향한 상상의 관문을 최대한으로 이용할밖에 딴 길이 없었던 것이다. 그 복잡 미묘한 내면 의식을 철학적인 개념어들로 전하려 했다면 그것은 도저히 전달이 불가능했을 것이다.

여러분은 다시 한 번 엘뤼아르의 어느 것이든 읽어 보기 바란다. 브르통이 「초현실주의 선언」에서 선언한 그대로, 비약적인 상상의 무력을 빌리지 않고는 그들의 안개 속의 난장판을 독자에게 전달할 길이 없다.

그런데 요즘 우리나라의 의식의 시인들을 보면, 이 좋은 무기가 너무 비싸서 사들일 길이 없어서 그런지 영 그걸 잘 쓰는 사람은 보이지 않고, 이상하게도 심리철학적 추상 개념어군만 차용하여 풀이하려 하고 있으니 전달이 잘 안 됨은 당연한 일이 아닐 수 없다.

'서정적인 것이라면 모르지만 지성적 내용엔 지적 추상 개념이 중심이 될 수도 있지 않아요?' 어쩌고 하는 사람도 있다.

이것은 시의 지성을 철학이나 자연과학의 지성 등과 혼동한 데서 오는 망발임에 틀림없다.

시의 지성은 시문학의 유사 이래 철학이나 타 학문과는 달리, 감성과 유기적 관련을 가짐으로써만 성립해 왔음을 기억해 주기 바란다. 그러지 않았더라면 아닌 게 아니라 철학이 의미하는 것과 대동소이하게 되었을 것이다. 그러나 시의 지성은 독자적으로 경영해 왔다는 것을 우리는 잘 알고 있다.

가령 서양 시의 지성의 구체적 발현의 하나인 '기지'를 두고 다시 한 번 생각해 보자.

동양의 시에서보다도 서양 시에서 전통적으로 많이 발산되어 온 기지는, 조금만 주의해 보면 순간적으로 기민발랄하게 움직이는 지성과 감성이 결합되어 빚어지는 것임을 곧 알 수 있다. 지성이 빚어내는 기지와 지혜와 예지 세 가지 가운데서도 기지는 가장 부절히 감각과 밀접히 결합함으로써만 나타나는 것으로 순수 지성이 아니고, 감정과의 혼합물이다.

20세기 주지시까지 올 것 없이 17세기 프랑스 고전주의 시의 기지들을 잠깐 동안 상기해 보자.

가령 몰리에르의 희극시들에 풍부히 발산돼 있는 '총명한 기지들'을 돌이켜 생각해 보라. 그것은 언제나 청신하고 민첩한 감각과 밀접히 결합함으로써 우리의 지각과 감각을 동시에 자극하는 능력임을 쉬이 알 수가 있다. 또 저 아이소포스의 우화들을 프랑스적 익살을 잘 섞어 시로 다시 써낸 라퐁텐의 우화시들의 어느 조그만 것 한 편이라도 읽어 보라. 거기에서 아이소포스 자신의 것보다도 우리를 더 자극하는 요소는 순수 지성 능력이 아니라, 지적 이해에 대등하게 결합되어 있는 감각 능력임을 쉬이 볼 수 있다.

그렇기 때문에 지성이 빚어내는 여러 내용들 가운데서도 순수 지성과 가장 먼 이 기지는 고대 그리스 이래 철학이나 기타 학문에서는 사용한 일이 없고 시와 예술에서만 도맡아서 써 온 것이다.

1930년대 전반기에 우리 시단에서 최초로 영국 주지주의 시의 영향을 표현한 김기림의 『기상도』를 평하면서 최재서는 '김기림의 기지엔 신선한 감각이 풍부하다'는 뜻의 말을 한 것이 기억되거니와, 김기림의 시에서뿐만이 아니라 서양 시문학사의 시의 기지란 쭉 그런 것이었음을 우리는 알아야 한다.

다음은 고전주의와 20세기 주지시에 또 많이 보이는 중용이니 절제니 체념이니 하는 것의 작품 속에서의 활동 상황을 일고하기로 하자. 이것 역시 위에서 잠깐 언급한 바와 같이 감정과 늘 교섭함으로써만 활동해 온 것이었다. 여기에서 지성은 감성에 대한 견제 능력으로 등장하여, 그 견제하에 불가피하게 중용되고 절제되고 인내되고 체념된 정서들이 고전주의 시와 20세기 주지시의 또 다른 주지적인 풍모였음을 우리는 작품을 통해 알고 있다. 그렇기 때문에 이 경우 지성 참가란 고도로 견제된 정서의 작용력 이상의 딴 기능이 아니다.

이것이 어찌 철학의 순리적 개념 기능과 동일지론이 되겠는가?

철학과는 달리 시에서는 주지주의라고 해도 감정과 공서하지 않는 순 지성적 개념이 알맹이 노릇을 하는 일은 있을 수 없는 일이다.

왜 주지주의 시의 지성은 철학과는 달리 감정과의 공서생활을 계속해 왔는가?

그것은 다름이 아니다. 이 글의 제목으로 다시 돌아가게 되거니와, 폴 발레리도 말한 것처럼 시란 '의미 전달의 언어가 아니라 감동 전달의 언어'라야 하고, 시의 이 소원의 파도 속에 시의 상을 탄생시켜 독자에게 상상시켜야만 하는 것이기 때문이다. 즉 아직도 오히려 더 많이 시는 개념 전달만으로 이루어지는 인식의 길이 아니라, 상상 전달로서 이루어지는 감동과 심미의 길인 때문이다.

어떠한 주지시의 경우에도 그것이 시이려면 우리는 앎과 동시에 또 느껴(이것은 철학의 인식이 앎으로써만 되는 것과는 다르다), 그것에 상들을 주어 그 상의 알맹이를 통해서 독자에게 상상의 감동을 줄밖에 딴 길은 없는 것이다.

물론 시에라고 추상이 결여되어야 한다는 말은 아니다. 구상 있는 곳에 추상은 나무의 그늘처럼 언제나 따라다니기 마련이니 이걸 아주 거부할 길은 없을 것이다. 그러나 내가 누누이 말해 온 것처럼 시는 상상의 관문을 통하지 않으면 안 되니까, 아무래도 구상이 알맹이가 되고 추상은 부수물로 적당히 사용되어야 한다는 말이다.

그런데 요즘 우리 시의 일각에서 현실의 중요성을 가장 많이 떠들어 대면서 앞장서서 사회참여를 주장하는 시인들이 시 쓰는 것을 보면, 현실의 여러 정황의 체험을 상화像化해서 상상시키는 시의 전통적 예술 작업과는 별도에 서서, 현실적인 뚜렷한 이미지도 주지 못하는 추상 개념 알맹이의 연설이거나 심리학적 추상만 많이 일삼고 있는 것은 참으로 이상한 허위 사업으로 보인다.

불가불 예를 하나 들자면 친구하고 같이 술 마시러 간 사람이

객관적으로, 사회적으로, 의식적으로,
존재적으로, 비재적非在的으로, ……

어쩌고저쩌고 추상의 입노릇을 전문하려다 접대부에게까지 하품으로 외면당하고 마는 것과 똑같은 꼴인 것이다. 이런 사람들은 아마 오랜만에 고향의 자기 어머니를 찾아가서도,

어쩌고 그 유식한 추상 개념 문학 풀이의 인사말을 늘어놓을 것인가. 그래도 어머니는 너그러워서 외면이야 안 하겠지만, 어머니 역시 '애, 너 무슨 소리냐'는 핀잔쯤은 할 것이다.

이런 태도는 시의 현실은 그만두고, 어떠한 현실에도 실제적 성의로 접하는 자의 길은 아닐 것이다.

현실에서 우리가 가장 많이, 가장 두드러지게 접하는 것은 다름 아닌 이미지들이다. 현실 접촉의 제일의 결과인 이미지 구상의 길에서 떠나, 구상의 그림자인 추상 개념만 알맹이로 해서 시를 일삼는 사람들이 어떻게 현실에 가장 많이 참여했다고 할 수가 있는가. 무엇 때문에 현실이 주는 구상들은 외면하고, 그 그림자 추상들을 장님 문고리 찾는 시늉으로 더듬거리고만 앉아서 자기는 가장 현실파라고 자처하는가. 이런 짓은 시인으로서는 물론 현실을 사는 현실인으로서도 모순된 일이 아닐 수 없다.

현대의 시인들은 무엇보다도 먼저 현대 정신의 복잡한 애로들 속에서 방향을 찾아 전형적으로 상화像化하는 길을 모색해야 할 것이다. 이것은 물론 지난한 일임에 틀림없다. 비너스 때보다는 현대의 파도 속에서 상들을 빚어낸다는 것은 참으로 지난한 일이다. 그러나 우리는 시정신의 절실성과 거기 따르는 시 언어 모색의 절실성으로 이 소원의 방향으로 향할밖에 여하한 안이도 가져서는 안 될 것이다.

일본인 학자들이 메이지 유신 이래 서양철학 개념 번역어로서 책상머리에서 안출해 낸 말들이나 가지고 '얼씨구나 그것 간단하고 편리하구나' 하여 안이하게 편승해 버리고 마는 정도의 언어 탐구 태도로는 시의 발랄한 상상의 세계는 영원을 다시 겹쳐도 열리지 않고 말 것이다.

제4장 시의 영상

몇 살 때였던가, 아마 만 네 살을 더 넘지는 않은 때였을 것이다. 여름이어서 나는 아랫도리엔 아무것도 걸치지 않고, 내 어린 사타구니에서 흐르는 땀을 말리기 위해 어머니는 나를 안고 앉아 거기에 부채질을 하고 있었다. 내 어린 생일이거나 무슨 잔칫날이었을 것이다.

마을의 많은 아주머니들이 한방에 둘러앉아 있었는데, 그중에서도 제일로 눈썹과 눈이 예쁘게 굽은 한 아주머니는 가까이 와서 내 땀 나는 자지를 살펴보시며 "애 자지에서 땀 나는 건 재미있다"고 웃고 있었다.

위에 말한 이미지들—내 마음속에 사진 찍혀 있는 그 많은 이미지들 중에서도 가장 초기에 속하는 이 이미지들을 내가 가끔 기억해서 성화 음미聖畵吟味의 한 관문을 삼는 것은 내게는 극히 귀중한 일이다. 그러니만큼 이미지라는 것은 최근 촬영된 것만이 귀중한 값을 가지는 게 아니라 유소년 때 마음속에 찍어 둔 것도 얼마든지 귀중한 것이 될 수 있다. 임종의 병자들의 입에서 소년 때의 추억담이 문득 쏟아져 나오는 걸 우리는 경청하는 일이 있다. 이것은 오래되고도 귀중한 이미지에 대한 경청인 것이다. '회고에나 빠져서 무얼 해' 시인과 바른 생자生者는 그렇게 말할 게 아니라 임종자가 골라서 내보이는 심상에 주의하고 경청하듯이 그것이 오래되고 아닌 걸 가릴 것 없이 그것이 자기에게 얼마나 귀중한가만을 물을 일이다.

우리는 만 4세 언저리부터 현실을 겪어 오는 동안에 참으로 많은 사진들을 마음속에 찍어서 일생 동안 간직하며 살아간다. 이 사진들은 우리가 현실에서 얻는 유일한 제일 증거물들이다. 우리는 현실을 감각하고 지각하고 살아가며, 많은 것[物]들과 많은 일[事]들을 겪으며 마음속에 받아들이지만, 그것이 어떤 것[物]이 아니라 일[事]인 경우에도 그 일들은 역시 어떤 것[物]들을 알맹이로 해서 엮어져 기억되는 만큼, 중심은 역시 어떤 것[物]들의 이미지에 있다.

그러니만큼 생자 중에서도 현실을 향해 가장 잘 잠 깨어 있어야 하는 시인이, 이미지를 귀중히 여기지 않고 머릿속의 추상 개념의 종합에만 급급한다는 것은 현실의 제일 증거를 외면하고 탁상공론이나 하려는 것과 마찬가지다.

추상 개념들이란 원래부터 구상의 이미지를 보족해서 설명하기 위해 만든 것에 불과하다. 여기 백합꽃의 선명한 이미지가 우리 마음속에 사진 찍혀져 있다. 이것을 보족 설명하기 위해 우리는 '청정'이니 '순결'이니 하는 추상 개념들을 만들어 쓰고는 있다. 그러나 이것은 어디까지나 백합의 생생한 이미지가 알맹이로 있고서의 다음 일에 불과한 것이다. 더구나 '청정'이니 '순결'이니 하는 백합의 구상적 이미지를 보족하기 위해 만들었던 이런 추상 개념어들은, 만든 초기에는 어느 만큼의 매력을 가졌을 것이지만, 너무나 기성품으로 많이 써먹고 난 오늘날에 와서는 이미 싱거운 기성어가 되어 있다. 이런 유의 기성의 추상 개념어들에 편승하는 걸로만 능사를 삼으려는 것은 시인의 완전한 타락이다.

시인은 현실을 가장 잘 겪는 사람의 자격을 유지하기 위해 현실과 우리 정신 사이의 제일 증거품인 이미지들을 늘 선명히 획득 유지하도록 애쓰고, 이것을 알맹이로 해서 새로이 보족해 빛내는 새 추상의 탐험만을 노력해야 한다.

어떤 이들은 현대 정신의 복잡 다기화를 들어 추상의 불가피함을 주장한다. 그러나 시가 꼭 현대 기계문명이나 각종 이론 체계, 심리학의 복잡성을 따라 복잡해져야만 할 까닭도 없다. 또 복잡한 잠재의식의 이해나 감응을 시로 쓰는 경우라도, 우리는 직접 설명하려니까 꾀까다로운 추상 개념 무더기의 딜레마에 빠지는 것이지, 간접으로 은유를 선용한다면 얼마든지 그 어중간한 추상의 다중적 복잡과 난해에서 시를 구출해 낼 수 있을 것이다. 시의 연장엔 별 새것이 있는 것도 아니다. 은유와 상징은 낡은 연장이 절대로 아니니, 이걸 잘 써서 따분한 다중 추상의 난삽을 극복해야 할 것이다.

시가 이미지를 주로 하는 것이라는 시의 한 원리를 세우는 데 반대는 없을 줄 안다.

그러면 시인에게 가장 중요한 일은 이미지를 현실에서 선명히 받아들이는 일이라는 이론에도 반대는 없을 줄 안다. 역시 제일 잘 닦아 놓은 유리창을 통해서 대상이 잘 어려 오듯이 현실은 먼저 우리의 정신에 잘 어려 와서 생생한 이미지의 사진으로 풍부히 찍혀져야 한다.

그럼 무엇을 가지고 이런 이미지 수확의 풍년이 늘 있게 할까.

그것은 우리가 너무나 많이 들어서 잘 알고 있는 두 개의 단어 즉 사랑과 절제가 포함하고 있는 노력을 통해서 완전히 가능하다. 그러나 순서를 가리자면 사랑보다도 절제가 먼저다. 사랑은 절제가 잘 되면 또 자연같이 늘 샘솟는 것이니까……

간단한 방법으로 먼저 무엇이든 마구 포식하지 말라.

예쁘고도 맛있는 사과지만, 다섯 개 열 개 마구 퍼먹고 나면 사과는 예쁠 것도 맛도 없어지고 마는 것이다. 사과를 포식하는 사람에게선 사과의 매력은 사라지고, 사과의 아름다운 이미지들은 암장되고 만다.

사과뿐이 아니다. 이성 간의 매력도, 보석들의 매력도, 그 밖의 무슨 매력이건 포식가에게서는 하늘은 그 매력을 탈취하여 암장해 버리기 마련인 것 같다. 그래 절제 못 하는 사람에게서는 사물에 대한 사랑은 탈취되어 삭막만이 남는다.

그러니 애욕 많고 이빨 좋은 젊은 사람이여, 사과를 꼭 하나만 먹고 더 먹고 싶은 것을 절제하고 보라. 좋은 하늘 아래 사과나무는 언제나 그대에겐 매력 있는 것으로 마음속에 그리운 이미지를 드리울 것이고, 이걸 아껴 먹는 그대의 이빨 소리까지도 우리를 감동시키게 될 것이다.

절제는 사랑을 낳아 사물에게 그 사랑을 보내게 하고, 그 사랑이 가서 늘 어루만져 주면 사물들은 또 자연같이 우리에게 감추었던 곳을 전부 드러내 '당신이 바른 주인'이라며 가까이 온다. 그리하여 비로소 우리는 세계에 있는 것들의 제일 우수한 이미지 촬영사의 자격—시인의 제일 자격을 갖는 것이다.

그러나 좋은 절제와 사랑의 노력으로 우리는 세계가 가진 오만 가지의 이미지들을 늘 풍성하게 수확해 둘 필요는 있지만, 그렇다고 해서 이것 전부를 시로 만들어 낼 능력은 거의 없기가 예사이다.

그래 우리는 마음속 이미지의 곳간에서 늘 무엇을 시의 것으로 선택해 낼 필요가 생긴다.

릴케는 『말테의 수기』에서 이런 선택에 대해 '그것은 아무리 잊으려 해도 영 잊혀지지 않고 거듭거듭 재생해 나오는 추억—현실의 한복판에 재생해 나와서 현실 전부를 점유해 버리는 추억이다'라고 했는데, 이것은 이미지의 무리 속에서 장시간을 통한 시 이미지의 선택을 말하는 것이다. 우리가 겪은 이미지의 수확들 중에서 가장 귀중한 것은 시간의 경과에도 사라지지 않고, 불사의 힘으로 남아 선택된다는 것이다.

릴케의 말은 아니지만, 우리는 그 선택된 이미지를 '전형적인 이미지'라는 말로 표시해도 좋을 것이다. 가령 미만 하더라도, 양적으로 많은 것은 아직 전형을 삼기에 부족한 유형들이어서 이것을 정리하고 종합하고 선택하여 전형의 미를 빚어내야 한다. 물론 한 시인이 가설정해 내는 전형이라는 것이 독자의 동의하에 어엿한 전형으로 수긍되는 수도 있고 안 되는 수도 있지만, 하여간 시 이미지의 선택이란 이러한 전형에의 지향하에 이루어지는 것만은 사실이다.

우리는 많은 매니큐어 손톱들의 이미지까지도 풍부하게 이미지로 마음속에 수확은 해 가지고 있지만, 진미眞美의 전형이 될 만한 손톱을 생각해 보면, 그것들은 거의 거기 해당하지 못할 것 같아 매니큐어 사용 이전의 손톱들과 고대 미술품 속의 손톱들까지 두루 돌아보고 다니는 일이 많다. 어느 때 어디 누구한테 내놓아도 기막히게 예쁘다 안 할 수 없는 전형의 손톱을 골라 그 미에 감동하고 살리는 최대의 욕심 때문이다.

우리는 또 진짜 애국 현인의 전형적 모습을 더듬어 함석헌의 좋은 구레나룻 신문 사진까지를 살펴보고, 국중國中의 근사한 얼굴들의 이미지를 두루 들춰 내 대조해 보기도 한다. 그러다간 마지막엔 미켈란젤로의 애국한愛國恨 짙은 늙은 예레미아의 그림에서 그 전형을 보는 것같이 느끼기도 한다. 동이에 물 길어 들고 가는 고대 이스라엘 망국 여인들의 수심 짙은 모습을 배경으로 허물어진 성돌 아래 웅크리고 앉아 땅만 보고 있는, 황톳빛 남루 입은 노 예레미아의 상은 세상에 현존해 있는 누구보다도 더 전형적으로 애국자다워 보인다.

전형이라는 건 이렇게 꼭 현존자나 현존물들 속에서만 찾아지는 게 아니라 넓은 역사의 전 영역을 더듬어서만 비로소 가능한 수도 많다.

그러나 이러한 전형적 이미지들의 탐색이 절제 없고 사랑 없는 작가들의 곳간에서 올바로 찾아질 수는 없을 것이다. 현실에서 살아 움직이는 것은 물론 과거사의 전 영역에 걸쳐 풍부하고 매력 있는 이미지로 늘 만들어 가지는 사람이라야 전형의 당연한 선택도 이루어 가질 수 있을 것이다. 현실에서 우리는 아름다운 것뿐 아니라 거지 발샅의 때까지 두루 아껴 사랑하여 우리와 절실히 관계있는 이미지로 섭취해 들여야 한다. 그러나 과거사의 영역을 막아 버리면 전형이란 거의 불가능하다는 것을 자각하게 되는 경우는 참으로 많다.

얼마 전 어떤 미국인 신부님이 자작곡 『춘향전』에 대한 이야기를 하면서 '이리 보아도 내 사랑, 저리 보아도 내 사랑, 앞을 보아도 내 사랑, 뒤를 보아도 내 사랑, 앞으로 걸어 봐라, 앞맵시 보자, 뒤에로 걸어 봐라, 뒷맵시 보자' 하는 언저리를 들어 한국에서만 볼 수 있는 기막힌 사랑이라고 하는 걸 들었다. 『춘향전』의 이미지들은 옛날 것이어서 현대에선 무효가 되어 버리는 것이 아니라, 아직도 한국적 사랑의 한 전형으로 살아 있는 것이다. 우리는 이것을 현대에 맞추어 재표현할 의무가 있다. 박재삼이 근년 「춘향이 마음」이란 제목의 시 탐구를 보인 것은 당연하고도 상찬할 만한 일인 것이다.

제5장 시의 지성

　우리 한국 시가 1945년 해방 후, 차츰 지성을 중요시하기 시작하여 현재에 이르도록 그 도수를 더해 오고 있는 것은 숨길 수 없는 사실이다. 해방 전의 시가 감성에의 봉사를 전문으로 했던 것과 대조적으로 해방 후 이 신개지가 획득할 결실들에 대해 우리의 기대는 줄곧 적은 게 아니었다.

　그러나 해방 전 감성 위주의 시들이 거두어들인 결실에 비해 해방 후 주지적 지향의 시들이 아직도 우리의 기대만을 모으고 있을 뿐 그 비중에서 전자를 도저히 따르지 못하고 있는 것도 역연한 사실이다.

　그것은 무엇 때문일까?

　주지적 지향의 시들이 한국 현대시에서 실패하고 있는 원인 중 대표적인 것 몇 가지를 먼저 들어 내 의견을 말해 볼까 한다.

첫째, 일반적으로 눈에 띄는 것은 지성을 감성과 대립시켜 '이미 감성의 시절을 지나고야 만 것이다!' 하는 등의 감성 기각의 태도인데, 이것은 물론 크게 잘못된 것이다.

　우리 시에서 지성 중시의 주지주의는 서양의 금세기의 주지주의—그것도 T. S. 엘리엇이나 발레리, 릴케 등 몇 개의 갈래를 통해 영향받은 것이지만, 그들 누구에게도 감성 기각의 주지시란 구경할 수 없는 노릇이기 때문이다.

　가령 우리나라 주지 시인들에게 가장 많은 영향을 준 엘리엇 일파의 주지시들에는 19세기의 시들보다 더욱 고도한 감성적 내용들이 많이 표현되어 있는데, 이것은 그들의 주지시가 결코 감성적 획득물을 포기하지 않는다는 것 아니면 무엇인가?

　앞서 어디선가도 말한 바와 같이, 서양에선 그리스 이래 지금까지 문학 이외의 논의적 문장에서는 이성 중심의 논리적 전개를 일삼아 왔지만, 문학 창작 부문에서는 독자의 감동 유발을 위한 감성의 느낌을 기각한 예는 자고이래 어느 문학작품(시·소설·희곡)에도 없었던 일로, 서양의 주지주의 문학작품들 역시 그런 창작 문학의 특수한 양상 속에 뚜렷이 서 있음은 물론이다. 발레리나 릴케의 시는 더 말할 나위도 없다.

　철학적·이성적 획득물이 가장 많이 들어 있는 실러의 개념시들도 '감성 기각'은 의도한 일 없고, 니체의 철학적 사상시도 그와 같은 문학 창작상의 전통에 전연 없는 일을 꾀하지는 않았다.

　물론 서양의 20세기 주지주의나 17세기 고전주의나 이보다 앞서 그리스·로마의 고전들은 지성이 획득한 내용들을 시로서 상당히 표현해 오기는 했다. 누구나 잘 아는 그리스의 우화 작가 아이소포스의 이야기들에 담긴 기지들만 예로 든다 하더라도 지성이 겪는 어떤 내용들은 창작의 훌륭한 소재가 된다. 그러나 여기서 주의해야 할 것은 아이소포스의 기지는 감성 체험을 제외한 지적 내용이 아니라, 감각과의 밀접한 관계하의 지적 체험이라는 점이다.

이것은 철학자나 그 밖의 지적 탐구자들이 해 온 논변적 전개와는 판이한 창작 문학 특유의 양상임을 잊어서는 안 된다. 아이소포스의 기지가 담긴 주지적 우화도 그것은 철학자가 인식해 전개하는 논변과는 달리, '이해'한 것인 동시에 '느낀' 것이고, 또 독자에게 단순히 '알릴 것'이 아니라 '알려 깨우치게' 함과 동시에 '감동하게' 하는 특징을 지닌 것이다.

우리는 서양 시에서 지적 내용이 어떻게 표현되어 있는가를 실제 작품들의 숙독을 통해 이해하는 훈련을 먼저 쌓아야 할 것이다.

최근 우리 주지적 지향의 시들을 보면, 철학적 사색의 단면들을 수상록체로 엮어 내는 것이 두드러지게 눈에 띄는데, 이것은 결국 주지시는 감성을 떼내 버려야 하는 것으로 오인한 데서 그리된 것이다. 그래 주지 시인은 감성 세계를 이미 무시해 버린 철학적·지적 의미만의 전문가로서 자리를 잡으려 한다. 그리하여 철학 논문만큼 정치하지도 못한 논변적 수상록들을, 또 전문적 수상록만큼도 친절하지 않은 짧은 산문시의 모양을 빌려, 작자의 의도 그대로 독자에게 아무 감동도 줄 수 없는 것으로 써내 놓고 있는 것이다. 그러나 이것은 아무래도 기형 이외의 다른 것으론 보이지 않는다.

둘째로, 이곳의 주지주의 시인들의 대대수는 주지주의의 지성이 감정을 인내 속에 고도화해야 하는 것에 대해선 착안하고 있지 않는 듯하다.

주지주의는 감정을 안 쓰기가 아니다. 쓰지만 낭만주의의 주정주의적 범람과 같이 막 쓰기가 아니라, 지성의 견제 아래 짭짤하고 허황하지 않게 쓰는 것이다. 아마 이 점은 엘리엇의 시라도 얼마만큼만 친해 본 사람이면 누구나 느낄 수가 있다.

그러나 이곳의 주지적 지향의 시들에선 몇몇 예외(송욱의 시 등)를 빼고는 주지주의의 가장 큰 직능인 지성의 직능을 살려 쓰는 이들이 눈에 잘 띄지 않는다.

아직도 이 방향을 자칭하는 대대수의 시인들은 감정 견제자로서의 지성의 체험 면의 완전 공백을 보이고 있을 뿐이다. 이 공백을 급조된 싸구려 기지나 풍자 등으로 메꾸고, 감정에 대해서는 아주 무가치한 무슨 하급의 피에로나 대하듯 안하에 깔고 덤비어 온다. 그러나 이것은 시인으로서도, 일반인으로서도 지성인의 성실이라고는 볼 수 없다.

이런 식은, 성실과 꾀 두 가지 중에선 언제나 후자만을 골라잡지 않을 수 없는 저속 이외에 아무것도 아니다.

사실은 보들레르의 어떤 한 줄보다도 감정의 도수들이 희박하다.

보들레르는 주지주의를 표명은 안 했지만, 감정을 지성의 고삐에 매어 참고 견디는 일은 많이 한 사람이라 감정이 짭짤하지만, 그것을 정말로 겪기란 견디기 어려운 일이기 때문에, 제군은 그 일은 기피해 깜깜하면서, 모든 감정의 경쾌무쌍한 졸업자인 양 지성을 앞세우고 까불며 한술 더 뜨는 체만 해 보려 한다.

그러나 눈들을 똑똑히 뜨고 서양의 주지시들을 보라. 그 어디에 제군과 같은 인간 감정에 대한 무능과 저학년, 그런 엉터리의 하시 · 거부, 그런 불성실한 꾀의 태도가 보이는가?

주지시를 지향할 때, 우리는 무엇보다도 먼저 감정에 대해 최대의 성의로 임할 각오를 세워야 한다. 어떤 주지주의자에게도 감정은 그득히 출석하여 수업해야 할 과정이지, 결코 껑충 뛰어넘어 그냥 졸업장이나 얻어지는 그런 길일 수는 없다는 것을.

주지주의가 주정주의에 대해 바로 있으려면 어느 경우에도 감정의 하급생 자격으로선 있을 수 없고, 이를테면 앙드레 지드의 『좁은 문』의 알리사와 같은 언니의 자격이라야만 한다. 주정주의의 어떤 아우들보다도 더 많이 감정을 참고 견디는 고행과 체념의 언니임을 자각해야 한다. 그렇게 그것은 고도의 정서가 안 될 수 없는 것이다.

그러나 중국이나 인도, 우리나라 등 전통적 동양 정신의 관례에 비긴다면, 주정주의에 대한 주지주의라는 것도 상당히 우습긴 우습다.

동양의 전통적 지도 정신은 오랜 옛날부터 주지적으로 지성을 편중한다든지 주정적으로 감성을 더 중시한다든지 하는 일이 없이, 말하자면 종합체로서의 '마음'으로만 경영되어 왔기 때문이다. 시의 지성이니 감성이니를 따질 필요 없이 그 종합체인 '시심詩心'만을 생각하면 족했으니 말이다.

밋밋한 나뭇가지	桃之夭夭
복사꽃 활짝 폈네	灼灼其華
이 색시 시집가면	之子于歸
그 집의 복덩이	宜其室家

밋밋한 나뭇가지	桃之夭夭
복숭아 알이 찼네	有蕡有實
이 색시 시집가면	之子于歸
그 집안의 복덩이	宜其家室

밋밋한 나뭇가지	桃之夭夭
잎사귀 싱싱하네	其葉蓁蓁
이 색시 시집가면	之子于歸
그 가정의 복덩이	宜其家人

이와 같은 한시에서 주지주의나 주정주의를 찾아보려 한다면 헛수고일 뿐이다. 이것은 주지주의나 주정주의 어느 한편에 치우치는 정신으로 쓴 것이 아니라, 사이좋은 부부처럼 지성과 감성을 늘 동거

시켜 훈련해 성공한 것인 그 종합적인 '시심'의 표현이기 때문이다.

동양인들에게는 예부터 감정적인 처참한 절규나 위험한 격랑, 곧 죽어 가는 듯한 절망태 등은 시인뿐 아니라 일반인의 정신세계에서도 지천한 일로 보는 습관이 짙게 있다. "자네 왜 나한테 감정 가졌나?" 하고 묻는 경우는 우리 한국인들 사이에 흔한 일이지만, 이 경우 그 뜻은 '과격한 감정'을 가졌느냐는 것으로서, 부디 제발 그런 지천한 상태에 놓이지 말라는 충고가 그 속에는 들어 있는 것이다.

지혜란 감정의 좋은 배필로 언제나 감정 옆에 깨어 있어야 할 것으로 우리는 예부터 사뭇 정신 훈련을 해 오고 있다. 동시에 '정' 또한 변덕 없이 항존해야 할 것으로 훈련해 왔다. '에이 박정한 놈!' 하면 사람 자격의 큰 결여를 의미한다는 것은 우리가 잘 알고 있는 일이다.

요컨대 감정과 지혜는 상대치로서가 아니라, 종합치로서 둘 다 그득하여 늘 상자相磁하는 것으로 인식되어 왔다.

이와 같은 종합적인 '마음'이 동양인의 정신이기 때문에 시나 그 밖의 창작 문학뿐 아니라, 철학에서도 서양철학의 순이론적·주지적 전개만을 전업으로 하는 따위의 일은 하지 않고, 역시 지혜에 감정을 곁들인 '마음'으로 해 온 것이다.

배운 것을 수시로 복습하면 어찌 기쁘지 않으며, 벗들이 먼 곳에서 스스로 찾아오면 어찌 즐겁지 않으며, 사람들이 몰라 주어도 노여워하지 않으면 이 어찌 군자가 아니겠느냐

「논어」의 이런 구절의 철학적 진리는

나는 생각한다. 그러므로 생각하는 자 나는 존재한다.

—데카르트

하는 유의 서양철학의 순수 지성적 논변과는 판이한 성질의 것임을 우리는 쉽게 알 수 있을 것이다. 즉 동양의 철학적 진리를 표현하는 문장들에는 정서도 지혜와 함께 그득히 포함되어 있지만, 서양철학의 그것은 순 지성적 논변만으로 성립하고 있다.

이것은 동양 정신과 서양 정신의 가장 근본적인 차이다.

서양 정신의 일환인 기독교 정신까지를 포함해서, 동양 정신은 불교나 유교, 도교 또 그 밖의 제자백가에서도 감성과 지성의 상대적 경영이라는 것을 해 오지는 않았다. 즉 종합치로서의 경영을 주로 해 왔기 때문에, 어느 경전에서나 논어 「학이學而」편처럼 정도 지혜도 같이 배어나는 표현을 볼 수 있다. 이런 동양인의 마음은 주지주의나 주정주의를 상대적으로 운영할 필요는 조금도 없고, 그러니 만큼 서양에서 19세기 낭만주의의 주정주의 시절이 흥청거리다가 가고, 20세기에 주지주의가 일어나고 하는 것을 보는 것은 우리에게는 상당히 우습기만 하다.

"사람이 사는 맛은 감정의 자유가 일등이야. 야, 해 보세" 하며 허천난 놈 복알 집어 먹듯 갖은 추태는 다 떨다가, 실수인 것 같으면 "안 되겠어, 안 되겠어! 주지주의로 합세……" 하여 쓴 약 마시듯 상찡그린 체념이나 일삼는 것은 우리 동양인의 정신 경영의 관례에 비추어 보면 상당히 우습다는 말이다. 그런 상대적 자세에서는 지성도 안심치 않고, 감성 또한 회고컨대 서양의 감성과 지성의 상대치적 인식과 경영은 고대 그리스에서 연원하여 현대에까지 이르고 있는 것으로 플라톤 때부터의 순 서양적 버릇이다.

플라톤이 시인의 감정을 하시한 것은 『국가론』을 읽은 이는 잘 기억할 것이다. 그는 철학자의 이성 즉 지성이라야 사물의 본모를 보지, 시인의 느낌 같은 하급한 것으로는 못 보는 것이라고 감정을 박대하였다. 플라톤은 동양인이라면 그 종합이 아주 쉬운 인간 정신의 중요한 두 절대치를 놓고 상대적으로 파악하였고, 또 지성으로 기울어진 나머지 감정을 어디 의붓자식 보듯 하는 서양철학의 한 원류를 만들었다. 태도가 좀 누그러지긴 하였으나 이것은 아리스토텔레스에게 계속되어 서양철학사의 주지적 풍습을 수립하게 되었다.

철학뿐 아니라 다른 부분에서도 지성과 감성의 상대치적 인식은 널리 보급되어, 문학도 17세기 이래의 상대적·대립적 경영을 되풀이해 오고 있다. 고전주의의 주지주의에서 낭만주의와 19세기 말적 유미주의의 주정주의로, 다시 20세기 주지주의군으로, 문학은 정신의 두 양면을 놓고 여전히 대립적으로 경영해 오고 있다.

우리 순 동양인의 눈으로 보면 낭만주의의 지나친 감정들이라는 것도 어찌 위험하기만 하고, 주지주의의 지성놀음이라는 것도 여유도도하지 못하고 어찌 꼭 무슨 쓴 약 먹듯 하는 것만 같다.

고전주의 이래 서양의 문인 중 괴테만큼 지성이 잘 정리된 사람도 드물다는 것은 나 혼자만의 생각도 아니지만, 괴테만 하여도 그 지혜 경영은 솔로몬 정도로 여유 도도하지는 못한 것 같다. 그의 영원한 애수의 느낌은 어떻게 봐야 할지?

남풍아 불어라. 불어서 내 과수원의 향내를 일으켜 다오. 내 조금 더 쉬었다가 사랑하는 자와 함께 그리로 나아가리니……

하는 유의 솔로몬의 점잖과 여유에 비겨 볼 때, 괴테까지도 역시 어렵스레 감정을 견디는 자의 모종의 쓴 약 먹는 듯한 냄새를 풍기는 것은 숨길 수 없는 사실이다.

그리고 괴테까지를 이렇게 만들고 있는 이유는 딴게 아니라, 감성과 지성을 사귀기 참 어려운 상대치로서만 경영해 온 고대 그리스 이래의 고질에 의거하는 것이다. 이것이 견디기 어려워 T. S. 엘리엇 같은 시인도 서양 정신의 하나인 기독교의 마음속으로 넘어온 것 아닐까?

그러나 이미 예부터 쓴맛이라는 걸 익혀 온 우리의 눈에는 이 고질들이 우스운 일이기만 할 수도 있다.

제6장 시의 언어 1

최근 우리 시들의 대다수가 읽기에 점차 어려워지고 있다는 것은, 그것을 찬성하는 편에서나 반대하는 편에서나 두루 인증하는 사실이다.

얼마 전 텔레비전 방송국에서 시의 난해에 대한 찬반 양편의 시인들을 모아 좌담회를 가진 일이 있었는데, 출석한 시인들은 찬반 간에 모두 난해해져 가는 사실 자체만은 시인하고 있었다.

찬성자들은 말한다―현대 정신은 과거와는 달리 복잡하고 다방면이어서 한 방향을 세밀히 추구한 것을 써내면 이것에 아직 길들지 않은 사람들에겐 난해가 된다고.

반대자들은 또 말한다―제아무리 현대 정신이 복잡하고 전문적이라 하더라도 언어가 실생활어에서 유리된 특수 난해한 것이 되어

가지고야 어떻게 민족과 인류의 공감에 기대할 수 있는 것이 되겠는
가고.

찬성자들은 또 말한다—현대 정신의 복잡화와 전문화는 필연적
으로 복잡한 현대의 전문어들을 요구한다. 그러니 우리에게 그것을
포기하라 할 것이 아니라 독자가 공부해서 따라올 수밖에 없다고.

그래 우리는 이 서로 양보하지 않는 대립 속에 서서 불가불 어느
편이든지 하나 들기는 들어야겠는데, 미리 밝혀 두거니와 나는 최근
의 우리 시의 난해 현상에 대해서는 위와 같은 그들의 주장이나 작
품에 전적으로 반대편이다.

왜냐하면 예로부터 지금까지 시의 사명 자체가 극히 전문적인 일
이므로, 복잡다단하고 전문화된 시대일수록 거기에 예속될 것이 아
니라 그 내용들을 간추려 인솔해야 하기 때문에 그 주장을 반대하
며, 최근의 작품들은 그런 엉뚱한 그들의 인식으로는 이미 시가 아
니기 때문에 또 반대하는 것이다.

최근 우리 시의 난해를 빚어내는 두 가지 요소가 있다.

하나는 현대라는 복잡한 다방면 즉 과학적, 심리적, 사회적, 병리학
적, 프로이트적, 각종 철학 분파적, 수학적, 각종 예술의 혼서적混棲的
등등의 시대에 시골뜨기가 도시의 박물관에 처음 온 것 같은 당황한
인식이 빚어낸 바의 '야, 나도 여기 맞추어야겠다'는 의도가 그것이
요, 또 하나는 그런 의도를 표시하는 아직도 너무나 예비적인 착잡
한 언어 조직의 산란한 전개가 그것이다.

그러나 그 내용이라는 것들은 아직도 의도만을 품고 있고 체험되고 정리된 것이 아니기 때문에 바른 내용을 이루지 못하며, 언어 역시 알맹이 없는 내용에 준해서 아직 시의 일꾼 노릇을 바로 못하는 일종의 정체불명의 산업 예비군임은 물론이다. 언어 예술가로서의 시인의 직능을 자각하기까지에는 아직도 시간이 많이 경과해야 할 것으로 보이는 이들이 특히 최근 많이 가차용하는 말들은 철학적 개념어들이다. 이것은 우리 민족이 오래 두고 학문이라면 으레 철학과 문학만을 전통적으로 해 온 관습에서 오는 것인지, 혹은 해방 후 문학과 철학을 주로 하는 문과계 대학이 많이 늘어났기 때문에 말을 꾸어 쓰자 해도 그럴 만큼 아는 집은 철학이네 집이어서 그런지, 이유가 어느 편이건 간에 시어로까지 아직 소화되지 못한 철학적 개념어가 최근 딴 데서 꾸어 온 것들 중에서도 압도적 우세를 차지하고 있는 것만은 사실이다.

지면도 없고 해서 여기다가 그런 유의 말들을 열거하지는 않았거니와 참고로 하길 원하는 이가 있다면 연전에 그것들을 수집해서 낸 일이 있는 조선일보 보관지를 보길 바란다. '존재'니 '부재'니 하는 따위의 말을 비롯해서 가장 많이 눈에 띄는 건 철학과 평론용·강의용 개념어들이다.

그리고 이런 개념어들은 거의가 다 일본제이다. 일본제라도 오랜 세월을 두고 일본인들이 실생활을 통해 빚은 말도 아니요, 주로 메이지 유신의 신개화 이후 서양의 철학을 비롯한 논저나 수상록 등을 번역할 때 책상머리에서 한자의 자의들을 대조해 그때그때 적당히 맞춰 낸 '간편한 개념 전달 용어'들에 불과하다. 그렇기 때문에 '객관'이니 '낭만'이니 하는 유의 말들은 이조까지 쓰이던 한문밖에 모르는 우리 할아버지들한테 말하면 영 알아듣지도 못한다.

한일합병 후 이런 투의 한자 신조어들을 주입하는 일본식 교육을 받은 우리들은 거기 능통하여, 지금도 대학 등에서 강의할 때나 논저할 때는 그 간편함을 취해 쓰고는 있지만, 그게 만들어진 사정은 위와 같아서 문학 창작을 위한 말들이 아님을 알아야 한다.

그리고 또 이런 유의 일제 한자어들 가운데는 우리나라 사람이 쓰는 경우 난센스가 되고 마는 말들도 없지 않다. 가령 우리가 지금도 공부한 사람의 자격으로 기탄없이 쓰고 있는 '낭만'이란 말은 일본어 음으로 읽으면 '로만'이기 때문에 '로맨티시즘romanticism'의 어원 'roman'의 음을 표기하는 것이 되지만, 우리말로 발음하면 '낭만'이니 'roman'의 음이 되지 못하기 때문이다.

그것은 그렇고……

그러나 우리 시의 철학적 개념어를 비롯한 각종 개념어의 많은 가차용과 그 착잡한 조직에서 오는 난해성의 배제는 하나도 난문제일 것은 없다고 생각한다. 왜냐하면 그것은 극히 조그만 인식 착오에서 유래된 것이기 때문이다.

나도 8·15 해방 후의 교수의 한 사람으로 후배들에게 아주 미안한 말이나, 어느 길거리의 노점상인도 잘 써먹는 말— '해방 후 사회의 혼란으로'라는 말을 안 쓰기로 작정하고도 또 써먹어서 안되었으나 역시 해방 후의 혼란으로, 우리 문학 교수들부터 무얼 구체적으로 학생들에게 주는 데 치밀하지 못한 구석이 많아서 사실은 '개념어'와 '문학 창작어'의 차이 하나 똑바로 학생들에게 주입시켜 내보내지 못한 까닭이 빚어내는, 극히 적은 인식 착오 외에 아무것도 아니기 때문이다.

원래 서양에서 고대 그리스 이래 개념을 조직함으로 족한 철학을 비롯한 기타 여러 학설상의 언어와 문학 창작어의 성격에는 현저한 차이가 있어 왔다.

철학을 두고 말하는 게 편리하겠기에 그걸 가지고 이야기하거니와, 플라톤은 문학 창작과 상통한 어세를 쓰고 있었으나, 아리스토텔레스부터는 철학은 개념을 아주 논리적으로 전개하는 언어의 길을 취해 오늘에 이르고 있다.

모든 사람은 나면서부터 알고 싶어 한다. 그 증거는 다양한 감각에서 오는 희열이다. 다만 사람은 실리와는 관계없이 감각 그 자체를 사랑한다. 특히 눈을 통한 감각을 사랑한다. 무엇인가를 하려 할 때뿐만 아니라 아무 일도 할 작정이 없을 때에도 우리는 더 보기를 바란다. 그 이유는 시각이 우리에게 다른 어떤 감각보다도 많은 것을 알려 주고, 또 사물의 각 상을 명백히 하기 때문이다.

위에 인용한 것은 아리스토텔레스의 『형이상학』 맨 처음 1절이거니와, 이와 같은 언어 전개는 감정이 아니라 철학이 그리스 때부터

존숭해 온 이성으로 탐구한 것이다. 이렇게 이성이란 것으로 이해한 개념은 이치를 말할 뿐 감동을 표현하는 데 쓰이던 것은 아니다. 그래 철학뿐 아니라 기타의 모든 학설들을 위한 기능으로 개념은 전개되어 왔다.

그러나 사물의 의미를 이론적 인식으로밖에는 나타낼 줄 모르는 개념어는 문학 창작의 언어로써는 적용할 수 없는 것이었다.

왜냐하면 문학작품이 철학이나 그 밖의 학설들과 다른 점은 철학이 하는 것 같은 이치의 인식 유발이 아니라 감동 유발에 있기 때문이다. 서양 문학사 어느 누구의 시나 소설을 임의로 골라잡고, 개념 전개의 철학책과 대조해 보라.

이 판이한 두 언어 세력의 차이는 정신 있는 사람이면 누구나 식별할 수 있을 것이다.

인간의 지혜가 획득한 절제나 중용이나 체념 등을 시가 작품의 정신으로 다루어 오기도 했다. 그러나 이것들은 철학 개념의 종합이 아니라 문학정신이라는 특수 전문의 여과를 거쳐 그에 맞는 감동 유발의 언어 세력에 의해서 비로소 이루어졌음을 잊어서는 안 된다.

거기서 누가 우느냐? 아니라, 그냥 바람 소리냐?
눈부시어 못 볼 금강석같이 외로운 이때를…… 거기 누가 우느냐?
내가 울려는 이때를 거기서 누가 우느냐?

이 시는 폴 발레리의 「젊은 파르크」의 맨 처음 절이다. '눈부시어

못 볼 금강석같이 외로운 이때'라는 내용을 이해했다면 그것은 물론 지혜가 한 바의 지적 이해이기도 하다. 그러나 여기에는 큰 감동의 반려가 조그만 간격도 두지 않고 밀착해서 따라가고, 언어도 그에 응해서 감동 유발의 빈틈없는 조직망을 이루어 가고 있음을 아울러 알 수 있을 것이다.

시정신이란 늘 이와 같이 철학 정신과는 달리 감동을 대동하는 정신이다.

이 간단한 식별을 우리가 할 수 있다면 시 작품에 시인 자체의 감동적 체험을 거치지 않은 관용적 개념어들을 여기저기 문학 이외의 남의 밭에서 끌어들여 어리무던하게 '존재'니 '낭만'이니 '의식'이니 '부재'니 '극한'이니 무어니 무어니 가벼이 게으르게 해 버리고 마는 것이 시의 전통에서 얼마나 먼 얼빠진 일인가를 알 수 있을 것이다.

폴 발레리가 일찍이 '순수시론'에서 언어의 직능을 '의미 전달'과 '감동' ―전자를 일상생활에 항다반히 쓰이는 것으로, 후자를 시의 언어로 나누는 것도 역시 시의 언어가 '감동 유발'을 위한 것임을 말하는 것임에 틀림이 없다.

그러면 다음 문제는 감동적인 시의 어세는 어디에서 찾을 것인가 하는 것이다.

나는 이것을 일정 치하 이래 신문 잡지에서 관용해 온 소위 문화인적 어세라는 것에서 긁어모아 온 인습을 지양하고, 넓고 뿌리 깊고 전통적인 민족 생활어 속으로 들어가서 시인 각자의 시적 체험에 맞추어 선택하고 조직해 냄으로써만 가능하다고 생각한다.

우리가 다방이나 강단이나 신문이나 잡지에서는 '존재'니 '낭만'
이니 '추상'이니 하는 말들을 쓰지만 고향이나 자기 집 아내 옆에 가
서는,

"내 존재가 부재가 아니니 비추상非抽象의 식사를 좀 주시오"
이런 특수하게 말하고 노는 어법을 쓰지 않고,

"아이 배고파. 어서 김치하고 밥 좀 줘"
그냥 우리 실생활어로 말할 뿐이다. 그리고 이 실생활어가 늘 통하
는 데에라야 김치뿐 아니라 미도 감동도 다 어색할 것 없는 진짜가
있는 것이다.

시의 언어라고 해서 특별나게 타관 놀음을 할 필요는 조금도 없다.
혹 어떤 이는 이렇게 말한다.

"우리 민족의 실생활어는 정서 표현에는 적합하지만, 지적인 이해
를 표현하기에는 불편할 때가 많아요."

이것은 우리 실생활을 두루 탐구해 보지 않고 그냥 하는 소리다.
혹 현대 기계문명이 낳은 얼마큼의 말쯤이 우리나라에 부족하긴 할
것이다. 그러나 요즘 우리 시에 많이 쓰이는 신시대 일제 철학 개념
어들에 대치할 말들쯤 원래 철학과 문학과 예술로만 많이 살아온 이
민족이니 잘 찾아보면 안 찾아질 리 없다.

제7장 시의 언어 2

위에서 나는 시의 언어라는 것은 철학이나 기타의 학술이 전개하는 것과 같은 '인식 유발을 위한 개념어'가 아니라, '감동 유발을 위한 언어'라는 것을 지시하여, 최근 우리 시의 언어가 많이 철학적 인식 유발을 위한 어태의 쪽으로 편승해 가고 있는 사태에 대해 주의시킨 바 있었다.

그러나 '감동 유발을 위한 것'이라는 규정은 시뿐만이 아니라 널리는 창작 문학 전반에 적용할 수 있는 것이므로, 여기에선 다시 오늘의 창작 문학 중에서도 시의 언어만이 가져야 할 몇몇 중요한 특징들에 대해 좀 더 자세한 생각을 펴 보려 한다.

옛날, 우리나라 어떤 사내가 세상 너절하게 시끄러운 게 싫어서 중노릇을 갔는데, 불교 이치를 여러 해 배우고 나니 또 시끄럽게 지껄여야 하는 강사라는 게 되고 말아서, 한동안 해 보다가는 이것마저 팽개쳐 버리고, 깊디깊은 유곡의 정적 속으로 들어가 혼자 앉아 있게 되었다. 아무 말도 없이 조용히 혼자 앉아 있어 보니, 이것만은 재미가 있어서 일생 동안 그 자리에 앉아 있었는데, 하나 그 전과 달라진 증세는 혓바닥빛이 나불나불 허투루 지껄여 대던 때와는 달리 붉은 본래의 빛을 선연히 회복하기 시작해서 그가 죽은 뒤에도 오래 거기 말라붙은 대로 그 빛을 유지한 점이었다.

이 침묵 애호자의 시체는 이내 근처의 굶주린 호랑이가 집어셌는데, 그 몸이 두루 다 맛이 있고 핏빛도 고왔는지 어떤지는 호랑이한테나 물어봐야 알 일이지만, 여하튼 호랑이가 집어세다가 이빨이 잘 꽂히지 않아 남겨 놓을밖에 없었던 둥근 해골 밑에 달라붙어 남은 그 혓바닥의 짙은 꽃자줏빛 빛깔만은, 여러 해 지나 바싹 마른 고약처럼 말라붙은 뒤에도 선명한 꽃자줏빛을 발산하고 있었다고, 『삼국유사』의 저자는 표현하고 있다.

이 사람도 시를 썼는지 어쩐지는 모르지만, 이 이야기의 주인공의 혓바닥은 바로 시인의 혓바닥과 많이 일치한다고 생각한다.

언어 사용자로서의 시인의 자격 역시 당대 언어의 무제한한 남용으로 혓바닥을 퇴색게 하는 데 있는 것이 아니라 오히려 정적 속에 그 빛을 잃지 않도록 하여, 혓바닥이 발하는 언어의 광망을 잃지 않게 지켜야 하기 때문이다.

시인은 이야기 속의 주인공과 같이 정적의 꿀만 항시 먹고 있는

'꿀 먹은 벙어리'가 아주 되어 버릴 수는 없는 것이고, 때로 그 먹은 바 정적 속의 슬프고도 기쁜 꿀맛들을 말해 보이는 사람이기는 하지만, 정적을 아주 이탈해서는 안 되는 자이다. 시인에게는 반드시 소요되는 정적의 수준이란 것이 있어서 이 정적의 수준을 이탈할 때는 그만 뿌리 없는 혼란자가 되고 만다.

정적의 수준이란 말하자면 역사의 내막이 밀전密傳되고 예정豫定되고 밀의密議되는 수준이기도 하고, '있는 것들'을 속속들이 그 세성細聲까지 겪기 위해 가장 적합한 수준이기도 하다. 역사가 갖는 가장 근본적인 의미와 정서들의 본적이 있게 되는 이 정적의 수준은 그러므로 한 시대나 한 지역적 구획 안에 있을 수는 없는 것이고 필연 역사와 우주의 중심에 위치할밖에 없다. 흔히 사람들은 자기가 있는 역사적 시점과 공간적 위치에 대해 연대를 따지고 동서남북의 방위를 너무 가려 온 나머지, 말세에 있느니 극한의 변방에 있느니 하는 의식을 빚어 가지게는 되었지마는, 시인이면 그러지 말고 언제나 역사의 전 시간인 영원의 바로 중심에 위치한다는 것을 늘 각성해야 하며, 또 세계나 우주 참여 의식에 있어서도 늘 그 중앙에서 회임하는 자라는 의식을 가져야 하기 때문이다.

여기 이 정적의 수준이 놓여 있는 곳은 예수 그리스도가 때로 모든 설교와 행위를 쉬고 혼자서 말없이 기도하러 갔던 감람산의 어느 바위모와 방불하다. 과거와 미래를 가장 잘 통찰할 수 있고, 땅에 떨어뜨려 잃어버린 유산의 작은 바늘 하나까지도 다 찾을 수 있는 시력을 돌이킬 수 있고, 무심히 망각해 치워 버린 정분情分의 어느 가느다란 끄트머리도 도로 찾아 느낄 수 있는 시인 혼자만의 본거처—그 정적의 수준도 그리스도의 감람산과 많이 비슷하다. 그러나 시인의 감람산이란 종교적 행동을 마련하기 위한 곳이 아니라, 거기서 마음으로 찾고 감접했던 것을 어떻게 가장 간략히 효과적으로 말하느냐 하는 언어 예술의 준비처가 되는 점이 다를 따름이다.

영국의 오스카 와일드의 동화에 「선녀를 만난 나무꾼」 이야기가 있다. 이 나무꾼은 날마다 초저녁이면 마을 사람들이 많이 모여 노는 데 가서 그가 낮에 만나고 온 선녀 이야기를 재미 삼아 늘어놓았는데, 어느 날 저녁에는 영 꿀 먹은 벙어리가 되어 버렸다. 왜냐하면 여태까지의 이야기는 사실은 선녀를 만나지 않고 꾸며 낸 멀쩡한 거짓말이었지만, 이날은 정말로 선녀를 만나고 왔기 때문이다.

시인의 언어는 이 이야기 속의 나무꾼의 거짓말 늘어놓기가 아니라 꿀 먹은 벙어리가 되어 버린 그 감동의 침묵을 기초로 하는 것이어야 한다고 생각한다.

그는 자신이 체험한 감동이 너무 귀중하여 항용 아무에게나 지껄여 버리고 마는 것은 그 귀중한 감동에 대한 모독 같아서 꿀 먹은 벙어리처럼 있을 수밖에 없을 것이다. 그러나 마음속으로는 이 선녀의 미에 꼭 알맞는 예물을 장만하듯 언어의 예물들을 장만하는 탐구와 선택을 안 할 수는 없으리라. 왜냐하면 언어란 입으로 말하기 전의 마음속에서도 그 마음이 이해하거나 느끼고 있는 실질에 맞추어서 늘 생겨나지 않을 수 없는 것이고, 또 입이나 문학에서 허투루 나타내서 비로소 허튼 것이 되는 것이지, 마음속에서는 체험한 내용이 귀중하면 귀중할수록 거기 안 어울리는 언어의 운집에 대해 늘 반발하는 것이니까.

하여 이 꿀 먹은 벙어리가 보고 느낀 감동에 알맞은 언어의 예물을 마련할 때 우리는 이것을 비로소 시라 할 수 있으리라. 그러나 여기에서도 이 꿀 먹은 벙어리가 놓인 정신의 위치는 중요한 문제가 된다. 인류의 정신사와 언어사에서 그는 역량일 수 있으며, 무가치한 잡다의 속물이 아닐 수 있어야 하니까…… 커다란 미란 참으로 만인을 울릴 수 있는 것이라, 선녀를 본 이자가 한동안은 꿀 먹은 벙어리가 되었지만, 이게 누구냐 하면 바로 뺑덕어미의 정신적 양자만도 훨씬 못하게 위치한 자로서 '얼씨구절씨구 내 사랑이야, 지지구재지고 내 사랑이냐' 어쩌고 몇 마디 지껄이고 말 자라면 문제가 달라지고 마니까 말이다.

그러므로 이 꿀 먹은 벙어리가 인류의 지혜나 감동을 인상할 수 있는 시인이려면 불가불 역시 그의 '감람산'을 가지지 않을 수 없고, 이 감람산은 정신사와 언어사의 온갖 저속과 또 그 저속일 수 없는 가치들을 통찰할 만한 곳이라야 하며, 여기는 또 필연적으로 가장 사적史的 수심이 깊은 곳, 정적의 수준이 유지된 곳이 아닐 수 없다.

그러나 말이 쉽지, 시인이 이런 정신과 언어의 감람산을 계속해서 유지하기는 참으로 어렵다. 다수는 흔히 〈모던 타임스〉라는 영화에 나오는 찰리 채플린과 같은 모종의 '수다 떠는 습성'의 병—현대인에게 특히 많은 그 타성의 병 때문에 여기 정좌定座를 못 하고 마는 것처럼 생각된다. 〈모던 타임스〉에서 찰리 채플린은 기계에 못 박는 직공으로, 오래 계속하는 동안에 못 박는 짓거리가 손버릇이 되어 버려, 퇴근 후 집에 돌아와서도 문득문득 참지 못하고 이 못 박는 손놀림을 되풀이하거니와, 현대인에게는 정신이나 언어 문자 사용의 각 부면에서도 이와 비슷한 병이 특히 많다고 생각한다.

이런 병은 우리 시의 각종 연설적 유형들, '존재'니 무어니 해서 아직도 떼를 지어 유행하는 추상 관념어병들에도 공통되는 것 아닐까? 시인이 당연히 유지해야 할 감람산을 가지지 못함으로써 들뜨는 이유는 이 밖에도 많이 있지만, 가장 큰 이유는 〈모던 타임스〉의 찰리 채플린적인 그 병에 있는 것으로 안다. 사적史的 시야의 불투명과 폐쇄에서 생기는 온갖 유행적 혼란도 이 감람산의 정적의 수준을 지킬 기력이 모자라는 데에서 오는 것이다.

이렇게 생각해 오면, 시의 언어 구성이란 것은 아무래도 말수를 늘이는 수다가 아니라 말수를 줄이는 정형定型을 위한 노력이라고 생각된다. 동서양이 예부터 전통적으로 많이 지켜 온 길은 그대로 오늘의 우리에게도 타당하다.

역사에 참가하는 사승자史乘者의 의식을 떼 내버리고 현실을 생각하고 살자면 몰라도, 사승 의식 있는 현실 의식을 가지고 시를 생각하자면 아무래도 그렇게 보인다.

우리나라에서는 한일 합병 후 신시가 발족한 이래 지금까지 자유시만이 사뭇 쓰여져 내려오고 있지만, 이것은 파행적인 일로서 동서양의 시문학사의 대도와는 어긋나는 것이었다. 중국의 한시를 비롯해서 동양의 신개화 이전의 시들이 두루 정형시였음은 물론, 서양에서도 상대 이래 오늘에 이르기까지 정형시가 시의 대도가 돼 오고 있음은 우리가 잘 아는 일인데, 동양에서 우리나라나 일본만이 유달리 자유시 일로를 걸어오고 있음은 역사의 공동 경영자로서 타당한 노릇이라고는 생각되어지지 않는다.

그야 서양에서도 자유시라는 명칭은 이미 17세기에도 사용되었고, 19세기에 와서 미국의 휘트먼이 시험한 이래 1870년대 프랑스 상징파들이 유파적으로 자유형 상징시라는 걸 짓게 되어서 그 명맥이 유지되어 오늘에 이르고 있기는 하다. 그러나 그것은 19세기 이래 전성기를 현출한 산문문학의 여세적 표현인 것이고, 시의 정도는 역시 정형에 있어 왔다. 더구나 요즘 들으면 19세기 후반과 금세기 초에 걸쳐 한동안 무세력하지도 않았던 자유시는, 최근의 구미 시단에서는 아주 미약해지고 다시 '정형시verse의 전성시대'가 현출되고 있다는데, 우리나 일본만의 특별한 자유시 만능이라는 것은 상당히 거북한 일이 아닐까?

회고하건대 일본과 우리나라와 중국이 신개화 후 자유시를 쓰게 된 것은, 19세기 말과 20세기 초 서양 사조와 서양 문학을 이입하기 시작하면서부터로 동양 재래의 수세적 사조와 안정 정서와는 다른, 공세적 · 급진적 정신의 영향들을 담기에는 당시 서양에서도 상당히 유행하던 자유시의 형식이 어울린다고 자각한 데에 공통의 이유가 있었다. 그리고 또 일본과 우리나라만이 갖는 이유로서는, 두 나라의 재래의 시가詩歌 전통이 가져온 정형시에서의 운율학의 미비를 들 수가 있다. 중국 사람들은 예부터 운율학을 원만히 이루어 왔지만, 우리 재래 시가나 일본의 그것에선 겨우 자수를 맞추는 것 외엔 별다른 운율학의 적용도 볼 수 없으니 말이다.

일본인들이 메이지 유신 초기에 시험한 형식으로 1행 7·5조의 시가 많았던 것을 보면 그들이 서양의 낭만주의 정형시의 영향을 받기 시작하면서 형식적으로도 그것을 본뜨려는 노력만은 상당히 했던 것을 짐작할 수 있다. 왜냐하면 1행 7·5조 즉 1행 12음철 시(알렉상드랭alexandrin 조)라는 것은 서양의 정형시에서 많이 볼 수 있는 것이기 때문이다.

그러나 이들은 이만한 모방까지는 해 보면서도 운rhyme이나 음의 조화harmony의 정형적 전통이 없기 때문에 서양의 정형시를 전적으로 모방하는 걸 포기하지 않을 수 없었다. 그래 그들은 단순히 그들의 전통대로 자수만을 맞추는 일로 이 알렉상드랭 조의 12음철 등을 흉내 내 보다가 이내 그것마저 집어치우고 자유시만을 택하게 된 것이다. 이것을 우리는 일본 유학생들을 통해 그대로 본떠 오늘에 이르렀음에 불과하다.

우리의 자유시 이입의 경우와 자유시가 원산지인 서양에서 이내 쇠미의 형편에 놓여 있는 것을 생각해 보고, 또 신개화 직후 서양의 그 '진취적 사조'라는 것들의 이입시移入詩와 같은 자유 형식을 필요로 하던 격앙도 이미 많이 사라진 지금 아무래도 자유시를 재고해 볼 때가 되었다.

자유시라는 형식이 우리나라와 일본에만 특별나게 많이 잔류해 쓰이는 것이라고는 하더라도 우리가 이것의 미래를 세계문학사에서 보장할 수만 있다면 고집해도 좋을 것이다. 그러나 내 기억 같아서는 이 잔류품의 미래의 길을 보장했거나, 하려는 사람이 있다는 얘기를 들은 것 같지는 않다.

오히려 대세는 자유시의 미래를 보장하기는새로 이것을 19세기 말적, 20세기 초적 정신 방황기의 한 유품으로 놓아두려는 게 아닌가 생각되기도 한다.

왜냐하면 시라는 것은 예부터 지금까지 세계문학사에서 이것에 종사해 온 대다수의 시인들에 의해서 문학 문자 중 가장 간추리는 정형시로서 많이 해 온 것이고, 19세기 말과 20세기 초의 과학 정신 모색기의 산문 정신의 발흥과 함께 한때 유행했던 자유시란 별수 없이 세계 시문학의 긴 사적 전통 속의 한 수다스런 이단적 방황이라고밖에는 안 보이는 것인데, 20세기 시가 자유시적 방황을 정리하고 이미 다시 정형의 전통적 질서 속으로 깃들이고 있는 오늘날, 우리나라가 지금도 많이 하고 있다고 해서 다시 자유시의 번영을 기대한다는 것은 허망만 같이 느껴지니 말이다.

몰라, 서양 시정신의 어떤 미래의 방황이 다시 자유시를 유행시킬는지는 모를 일이지만 우리가 그것을 기대하여 자유시만을 고집할 수는 없다고 생각한다. 우리도 역시 자유시가 시의 정도가 아니라 서양의 한 과도기적 유품이라는 것을 정시하여, 우리의 민족정신의 호흡에 맞는 정형적 운율 형성의 길을 탐구해 보는 것이 시문학사의 대도에 맞는 일 아닐까?

제8장 시의 암시력

　시가 소설과 다른 가장 중요한 특징은, 소설의 치밀한 묘사력에 비해 시는 소량으로 정선된 언어의 그늘에 함축해 지니는 바의 무진한 암시력에 있다고 생각한다.

　말하자면 소설은 표현하고 싶은 무엇을 언어의 전 범위를 전부 동원하여 말해 보는 길이지만, 시란 백 마디 천 마디 만 마디로 말해야할 것을 될 수 있는 대로 적은 수효의 언어 안에 함축·암시하여 표현해야 하는 문학인 것이다. 소설은 아무래도 만단사설이 아닐 수 없지만, 시는 그 만단사설을 만단암시로 바꾸어 가지는 길이다.

　폴 발레리가 어디에서던가 말한, 무용의 클라이맥스와 시가 방불하다는 소견은 거의 적중한 비유로 보인다. 무용의 클라이맥스라는 것은 표면 양상으로만 본다면 물론 연속하는 무용 장면들 중의 한 장면에 불과하지만, 한 개의 무용을 한 유기적 일체 운영으로 볼 때, 클라이맥스의 일견 정지한 듯 갖은 무용 행위의 대소 전개를 모아서 있는 초점이야말로 클라이맥스 전후의 만단사설을 암시하는 극점이요, 집중점이기 때문이다. 전에 겪어 온 만단사설과 후에 전개할 만단사설의 요충에 서서 무용이 한 클라이맥스를 짓고 있듯이 시도 전후의 만단사설을 암시하는 큰 집중력으로 있다는 소견은 바른 것이다.

가는 임 바래 언덕 위에 섰느니	相送臨高臺
아득히 뻗친 벌 어이 끝이 있으랴.	平原杳何極
잘새는 쌍쌍이 날아들건만	飛鳥相與還
가는 이 가는 이는 쉬임이 없네.	行人去不息

—왕유

이런 시적 표현은 소설이나 그 밖의 산문적 표현의 안목으로 본다면 자세치 못한 느낌을 주는 게 사실이다.

무슨 환경과 사정으로 서로 이별을 갖는 자리인지, 질펀한 벌판은 어떠한 상황으로 질펀한지, 이별 마당에 잘새가 서로 짝해서 날아들 때 또 이별해서 멀리 가고 있는 사람을 볼 때의 구체적 심리와 정서는 어떤 것인지 좀 더 자세히 묘사해 달라고 할 것이 한두 가지가 아니다.

한 편의 소설 같으면 이와 같이 앞뒤를 완전히 끊어 버리고, 이별이란 한 사태의 요핵要核만 가지고 말할 수는 도저히 없고, 또 이런 성필법省筆法을 써서 간단히 말해 버릴 수도 없다.

그러나 시적 표현의 안목으로 본다면 위의 인용 시는 거기 해당한다. 왜냐하면 폴 발레리 말마따나 원래가 사물의 의미와 느낌의 클라이맥스의 표현인 시는, 그 자체가 지니는 암시력으로 클라이맥스 전후의 만단사설을 언외의 여운으로 대동하는 것이고, 또 언어적 표현을 보는 그 클라이맥스적 요핵 자체도 잔사설하는 묘사로써가 아니라 극한의 성필법적 함축 문장으로 써만 표현하는 길이기 때문이다.

요컨대 시는 작자나 독자가 '아!' 하고 두고두고 감동할 수 있는 클라이맥스의 무엇으로서, 소설이나 그 밖의 산문과 같이 그 전후에 이 클라이맥스를 보족하는 언사의 무더기를 대동하거나, 클라이맥스 자체를 묘사하는 대신에 사원의 종수가 조석으로 종을 '꽝, 꽝!' 하고 몇 번 울리듯이 얼마 안 되는 문자로 널리 울리게 쳐 버리고 마는—이를테면 한 타종적 문자 표현의 길이기 때문이다. "앞뒤 사정 다 잘라 버리고 중심만 말하마. 그나마 그것도 백천 마디로 말해야 할 걸, 한두 마디로 말하고 마는 타종적 충격과 여운의 효과로……" 이렇게 말할밖에는 딴 도리 없는 길에 시는 처해 있기 때문이다.

이상으로서 옛 중국식 시론을 하나 쓴 것이라면, 나는 그만 끝내 버리고 뺑소니를 쳐도 괜찮겠다.

그러나 "가만있어, 가만있어. 타종의 비유를 들었지만, 그것에선 음향의 상상밖엔 일어나지 않아. 시의 암시력이 종소리의 암시력과 다른 점을 좀 자세히 말해야 알지 않아?" 누가 아무래도 덜미를 잡고 대들 것만 같아, 불가불 그 '좀 더 자세하게'라는 걸 말 안 할 수 없겠다.

이 사람, 거야 빤하지 않나?

우리가 사는 데 쓰이는 건 눈하고, 귀하고, 입하고, 코 그러고는 자네가 자네 마누라도 주무르곤 하는 촉각이 제일 근본이니, 그것들이 두루 겪는 걸 가지고 암시해야 하지만, 거, 코니 입이니 촉각이니 그런 거야 어디 늘 상비병 노릇이나 할 줄 알아야 말이지…… 미각이니 후각이니 촉각이라는 것은 고용하기는 아마 단군 때부터 눈이나 귀 마찬가지로 했겠지만 언제부턴지 영 마비가 되어서 아주 자극적인 것 아니면 감지할 힘이 없어져 버리고 만 게으름뱅이들이니 불가불 이런 것들은 빼놓고 아직도 늘 부지런히 일하는 눈과 귀가 모으는 재력에 의존할밖에 없지.

눈과 귀의 재력 두 가지 중에서도, 종수가 종 치는 대신으로 시에서 우리가 잘 골라 많이 써먹어야 할 것은 눈으로 모으는 것 즉 회화적 영상이야. 이것은 귀로 듣는 음향의 재력보다도 비교가 안 될 만큼 많아서, 어떠한 천치라도 마음속 사진 몇만 매쯤은 누구나 다 찍어 간직하고 있으니까…… 이걸 잘 골라서 종장이의 타종의 대신으로 냅다 쳐야지…… 요즘 부쩍 늘어 가는 저 무심병자들을 여지없이 냅다 쳐야지…… 아니, 이건 누구의 마음속에나 공통으로 뼈저린 데 들어 있는 화상畵像을 꺼내 들고 치는 일이니 '타종' 어쩌고 하는 말보단 '뇌살惱殺'이란 말이 타당하지 않겠나? 그렇지, 뇌살해야지……

플라톤이 거, 일찌감치 환히 요량하던 일 아닌가?

새로 갓 피어나는 젊은이들의 귀와 눈앞에 제일로 선미한 음악과 조
각을 놓아라!

이천수백 년 전부터 중요시해 온 그대로, 시각과 청각은 지금도
여전히 인간 정신의 구체적 체험 면에서는 양대 재벌이고, 그중에서
도 시각은 갑부이니, 사람마다의 마음속 이것의 창고에 제일 큰 기
대를 걸밖에 없는 것이다.

음향도 상당한 암시력을 가지기는 한다.
가령 r, l, m, n, ng 등의 유음에서는 누구나 생명의 유동감의 암시
를 받는다. 이와 반대로 b, p 등의 폐쇄음에서는 상당한 답답증을 느
낀다.

ル(루)ルルルルルルルルルルルルルルルルルルルルルル……

이상과 같은 r음의 나열을 계속해 놓고, 제목을 「개구리의 생식」
이라 붙인 일본 시가 기억나거니와, 이 r음의 연속에서 우리는 '쪼르
르르' 흐르는 물속에서 r음이 늘 많은 상황으로 매끄럽게 굴며 교미
하는 개구리의 생식의 감각을 암시받을 수 있다.

여기 가령 당명황비唐明皇妃의 꽃—붉은 모란꽃이 어느 음력 사월 말의 하염없는 오후 4시쯤 기침 소리를 문득 내는 것이라 상상해 보는 경우, 그것은 음조와 색채와의 조화로 아무래도 '흠! 흠!' 하는 음이 어울리지, '음! 음!' 한다면 그 붉은빛에 안 어울리는 것만 같이 느끼어진다. '음! 음!' 하는 소리에서는 우리는 색채로는 백색 아니면 은빛 계통의 빛을 느끼기 때문이다.

이런 청각적 암시력이 우리나라 시에서 두드러지게 드러난 예로 김영랑의 시를 들 수가 있다.

모란이 피기까지는

나는 아직 나의 봄을 기다리고 있을 테요

모란이 뚝뚝 떨어져 버린 날

나는 비로소 봄을 여읜 설움에 잠길 테요

오월 어느 날 그 하루 무덥던 날

떨어져 누운 꽃잎마저 시들어 버리고는

천지에 모란은 자취도 없어지고

뻗쳐오르던 내 보람 서운케 무너졌느니

모란이 지고 말면 그뿐 내 한 해는 다 가고 말아

삼백예순 날 하냥 섭섭해 우웁내다

모란이 피기까지는

나는 아직 기다리고 있을 테요 찬란한 슬픔의 봄을

─「모란이 피기까지는」

이 시의 언어 조직에서 제일 많이 효력을 나타내고 있는 것이 r, l, m, n, ng 등의 유음 조화의 미라는 것은 시를 읽어 본 이면 누구나 쉬이 수긍할 것이다. 동시에 살아 있는 생명의 유동감을 암시하는 유음 조화의 미 때문에 이 시의 애수마저 '애이불상哀而不傷'의 윤기를 충분히 띠고 있는 사실도 곧 수긍할 수 있을 것이다.

이와 같이 언어의 음향도 상당히 시적 암시력을 갖기는 한다. 그러나 위에서 이미 말한 것처럼 감각 중의 갑부, 시각적 재력이 할 수 있는 암시력만큼 풍부하지는 못하다. 그것은 우리의 감각 중의 시청각의 일상 면적에 조금만 주의를 기울여 본 이는 누구나 알 수 있는 일이다.

요컨대 시의 암시는 안眼·이耳·비鼻·설舌·신身으로 겪는 다섯 가지의 구상具象 중에서도 더 많이 눈과 귀가 겪는 시각적 구상과 청각적 구상의 가장 효과적이고 정리된 시적 조직을 통해서 줄밖에 없다.

이것은 내가 여기서 새삼스레 말하고 마잘 것 없이 동서양 시문학사가 두루 지켜온 관례이다.

다마스커스로 향한 레바논의 수루戍樓

구약성서 「솔로몬의 아가」의 한 귀절은 사랑하는 남자의 사내다운 의젓한 코에 대한 만단의 찬양을 단 세 개의 시각의 구상의 조직을 통해 암시하고 있지만, 고대 이스라엘뿐 아니라 고대 그리스와 로마, 중국이나 인도에서도 시의 암시는 모두 시각적 구상을 가장 많이 빌려 했었다.

성인 가운데 가장 시적 표현을 즐겨 했던 석가가 그의 애제자 가섭에게 제일 큰 감명을 준 설교는, 언변으로써가 아니라 한 꽃송이를 매만지면서 빙그레 웃어 보였다는 사실은, 공부하는 중들하고 중가까이 지내 온 시인들이 두루 좋아해 온 것이지만, 이것도 별것 아니라 적당한 때와 장소에 잘 맞추어서 사용한 시각적 구상의 암시력에 불과하다.

종소리만 여운을 갖는 것이 아니라 시각적 이미지들도 바로 놓일 자리에 놓이기만 하면 무진장한 여운을 갖는다. 내 가끔 끌어오는 예 중의 하나로 오스카 와일드의 동화가 있다. 산에 나무하러 갈 때마다 선녀를 만난 것을 마을에 돌아와 늘 이야기하기를 즐기는 초동이 하나 있었는데, 어느 날은 돌아와서 영 선녀 이야기를 하지 않고 꿀 먹은 벙어리가 되어 버렸다. 왜냐하면 이때까지 해 온 선녀 이야기는 멀쩡하게 꾸며 댄 거짓말이고, 이날이야말로 진짜로 선녀를 만났기 때문이다.

내 생각 같아서는 시의 말씀들의 발단이란 이 초동의 이날의 '꿀 먹은 벙어리' 상태에서 열리려면 열리는 것인데, 대체 무슨 말로 입을 열어야 하나?

아무래도 여기엔 먼저 시각적 구상의 어떤 것에 비교해 표현하는 길 이상의 것이 없다. 음악이라면 물론 그 기막힌 감동에 맞추어서 한 곡조의 노래를 우리의 귀에 보내야 하리라. 그러나 시는 먼저 그 기막힌 모습을 무엇에건 비교하지 않을 수 없다. 시가 시각의 이미지들을 잘 짜서 거기 다시 음향의 조화까지를 부여하게 되는 것은 이 이미지의 비교를 한참 계속하고 난 뒤의 일에 속한다.

무엇보다도 먼저 이 초동은 역시 '달 같고', '꽃 같고', '강 같고', 또 무엇 무엇 같다고 느끼지 않을 수 없는 영상 비교의 영 안 끝나는 여로 속을 헤매일밖에 없다. 구슬을 바닷속에 빠뜨린 아이가 닷곱짜리 됫박을 들고 와 바닷물을 푸고 앉아서 그 밑바닥에 가라앉은 구슬의 정체를 다시 붙잡으려는 것 같은 갈증 상태에 놓이는 것이 맨 처음의 일인 것이다.

그러므로 예부터 한시에 가장 많은 것이 '화용花容'이나 '월태月態'임은 무리가 아니다. 하도 많이 써먹어 놓아서 사고지, '참 이뻐! 참 이뻐! 참 기막히게 이뻐!' 어쩌고 하는 따위에야 비교도 안 될 만한 실감이다.

우리는 역시 시적 감동을 시의 언어로써 표현하려면 작곡적이기 전에 먼저 시각적 비교의 암시를 통하지 않을 수 없다. 폴 베를렌이 말한 '무엇보다도 먼저 음악을!' 이것은 훨씬 그다음의 문제인 것이다.

시의 언어의 음향의 암시력은 회화적 영상들이 시인 자신에게 최상의 간절감을 주며 구축되었을 때, 비유해 말하면 연꽃을 에워싸고 도는 적당한 바람같이 거기 일고 엉기는 것이다. 즉 시인 자신을 감동시킨 영상 구축의 힘이 음악성을 대동하게 되는 것이다.

그러므로 시의 상像들의 조직이 아무래도 시인 자신을 더없을 정도로 감동시키기 전엔 섣불리 음악성에 편승하지 말 일이다. 상의 허약한 조직자가 음악성에 편승하고 말면 유행가 비슷한 것이 되기가 쉽다. 폴 베를렌의 허약도 바로 말하면 여기에 있었다. 말라르메와 비교해서 볼 일이다.

그런데 시의 암시력이 주로 시청각적 구상의 알맹이들을 에워싸고 이루어져 온 시의 엄연한 전통과 필연성에도 불구하고, 근년 우리나라 시의 일부에는 이 사실을 완전히 몰각한 듯한 기현상이 전개되고 있다.

구상의 알맹이들을 중심으로 시의 암시력을 설정하는 대신에 다수의 추상 개념들을 알맹이로 해서 거기에 추상들의 조립이 짜내는 기이한 암시의 층을 빚어내 보려는 위험한 노력이 그것이다.

그러나 요즘 우리 시에 적지도 않아 보이는 이런 고유한 노력들은 그 전도가 불가능해 보이기 때문에 아무래도 안심치 않은 일이 되어 있다.

왜냐하면 20세기에 와서 추상을 많이 해 온 예술은 미술이지만, 이것은 그 자체가 직접 시각에 호소하는 구상 예술이기 때문에 그 구상의 근본 자격을 기초로 해서 추상이 가능한 것이지, 문학과 같이 원래가 추상인 언어 문자를 사용해야 하는 예술에서는 구상의 알맹이를 중심으로 하지 않는다면 시인이 체험한 감동을 독자에게 전달하기란 아무래도 불가능해 보이기 때문이다.

미술 같으면 아무리 추상미술이라 할지라도 구상의 선과 색채와

체적들로써 우리 눈에 역력히 보이면서 표현하는 것이니까 추상을 보는 이에게 이해시킬 수 있다. 그러나 언어 문자라는 것은 그 자체가 원래 추상인데 이것을 쓰지 않을 수 없는 시가 내용마저 추상 관념을 알맹이로 해서 조립된다면, 여기 생기는 시의 암시력이란 실로 너무나 가시적·가감적 한계 이외의 것이 되고 말아서 아무래도 독자에게 전달이 잘 되지 않을밖에 없다.

구상이라야 그늘과 여운을 빚어내지, 추상은 그 자체가 구상의 그늘이기 때문에 다시 그것이 그늘을 만드는 일은 실제론 곤란하기 때문이다.

예를, 다시 위에서 들었던 '초동이 오늘 비로소 만나고 온 선녀'로 하고 볼까.

"이 사람, 거 얼마나 기맥혔었는지 말 좀 해 봐."

하도 사람들이 조르고, 자기도 말하고 싶은 생각이 나서 초동이 그 선녀를 언어로 표현하는 경우, 구상을 포함하는 말들을 알맹이로 할 수도 있고, 추상적 내용의 말들을 알맹이로 할 수도 있고, 구상과 추상 둘 다 알맹이로 말할 수도 있을 것이다. 요컨대 이 세 가지 가운데 어느 하나로 말할 수밖에 없을 것이다.

즉 "달 같아" 한다든지 "맑고 밝고 신비해" 한다든지 "신비하고 또 달 같아" 한다든지—이 세 가지 중 어느 한 길을 택할 수밖에 없다. 첫째는 구상적 언어 표현이고, 둘째는 추상적 표현이고, 셋째는 양자를 두 대등치의 알맹이로 해서 말한 것이다.

그런데 여기에서 문제가 되는 것은, 그 선녀를 이미 보아 그 기막힌 영상들을 이미 마음속에 사진 찍어 가지고 있는 초동 자신을 위해서라면, 그의 마음속에 이미 알맹이의 구상이 사진 찍혀져 있으므로 표현 언어는 추상을 주로 해서도 될 수도 있겠지만, 독자나 이야기를 듣는 사람들을 위해서는 그래서는 영 상상을 시킬 수가 없다는 점이다.

"이뻐, 이뻐, 맑고, 밝고, 신비하고, 얌전하고, 의젓하고, 세상에는 다시없을 최상의 미와 같고……"

어쩌고, 아무리 추상의 억만 마디를 늘어놓아 본댔자, 이야기를 전해 듣는 사람에게는 영 그 아름다운 감동을 초동과 같이 해 볼 상상의 문은 안 열리고 마는 것이다. 미술 같으면 선과 색채와 체적이 시각에 호소하는 능력을 가졌기 때문에 추상도 상상을 작용케 할 수 있다. 그러나 언어라는 것은 추상 내용어를 알맹이로 해 가지고는 아무래도 안 되는 것이다. 얼마든지 연습해 보라. 그게 되는지 안 되는지 우리가 손수 헤아려 봐야 할 일이니……

"하, 원, 이런, 제길…… 자네는 봤으니까 알겠지만, 어떻게 이쁜 것인지 그렇게 말해 주어서야 알 수가 있나? 그래 어떻게 생겼어? 무엇 같은지 그걸 말해 봐."

듣는 이는 궁금증이 나서 이렇게 요구하지 않을 수 없는 것이다.

그래

"달 같아. 달이라도 초파일 무렵 두메산골에 새로 나오는 보리 이삭들 위에 갓 떠오르는 달 같아……"

어쩌고 해 주어서야, 겨우

"야아, 아직 갓 젊은 것이었구나. 그래서?……"

하고 듣는 이와 독자의 상상의 구미를 이끌 수 있게 되는 것이, 바로 시의 감동의 전달이다.

이렇게 구상을 알맹이로 하지 않고서는, 우리가 감동한 것을 그것을 안 본 독자나 청자에게 상상시킬 여하한 추상의 길도 언어 표현은 가지지 못하였다. 일찍이 선녀를 본 경험이 있는 본인만 위한 것이라면 추상만으로 무방하리라. 그러나 선녀를 못 본 독자는 먼저 상상시켜 주기를 요구하며, 상상시키자면 구상의 알맹이를 말하지 않고는 불가능하다.

종을 쳐야 여운이 은은히 깔리고, 느티나무가 있어야 함축미 있는 암시의 그늘이 깔리는 것이지, 그 여운이나 그늘을 치거나 드리워서 또 다른 여운이나 암시를 구한다는 것이 불가능하듯이, 언어 중의 추상어를 모아 써서 시의 암시를 빚어낸다는 것 또한 불가능해 보인다.

철학이라면 독자의 상상력이 아니라 사고력에 맡기는 것이니까, 추상 관념군을 알맹이로 해 엮어서도 충분히 한 이치를 전달할 수 있다. 그러나 시는 무엇보다도 먼저 감동의 전달 없이는 있을 수 없고, 감동의 전달은 위의 선녀 이야기에서 본 바와 같이 구상을 담는 말을 알맹이로 하지 않고는 있을 수 없다는 사실을 명심해야 한다.

존재, 부재, 생성, 여백, 의미, 내부, 변모, 거리, 종착, 지성, 비약, 망각, 피안, 능선, 의식…… 이런 등등의 추상 관념어들을 가지고, 시에 옷을 꿰매 입혀서 거기 다시 시의 암시를 주려는 노력가들이 근년의 우리 시단에 웬일인지 부쩍 늘고 있는 듯이 보이나, 이렇게 하는 문학사적 근거는 어디에 있는 것인지 적지 아니 염려스러운 사태로 보인다.

요즘 '내면 의식의 시'라는 것들을 주장하는 이들을 보았으나, '내면 의식' 운운의 근거는 있다면 서양에 있을 것인데, 서양에 언제 추상 관념어군을 알맹이로 해서 내면 의식을 하던 시파가 있었는가?

내가 알기로는 초현실주의가 20세기가 산출한 시파 중 가장 많이 내면 의식을 다루었다. 그러나 그들은 내면 의식을 표현하기 위해 추상 관념어군을 알맹이로 하지는 않았다. 내면 의식같이 미묘한 분야를 다시 추상 관념어군의 복잡한 조직의 불확실 속에 집어넣어 보겠다는 노력은 서양의 어느 초현실주의 작품들에서도 기억해 낼 재주가 없다. 그들은 논리로써 도무지 표현이 잘 안 되는 인간 의식의 내면의 밑바닥들을 표현하려 했기 때문에, 도리어 구상의 은유를 많이 쓰지 않을 수 없었던 것이다.

초현실주의의 대표적 시인인 폴 엘뤼아르의 시를 우선 읽어 보기 바란다. 구상의 은유의 힘 아니었으면 그의 시는 있을 수 없음을 곧 알아볼 수 있을 것이다. 그는 상징주의 시인들만 못하지 않은 세력으로 구상의 이미지들을 은유용으로 쓰고 있었던 것이다.

하늘과 땅 사이에 나서 인류 역사 속의 현실에 살면서, 구상엔 눈을 감고 추상 관념에 전업한다는 것은 시인의 자격이 아닐 뿐만 아니라 생활하는 인간의 자격도 아니다. 코끼리를 만져 보고 '바람벽 같다'느니 '구렁이 같다'느니 하던 장님들은 그래도 그 구상을 부분적일망정 만져 본 대로 말한 것이다. 이건 아무 데도 안 만져 보기로 작정하고 추상으로 어느 현실—어느 시의 현실을 말할 수 있다 하는가? 시인 자신 눈 감고 보지 않은 것을 무슨 추상 관념어군의 조직력으로 독자의 상상에 자극하는가?

특히 '현실'이라는 말을 중요하다고 많이 쓰는 사람들이 시 쓰는 걸 보면 영 추상 방황 덩어리인 것은 이해하기 참 곤란하다.

시인이 현실과 가까운 언어는 구상어이니, 이것의 조직력을 먼저 충분히 가져야 한다. 추상어는 시에서는 어느 경우에나 구상어의 보족어일밖에 없는 것이다.

구상어를 알맹이로 하는 시의 불휴의 정리를 통해서 우리는 우리 시의 등한했던 암시력을 회복할밖에 딴 길이 없다.

제9장 시작 과정 1

시인은 영감靈感으로 시를 쓰는 것이라는 낭만주의 시절의 습성은
그 감정의 흥분을 속기速記해야만 했기 때문에, 마치 취객이나 들뜬
바람둥이가 해 놓은 일과 같이 시정신의 표현이 조루하기가 일쑤였
다. 1920년대에서 1930년대 전반기까지 우리 대다수의 시집들이
어느 것이나 읽을 만한 시편은 불과 몇 편밖에 지니지 못했던 것은
그 영감의 속기라는 것을 해치운 데 있었다.

그것이 1950년 6·25 사변 뒤 15년간의 근년에 이르러서는 지성
으로 시를 쓴다는 또 다른 시작 태도가 널리 유행되면서 '의미의 시'
라 하여, 시에서 의미만을 추구한 나머지 시를 『주역』보다도 더 어
려운 것으로 만들어 한두 편은 고사하고 그 반편도 흥미 없는 것으
로 만들어 내는 경향이 점점 늘어나고 있다.

그러나 화끈 달아오른 감정의 흥분 속에서 시를 속기해 버리고 만 '영감 시절'의 시작 태도도 손해였거니와, 사이비 주지적 시작 태도 또한 시와는 아무런 상관도 없는 외도인 것이다.

시는 무엇보다도 먼저 시인이 감동해야 하고, 또 독자에게 감동을 줄 수 있는 시 언어 조직 속에 있는 것이라야 한다. 그것이 지성을 주로 하는 것이라 할지라도 지적 감동의 상황을 띠지 않고는 시로선 성립할 수 없다. 과거 감정적 영감을 속기로 시를 쓰던 사람들은 감동된 감정만으로 '어떻게 그 감동을 독자에게 줄 수 있을까?' 하는 고려 없이 시를 썼고, 의미의 시인이란 사람들은 또 애당초부터 시적 감동과는 다른—철학자의 개념적 사유로 기록한 것이다.

더구나 철학자적 개념 사유에다가 시적 뉘앙스를 주려는 언어 구조는 시를 어느 철학서보다도 어렵게 만들어 가고 있다. 영감의 속기로 조루를 보이는 작품 무더기들은 여기 인용치 않아도 두루 잘 짐작할 터이니, 아래 인용하는 「거미줄」이라는 시를 보고 판독해 보시기 바란다. 이것은 어느 시골 국민학교 교사가 요즘의 그 '의미의 시'의 영향으로 연습 삼아 지어서 내가 선하는 독자시란에 투고한 것인데, 의미의 시라는 것의 상모를 국민학교 식으로 잘 본뜬 듯해서 여기 옮긴다.

요구를 결국은 이해로만 따져 온 계통 있는 산만으로 감화感化를 징수하는 방법이 된 평범성이란……

이와 같은 사이비 철학적 사변에서 어느 독자가 시적 감동을 받을 수 있는가? 이런 시를 쓰는 사람들은 감동을 염두에 두지 않고 의미만을 생각한다고 하더라도, 이런 개념 종합이 가지는 의미는 또 어느 지혜 좋은 독자가 이해할 수나 있겠는가? 그리고 이런 것은 시와 무슨 관계가 있는 놀음인가?

낭만시의 영향이 주가 되던 시절의 감정적 조류에 싫증이 난 나머지, 지적 철학적 지향을 갖는 데 '의미의 시'의 근거가 있는 것까지는 잘 이해가 된다. 그러나 이렇게 되고 마는 것은 또 시에서는 너무나 먼 이탈인 것이다. 서양의 주지시에도 그런 일 전혀 없다는 것은 앞의 '시의 상상과 감동'에서 이미 말했다.

거듭 말하거니와, 시는 감동된 것이고 감동시키는 것이라야 한다. R. M. 릴케는 『말테의 수기』에서 '시는 감정이 아니라 체험'이라고 했다. 그러나 아무리 잊으려 해도 영 안 잊혀지는 그런 체험이라고 했다. 영 안 잊혀지는 체험은 물론 불침不沈의 감동으로 남는 체험을 뜻한다. 폴 발레리는 '감동의 직능을 가진 언어라야 시의 언어'라고 했다. 이것은 시정신의 감동과 병행해야 하는 시의 언어를 지칭해서 한 말이다. 고대 그리스 이래 서양의 시가 철학이나 기타의 학문이 해 온 개념 관리의 길과 달리 성립되어 온 근거는 그것이 감동을 관리해 온 데 있었다. 17, 8세기나 20세기 주지적인 시들에서도 시 창작이 철학이나 기타 학문과 같은 개념적 사유로서 이루어진 예는 없다. 주지적인 요소로서 성립한다 하더라도 그것은 언제나 시인이 감동해야 하고, 그렇기 때문에 감동을 줄 수 있는 시는 독특한 창작 어세를 통해서만이 독자에게 전달되어 온 것이다.

그러므로 시를 하려는 사람은 무엇보다 먼저 그의 정신을 감동할 줄 아는 것으로 만들어 가져야 한다.

첫째, 햇빛이 늘 실감 있어야 한다. 괴테의 시에 늙어서 보는 햇빛 속에 소년 시절의 친구였던 소녀의 그리움이 늘 되살아 나오는 것을 쓴 게 있지만, 시인의 감성은 늙어서도 늘 이래야 한다. 이렇게 되기 위해서는 남한테 배반당할지언정 자기를 싸게 에누리하여 남을 배반하는 짓만큼은 삼갈 일이다. 시적 감동이 장년기에 접어들면서 망하는 사람들을 보면 대개는 어디다가 비밀히 비밀히 자기를 싸게 판 사람들이다. 한 번 팔고 두 번 팔고 횟수를 겹치는 동안에 우리의 마지막 것인 햇빛마저 점점 먼 것이 되고, 남의 것이 되어 가다가 마침내는 싯누런 장기瘴氣와 같은 것이 되면서, 시적 감동의 소질은 완전히 마비되고 마는 것이다.

동시에 고전주의가 이미 옛적에 많이 주장한 것이지만, 절제는 상당히 필요하다. 요는 과식지 말 일이다. 주로 남녀 관계에서 성적 매력을 중심으로 한 과식은 특히 금물이다. 사과도 한 알맹이가 맛이 있지 세 개, 네 개, 다섯 개 연거푸 퍼먹고 날마다 많이 퍼먹으면 나중엔 보기도 싫어지듯이, 여자나 남자도 많이 집어세면 나중엔 시시하고 보기 싫어지고 아주 싸디싼 걸로 보여지면서, 바로 차지도 덥지도 맵지도 쓰지도 않은 무감동의 지옥 속에 던져지고 말 것이며,

이 지옥은 또한 시의 감동과도 제일로 거리가 먼 것이니 말이다.

지적 감동을 위해서도 지켜야 할 것은 있다. 첫째 잔꾀를 부리지 마라. 남의 눈치 슬슬 봐 가며 부리는 누추한 거지 같은 꾀, 무엇이 편승할 세력인가만 살피는 닳아질 대로 닳아져 버린 약삭빠른 꾀, 바르지 않은 줄을 속으로는 잘 알면서도 자기 파라는 것의 수명 연장을 위해서만 암약하는 꾀―이런 것들은 항시 지성을 방패로 하지만, 시의 지적 감동과는 너무나 먼 곳에 있는 것들이다.

아울러 시 쓰려는 사람들의 지성이거든 현대의 그 숱하게 많은 주의와 이론―그것들에도, 데카르트의 말처럼 끝까지 의심하여 더 의심할 수 없는 데까지 의심해 볼 필요가 있다. 다수면 그만일 수만도 없는 것이 시의 지적 감동에는 얼마든지 있고, 십자가 위의 그리스도와 같이 사람으로선 꼭 혼자만인 경우도 있기 때문이다.

우리가 사는 일이 항시 사과 보면 사과 먹고 싶은 아이처럼 늙어서도 햇빛 보면 거기 어린 때의 소녀들도 사진이 똑똑히 보이게, 또 그렇게 그리워하여 거지 발샅의 때에도 제일 가까운 친구로서 또는 모두가 50퍼센트 이내로만 깨어 있는 지성일 때 51퍼센트나 혹은 100퍼센트 가까이 각성하여 놓이는 것. 이것은 무엇인가. 보들레르가 말한, 이것은 어쩔 수 없는 희생 제물이라면 희생 제물이긴 하다. 그러나 우리는 이렇게 사랑하고 참고 견디고 고독하게 정밀함으로써만 시적 매력 즉 시적 감동의 마당에 설 자격을 겨우 얻는다.

그러나 이것은 시의 입구이다.

시적 감동의 능력을 갖추었다고 해서 저마다 다 시인일 순 없다.

시인이려면 시적 감동이 마련해 준 수확물들을 항시 저장해 둘 수 있는 창고를 마음속에 지어야 하고, 또 창고가 비지 않도록 늘 채워 두는 실농가實農家라야 하고, 어디서 무슨 제목을 주어 시를 쓰라 하건 창고에 들어 있는 기수확물로써 충당시킬 수 있는 부를 지녀야 한다. 이백이나 두보나 왕유 같은 시인은 어디에서 무슨 제목을 주거나 술 한잔쯤 마시고도 이걸 다 잘 다루었다 하는 것은 즉흥으로 쓴 게 아니라 사실은 이런 창고 속의 기수확물을 이용했을 것이다. 현대 서양 시가 이렇게 발전한 마당에도 에즈라 파운드 같은 거장은 오히려 천수백 년 전의 이백의 시에 심취했을 정도니, 그게 그의 창고에 이내 쌓아 두었던 것들 아니라면 술 먹은 즉흥만으로 되었을 일인가 생각해 볼 일이다. 시인의 마음을 형상화한 마르크 샤갈의 그림이 있다. 그러나 시인의 마음속 창고는 그 정도로 단순한 게 아니라 참으로 오만 가지 기수확품이 간직되어 있어야 한다.

여기에는 시효가 적용되어 시간이 지나면 쓸어 내버려야 할 것도 생긴다. 한동안은 틀림없는 수확물로 모아 두었는데, 세월이 지나 다시 들여다보니 허망하게 보이는 것도 가끔 생기는 것이다. 이십대에 비 오는 도시의 밤거리를 혼자 지나다가 문득 들은 라디오 확성기의 어떤 여인의 음조가 매력 있어 마음의 창고에 한 20년 간직해 두다 보면, 어느 날 문득 저속으로 화하여 쓸어 내버려야 할 때도 있다.

이런 경우 시인은 그 수확한 부의 축재자임과 동시에 부절한 정리자라야 한다. 이것은 잔인한 일일까. 그러나 시인이려면 어쩔 수 없는 필연이다. 시인은 비록 제 모태라도 저속한 것은 정리하는 창고 정리자의 잔인도 가져야 한다. 마치 그리스도가 자기를 따라오던 여인들을 향해 "예루살렘의 딸들아. 나 때문에 울지 말고, 너를 위해 울고 네 자식들을 위해 울어라" 하고 가던 것처럼……

그러나 시인이 마음의 창고에 간직한 것들을 감당할 만한 시적 감동력을 지속하지 못할 때에는 이 창고 속의 기수확물들은 날개 돋힌 천사와 같이 어느 틈으론지 새어 나가 버리기도 한다. 제군은 제군이 지저분하여 돌아온 어떤 날 밤에, 아무리 생각해 내려 해도 도무지 생각나지 않는 누군가의 눈망울의 광망光芒을 초조히 더듬기에 아찔해진 일은 없는가. 너절하게 살기라면 마음속 감동의 수확물의 곳간은 마침내는 텅 비고 말 것이다.

이 감동의 곳간을 늘 정리하고 유지하는 사람에게 비로소 어떤 기회에 시의 문이 우연처럼(이것도 물론 필연일 테지만) 열린다.

시의 문이 열린다는 것은 제일 반가운 사람과의 재회와 같다. 이것은 언뜻 보기엔 완전한 신경지 같지만 사실은 자기 마음속에 간직해 온 인생의 감동적이었던 수확물의 한 개나 또는 몇 개를 비춰 보고 재확인하기에 알맞은 황홀한 거울을 만나는 것뿐이다.

우리는 어느 날 개벽같이 빛나는 순금빛 국화 앞에 서서 이미 자기 마음속에 감동하여 간직했던 솔작새의 울음소리를 돌이켜 재확인할 수도 있으며, 여름에 깊이 들어 간직한 천둥소리를 국화의 황금 색채를 통해 재확인하고, 이 재회를 통해 시를 성립시킬 수도 있다.

한 송이의 국화꽃을 피우기 위해

봄부터 솥작새는

그렇게 울었나 보다

한 송이의 국화꽃을 피우기 위해

천둥은 먹구름 속에서

또 그렇게 울었나 보다

변변치 못한 것이지만, 내 「국화 옆에서」라는 이런 내용들도 사실은 국화를 거울로 해서 다시 만난 내 마음속 곳간의 기수확물들의 정착화에 불과한 것이다.

릴케는 시를, 현실을 억누를 만한 불침의 추억의 위력이라는 뜻으로 말했지만, 불침의 추억 즉 마음속의 기수확물은 현실에서 그에 알맞는 거울을 찾을 때에만 비로소 시의 자리에 정착할 수 있는 것이다.

이렇게 현실의 사물을 거울로 해서만 재확인되는 이 재회 즉 시의 계기가 성립할 때, 시인이 느끼는 감동이 생리生理를 건드린다는 것은 많은 시인들이 20세기에도 이어 말해 왔다. A. E. 하우스맨 같은 시인은 이런 순간에는 면도기를 들 수 없었다고 한다. 언젠가 박목월과 함께 이런 이야기를 하다가 그가 "이런 때는 무슨 기둥 같은 것이 전신을 관류해서 머리끝으로 솟아오른다"고 하던 일이 기억되거니와, 내 경우는 밤이면 옆에 누워 곤히 잠든 내 어린놈을 괜히 끌어안고 뒹굴기도 더러 했다. 요즘은 나이 탓인지 그런 짓도 참아 버리고 가만히 앉아 있긴 하지만.

이런 시의 계기란 철학이나 기타 학문의 사유의 계기와는 질적으로 다르다. 비록 그것이 지적 이해에서 오는 감동이라 할지라도 어이튼 두뇌만의 사유가 아니라 골수를 쩌릿하게 하는 감동을 겸한 것임에는 틀림없다.

이렇게 해서 하나의 시상詩想이라는 것이 성립된다.

이런 재회를 통한 시의 상봉이 성립될 때 시는 나체로는 언짢은 듯 대개는 그 속옷에 해당하는 언어의 일부를 대동하고 오기가 일쑤다. 그러나 어느 경우나 꼭 그렇지는 않고 어떤 때는 언어의 의상을 전연 걸치지 않은 채 오는 수도 있다.

여기에서부터 시의 의상화 즉 시의 언어 구성이 시작된다.

그러나 두말할 것도 없이 이것을 영감의 속기로써 하는 것보다는 아무래도 여기에 오면 과학적 면밀성과 주도한 비평 정신과 효과적 전달을 두루 가지고 하는 지적 구성이 유리하다. 그렇지만 이 구성하는 일꾼으로서의 이지理智는 시의 감동을 보다 더 낫게 전하기 위한 좋은 심부름꾼으로서만 지위를 차지해야지, 괜히 월권을 하다가는 시를 그만 죽이고 마는 것이다.

제10장 시작 과정 2

한 개의 시상을 한 편의 시 작품으로 구성하는 경우, 효과적 전달을 위한 고려의 임무를 맡은 일꾼으로 등장하는 이지理智가, 그 시상의 감동력의 충실한 심부름꾼의 위치를 이탈, 월권하는 데서 모든 부족한 시 작품이 이루어진다.

시의 의상인 시어의 선택과 배합을 해 나가다가 그만 꾀부려 게으른 하복下僕과 같이, 고려의 이지가 충실성을 에누리하고 마는 데서 미비한 작품을 낳는 온갖 애로가 빚어지는 것이다.

첫째, 낱말들의 어중간한 선택이 이 충실한 하복—이지의 게으름과 꾀에서 재래齎來되어 시작詩作의 남발의 혼란을 일으킨다.

시상의 작품화 과정상의 하복—이지가 불충실하게 월권하는 경우 가장 먼저 저지르는 일은 시어 즉 시 의상의 균일품 기성복의 남용이다.

그런데 현대 언어 생활에서의 균일품 기성복이란, 내가 보기에는 여러 복잡한 관계를 조속 처리하기 위해서 현대가 다량으로 축적해 지니고 있는 개념어라는 것이다.

이것은 우리가 일상생활을 경영하는 데 편리하다. 첫째 여러 말로 나타내야 할 감정이나 이해의 내용을 극히 간단히 개괄적으로 말할 수 있는 점이 편리해서, 짧은 시간에 많은 걸 말해야 하는 매스컴이나 대학 강단, 논문, 연설, 법정 등에서 전폭적으로 애용하고 있다. 이 병에 심하게 걸린 사람들은 저희 집 마누라 된장찌개 옆에서까지도 그냥 '아 오늘은 낭만적 정서인데……' 어쩌고 해 버리고 말기도 한다.

그러나 '낭만적 정서', '객관적 존재' 이런 종류의 개념어들은 우리가 느끼고 알고 있는 내용을 극히 개괄적으로 간단하게 표시하는 말일 뿐 인생의 내면적 실감을 나타내는 언어는 아니다. 그러니 마누라 된장 옆에서 쓸 말도 부적당한 게 많고, 시의 언어로서도 물론 그러하다.

실존주의는 시어의 보호를 위해 좋은 한 개의 시사를 했다고 생각하는데, 그것은 '개념'의 권위를 부정한 점이다. 쉬운 예로 수전 헤이워드 주연 영화 〈나는 살고 싶다〉를 가지고 말하자면, '살 만한 자격이 충분한 여자 사형수를, 왜 법적 명문明文과 판검사·변호사의 간략한 구변과 판결례 등 법적 개념의 권위가 합력해 죽여야 하느냐?'는 것이다. 그 여사형수뿐 아니라 참말 우리의 시정신 역시 그런 유의 간략한 개념어의 기성복 속에서는 살지 못할 위험이 너무나 짙기 때문이다.

미안하지만, X씨의 「거미줄」이란 시구를 한 번 더 보기로 한다.

　요구를 결국은 이해로만 따져 온 계통 있는 산만으로 감화感化를 징수하는 방법이 된 평범성이란……

이런 개념어의 기성복 속에서 시의 감동이 질식지 않고 살 수가 있을까?

시어의 탐구자로서 우리는 시상 감동에 최적한, 유일무이한, 새로운 의상을 입히기만을 원해야 한다. 그 밖엔 어떤 타협도 있을 수 없다.

시어의 선택과 아울러 중요한 것은 한 편의 시 작품의 효과적인 배치이다. 마치 한 개의 완전한 인체의 구조와 같이 한 편의 시 안의 소시상小詩想의 부분들은 전체 안에 서로 조화를 잘 이루어야지, 이것이 성공하지 못하면 그만 잡치고 마는 것이다.

옛 중국을 주로 한 한시에서는 기, 승, 전, 결의 유기적 연관의 조화를 이루도록 하였다. 오늘의 현대시가 꼭 기승전결의 순서로 연결을 지으라고 나는 말하진 않는다. 그러나 서양 시 역시 이것은 고대 그리스 이래 전통적으로 중요한 일이었다.

아리스토텔레스는 『시학』에서 한 편의 시작詩作은 유기적 연관성에 의한 통일이라는 것을 강조했거니와, 이것은 오늘날에도 시작에서 꼭 필요한 원리이다.

낱말과 낱말, 시행과 시행, 연과 연 사이의 유기적 연관성은 시의 독자적인 필연적 조화로써 이루어져야 한다.

산문과는 다른 시의 독자적 연관성의 최중요한 요소는 시의 각 부분과 부분 사이에 개재하는 함축된 언어 외의 암시력에 있다.

산문이 또박또박 다 말하고 가는 것을, 시는 경우에 따라서는 대폭적으로 생략하고 그 생략한 사이에 무진장한 말 밖의 암시하는 함축미를 삽입해야 한다. 그런데 근일의 우리 시의 대다수는 시 작품의 제일 중요한 요소를 깡그리 잊어버리고, 그저 산문의 수상隨想을 다루듯이 아무 언외의 암시도 함축돼 있지 않은 순 산문만을 작성해내고 있다. 산문시라 하더라도 그것이 포에지(시정신)를 다루는 이상, 언외의 암시력을 무시할 수 없다는 것을 알아야 할 것이다. 종소리가 종소리 노릇을 하자면, 감칠맛이 훌륭한 여운력을 가져야만 비로소 가능하듯이, 시도 말씀 다음에 놓이는 언어 밖의 암시력이 없으면 시 노릇을 못 하는 것인 줄 알아야 한다.

사원의 종수가 뗑… 뗑… 뗑… 뗑, 뗑, 뗑, 종을 연타하는 사이에다 미묘 선미한 여운을 깔아 좋은 연관 관계를 이루듯이 우리도 시의 소부분들 사이에 언외의 감동적인 암시력을 마련해야 하는 것이다.

그리고 또 시 작품엔 어느 것이나 반드시 시의 눈이 있어야 한다. 초점이라고 하는 것 말이다.

돋보기를 가진 아이가 태양 광선을 돋보기의 초점에 집중하여 종이를 태우는 것을 본 적이 있을 것이다. 이 일을 시에 비긴다면, 돋보기의 초점에 모여 종이를 태울 만한 힘을 가진 부분은 시의 눈이고, 타는 종이는 말하자면 한 편의 잘된 시의 독자이다. 포에지는 그럼 늘 뜨겁게 태우는 것뿐이냐는 질문이 있을 듯하다. 그러나 이건 그 말이 아니다. 얼음을 얼리는 빙점 혹은 최심最深의 정적이 깃든 해저와 같은 것—이런 것도 모두 포에지의 초점이다. 요컨대 시정신의 클라이맥스, 그것을 나는 말하려는 것이다.

그리고 한 편의 시의 눈은 보통 그 시의 첫 부분에 있는 일은 거의 없다. 인체에서는 맨 첫 부분인 머리 밑에 바로 두 개가 놓여 있지만, 한 편의 시 작품 속에서는 이렇게 되면 용두사미의 기형이 되기가 일쑤이다. 시의 눈은 흔히 마지막 절이거나, 아니면 마지막 절에서 가까운 절들 속에 있게 된다.

그리고 시의 초점이 마지막에서 가까운 절들 속에 있는 경우 마지막 부분은 그 초점의 여운으로서 은은히 깔리기 망정이다.

위에서 한 편의 시의 구성에서 가장 중요시해야 할 것이 언외의 암시력의 효과적 구성이라는 말을 했다. 좀 더 구체적으로 말하면, 이미지(영상)와 이미지 사이의 선미한 조화의 공간에 함축미 있는 암시력을 배치해야 한다는 것이다.

그리고 이것은 동서의 시의 선인들의 전례를 따르면, 비유나 상징으로써 제공해 온 바의 회화적이거나 음향적 이미지가 주는 그 암시력을 말한다.

현실의 감동에서 얻는 것으로, 냄새나 촉각·미각의 것들은 창세기 직후에는 어쨌을는지 모르겠으나, 복잡한 사회생활을 되풀이해 온 현대인들에게는 거의 휴지 상태에 있거나 간헐적으로만 가끔 있는 것이 되어 있기 때문에, 제일 많이 우리의 정신 속에 현실의 증거 자료로서 오늘도 꾸준히 제공되고 있는 시각과 청각의 재산에 의거할 수 밖에는 없다.

눈으로 본 것, 귀로 들은 것—이것이 우리가 현실을 증거할 가장 많은 자료가 되기 때문에, 이 시각적·청각적 이미지의 조직을 통해 우리는 우리가 겪은 현실의 감동을 독자에게 많이 상상시킬 수밖에 없고, 그러자니 자연 시의 암시라 하여도 회화적·음향적 이미지의 암시를 주로 하지 않을 수 없는 것이다.

이 님프들을 내 영원히 있게 하리.
짙은 잠의 조을리는 공기 속
저리도 역력히,
아른거리는 그네 아스라한 복숭아꽃 살빛을.

이것은 스테판 말라르메의 「목신의 오후」의 첫 부분으로, 여기서 사용하고 있는 이미지의 조직체는 시각의 자산에 의거한 것으로, 이 회화적 이미지의 조직체가 암시하는 것은 물론 고대 그리스 신화 세계적 공간의 무無이다. 여기 언어들이 형상하는 것의 암시를 통해 우리는 텅 빈 하늘 속에 밀집해 있는 고대 그리스 신화 세계적인 복숭아꽃 살빛의 육체감을 절실히 느낀다.

거듭 말하지만 우리가 현실을 체험한 산 증거인 영상으로써 우리는 무엇보다 시각이 얻은 회화적 형상을 가장 많이 지니고 있기 때문에, 이것으로써 비유하거나 상징하여 우리의 시상의 감동을 독자에게 상상시키는 것은 필연한 일이다.

그러나 그다음으로 많은 마음속 현실의 증거품인 음향의 형상도 무시할 수는 없다. 아니, 많이 등한시되어 있는 이 방향의 개척은 우리 시에는 퍽 필요한 일일 줄 안다.

일찍이 우리 신시사 가운데 김영랑 시의 유음 조화—음향의 암시력이 빚어내는 시의 유동력을 칭찬한 일이 있거니와, 현대시라고 하여서 음향 조화가 주는 시의 암시력을 무시한다는 것은 있어서는 안 될 손해의 길일 따름이다.

언어를 시어로 다루는 마당에 그 음질들을 자세히 고찰해 보면, 그것으로 포에지를 암시할 수 있는 길이 상당히 많이 있음을 발견하게 된다.

꾀꼬리 소리나 종달새 소리의 rrrr…… 로 연속하는 음들이 답답지 않은 유창한 생명의 유동력의 암시를 주듯이, 딱 닫히는 폐쇄음들은 또한 억류당하는 구속감을 준다. 퇴, 퇴, 퇴— 하는 음을 내놓고 보면, 이것은 아무래도 그리운 사랑의 음과는 너무나 먼 저주에 일치하는 감각을 주는 소리임을 식별할 수 있다.

나는 오후 4시경의 붉은 모란꽃이 기침을 한다면 그 음은 어떤 소리일까를 상상한 일이 있다.

음! 음! 음!

이것은 아무래도 새빨간 색채에 알맞은 음이 아니고, 백색이나 은색 계통에 어울릴 소리 같다. 그래 h를 그 위에 붙여,

흠! 흠! 흠!

해 보니, 그제사 붉은 모란꽃의 색채에 어울리는 것 같아, 그것을 우선 택해 쓰기로 했었다.

이런 고려들은 필요 없을까? 필요 없다 하는 건 큰 손해일밖에 없다.

그리고 또 한 가지 우리 현대 시인들이 가치를 인정해야 할 것은 쉬르레알리스트들이 그 문을 열어 놓은 상상 자체에 대한 끊임없는 혁명이다. 시의 상상은 말라르메 이전의 서양 시에서는 관례성이라는 걸 너무나 중요시했기 때문에 항시 거기가 거기인 토착의 일정 구획 같은 한계 안에서만 맴돌고 있었다. '상상력의 상투적 관례록'이라는 걸 어렵잖게 유추해 낼 수도 있는 정도였다. 그런데 쉬르레알리스트들이 마음속으로 기어들어 가다가 혁명해 버려도 좋다는 새로운 시의 이해를 낳았다. 이것은 현대시의 가장 큰 각성이다. 머릿박 속의 잔꾀로 빚어내는 부자연한 신기성은 못쓰지만, 심저의 동의를 얻은 상상의 신개지는 얼마든지 개척되어야 할 일이니 말이다.

그러나 우리나라 최근의 내의식內意識의 시들이 갖는 난점엔 적지 아니 못쓰게 큰일 난 것이 있다. 그것은 내의식의 탐구에서 발견해 낸 시의 착상을 이미지화하여 독자에게 상상시키는 전통적인 시의 방법을 거치지 않고, 추상 개념으로 설명하거나 논의하거나 역설해

버리고 마는 점에 있다.

이 점, 먼저 쉬르레알리스트의 대표 시인이었던 폴 엘뤼아르의 시편들쯤 다시 잘 좀 참고해 보기 바란다. 그가 내의식에서 새로 발굴한 시의 자산들을 효과적으로 이미지화해 내기에 얼마나 골몰했으며, 그 점에서는 역시 그도 시의 전통 속의 사람이었음을 알게 될 것이다.

추상은, 상상이 관문이 되는 시의 전달에서는 언제나 구상적 이미지의 보족으로서 있어야지, 주인석을 차지해서는 안 된다는 것을 거듭 강조해 둔다.

그러나 한 편의 시작을 하는 사람으로서, 자기가 쓴 시 작품을 두고 '완성품'이라는 생각을 가질 수는 없는 일이라고 생각한다. 폴 발레리도 '시는 영원한 서설序說'이란 말을 했던 것으로 기억하거니와, 그는 이 점에 있어서도 밝게 요량한 사람 같다.

아무리 쓰고 고치고 저미고 붙여 봐도, 한동안 지나서 다시 읽어 보면 어느 때나 미비한 것만 같은 것이 시 아니던가. 내 경우는 언제나 그렇다. 그렇다고 이걸 요량했다 해서 '어차피 미완이니, 결점이 좀 많으면 어때?' 하고 덤비는 시작 태도여서는 물론 안 된다. 최선을 다하여도 생기느니 미완감뿐인데, 하물며 게으르기라면 그 미비가 여북할까.

완성을 향한 지향—역시 이것은 어느 때나 시인의 의지라야 할밖에 없다.

미당 서정주 전집 12

1판 1쇄 발행 2017년 5월 2일
1판 3쇄 발행 2023년 10월 20일

지은이 · 서정주
간행위원 · 이남호 이경철 윤재웅 전옥란 최현식
펴낸이 · 주연선

책임 편집 · 심하은
자료 조사 · 노홍주 조경진 박보름
표지 디자인 · 민진기

(주)은행나무
04035 서울특별시 마포구 양화로11길 54
전화 · 02)3143-0651~3 ㅣ 팩스 · 02)3143-0654
신고번호 · 제1997-000168호(1997. 12. 12)
www.ehbook.co.kr
ehbook@ehbook.co.kr

ISBN 978-89-5660-501-2 04810
　　　978-89-5660-885-3 (전집 세트)
　　　978-89-5660-549-4 (시론 세트)